Cuento español contemporáneo

Letras Hispánicas

Cuento español contemporáneo

Edición de M.ª Ángeles Encinar y Anthony Percival

CUARTA EDICIÓN

CATEDRA

LETRAS HISPANICAS

La publicación de esta obra ha merecido una de las Ayudas a la Edición del Ministerio de Cultura para la difusión del Patrimonio Literario y Científico español.

Juan Ignacio Luca de Tena, 15. 28027 Madrid
Depósito legal: M. 38.815-1997
ISBN: 84-376-1183-0
Printed in Spain
Impreso en Gráficas Rógar, S. A.
Navalcarnero (Madrid)

Índice

INTRODUCCIÓN 9
  Contexto teórico-crítico, histórico y cultural 11
  Presentación de la antología 38
ESTA EDICIÓN 45
PROCEDENCIA DE LOS TEXTOS 47
CUADRO CRONOLÓGICO 49
BIBLIOGRAFÍA 51

CUENTO ESPAÑOL CONTEMPORÁNEO 63

AGUSTÍN CEREZALES
  Expediente en curso (Basilii Afanasiev) 65

PALOMA DÍAZ MAS
  En busca de un retrato 87

LUIS MATEO DÍEZ
  Mi tío César 95

JAVIER GARCÍA SÁNCHEZ
  El fisonomista 107

LUIS GOYTISOLO
  Joyce al fin superado 113

JAVIER MARÍAS
  En el viaje de novios 127

MARINA MAYORAL
  Entonces empezó a olvidar 135

José María Merino
Tres documentos sobre la locura de J. L. B. 143

Juan José Millás
Primavera de luto 155

Vicente Molina Foix
Cuento de la peluca 185

Antonio Muñoz Molina
Las otras vidas 193

Ana María Navales
Walter no ha muerto 211

Lourdes Ortiz
El espejo de las sombras 227

Antonio Pereira
La barbera alemana 233

Álvaro Pombo
Avatar con peripecia de la reaparecida pitillera preferida de su Alteza Imperial la Archiduquesa Olga Alejandrovna 243

Soledad Puértolas
Viejas historias 259

Carme Riera
Volver 271

Javier Tomeo
Braquicefalias 279

Esther Tusquets
Orquesta de verano 285

Pedro Zarraluki
Páginas inglesas 299

Juan Eduardo Zúñiga
El último día del mundo 315

Introducción

Para Irene, Eva y Alberto,
lectores apasionados de cuentos

Contexto teórico-crítico, histórico y cultural

Del cuento contemporáneo no se puede decir que sea noticia en el panorama de la literatura española actual, pero sí se habla más de él, se sabe más de su presencia y continuidad que en las últimas décadas cuando parecía postergado. Otra cuestión es si es posible hablar de un auge del cuento. Por lo menos se puede afirmar que en la actualidad se cultiva mucho el cuento, y que sus cultivadores pertenecen a todas las generaciones de la postguerra, desde autores exiliados en la Guerra Civil, pasando por las principales figuras de la inmediata postguerra, los innumerables miembros de la generación del 50, los miembros de la generación de 1968, hasta los jóvenes escritores que se van estableciendo en el mundo literario. Así conviven en este momento autores muy distintos en edad, formación y postura literaria. En nuestra antología hemos recogido cuentos escritos en su mayoría en los últimos doce años, desde 1980, cuentos escritos por algunos de los autores (¡y desgraciadamente no todos!) que han destacado en la última década. Hemos querido reunir no una generación en particular sino más bien una promoción de escritores contemporáneos.

En ciertas literaturas nacionales, la francesa, por ejemplo, apenas hay antologías del cuento contemporáneo por un prejuicio contra un excesivo afán de selección[1],

[1] Julio Cortázar ha llegado a decir: «Vivo en un país —Francia— donde este género tiene poca vigencia...», «Algunos aspectos del cuen-

pero sí existe esta clase de antologías en España, entre otras, las preparadas por Carlos del Arce Robledo, Francisco García Pavón, Jesús Fernández Santos, Mariano Baquero Goyanes, Eduardo Tijeras, Félix Grande, Alfonso Grosso, Rafael Conte, Antonio Beneyto, Enrique Anderson Imbert y Lawrence B. Kiddle, Josefina R. Aldecoa, Ramón Hernández y Luis González del Valle, Medardo Fraile, Óscar Barrero Pérez y José Luis Martín Nogales[2]. Suministran valiosa información sobre el cuento contemporáneo algunos de estos antólogos, García Pavón, Baquero Goyanes y, especialmente, Tijeras, Anderson Imbert y Kiddle, Hernández y González del Valle, Fraile y Barrero Pérez; existen breves estudios generales e incluso un libro sobre el tema (Erna Brandenburger, *Estudio sobre el cuento español contemporáneo,* 1973)[3]; han aparecido artículos sobre la producción de los principales cuentistas y un crítico distinguido como Ricardo Gullón ha

to», en *La casilla de los Morelli,* 3.ª ed., edición, prólogo y notas de Julio Ortega, Barcelona, Tusquets Editores, 1981, pág. 135.

2 Véanse Carlos del Arce Robledo, ed., *Cuentistas contemporáneos,* Barcelona, Rumbos, 1958; Francisco García Pavón, ed., *Antología de cuentistas españoles contemporáneos (1939-1966),* Madrid, Gredos, 1982, y *Antología de cuentistas españoles contemporáneos II (1966-1980),* 3.ª ed., Madrid, Gredos, 1984; Jesús Fernández Santos, ed., *Siete narradores de hoy,* Madrid, Taurus, 1963; Mariano Baquero Goyanes, ed., *Antología de cuentos contemporáneos,* Barcelona, Labor, 1964; Eduardo Tijeras, ed., *Últimos rumbos del cuento español,* Buenos Aires, Columba, 1969; Félix Grande, ed., *22 narradores españoles de hoy,* Caracas, Monte Ávila, 1970; *Relatos españoles de hoy,* prólogo de Alfonso Grosso, notas biográficas de Rafael Conte, Madrid, Biblioteca Pepsi, 1970; Rafael Conte, ed., *Narraciones de la España desterrada,* Barcelona, Edhasa, 1970; Antonio Beneyto, ed., *10 narradores españoles,* Barcelona, Bruguera, 1977, y *Manifiesto español o una antología de narradores,* ed., Barcelona, Marte, 1973; Enrique Anderson Imbert & Lawrence B. Kiddle, eds., *Veinte cuentos españoles,* Nueva York, Appleton-Century-Crofts, 1961; Josefina R. Aldecoa, ed., *Los niños de la guerra,* Madrid, Anaya, 1983; Ramón Hernández y Luis González del Valle, eds., *Antología del cuento español 1985,* Lincoln, Nebraska, The Society of Spanish and Spanish-American Studies, 1986; Medardo Fraile, ed., *Cuento español de posguerra,* Madrid, Cátedra, 1986; Óscar Barrero Pérez, ed., *El cuento español, 1940-1980,* Madrid, Castalia, 1989; José Luis Martín Nogales, ed., «El cuento en España 1975-1990», *Lucanor,* 6 (1991).

3 Erna Brandenberger, *Estudios sobre el cuento español contemporáneo,* Madrid, Editora Nacional, 1973.

escrito una sustancial introducción a una selección de cuentos de Juan Benet y de Antonio Pereira[4]; también existe una buena revista dedicada al estudio del cuento hispánico, *Lucanor;* pero, a pesar de este interés y actividad crítica, no es exagerado decir que casi todo queda por hacer en el estudio del cuento español contemporáneo.

Los historiadores de la literatura española sitúan el origen del cuento en la Edad Media, en obras destacadas como *El conde Lucanor o Libro de Patronio* (1335) de Don Juan Manuel, y trazan su desarrollo en el Siglo de Oro con cuentos de Cervantes y muchos otros autores, pasando por el siglo XVIII, menos pródigo en cuentos, entre ellos los del padre José Francisco de Isla y Diego de Torres Villarroel, y llegando al siglo XIX, época en que se escribieron miles de cuentos, incluidos los de todos los grandes autores desde Bécquer hasta Clarín, estudiados en un libro pionero por Mariano Baquero Goyanes[5]. Se ha mantenido el interés creativo en el cuento a pesar de etapas de decadencia, digamos en las décadas 30 y 40, hasta el momento actual de mayor florecimiento.

Para considerar debidamente el cuento contemporáneo, es preciso tener en cuenta problemas teóricos de definición, usos terminológicos, relaciones cuentísticas con otros géneros. Es sumamente difícil ofrecer una definición coherente y sintética de un género tan híbrido y flexible, «tan huidizo en sus múltiples y antagónicos aspectos, y en última instancia tan secreto y replegado en sí mismo», según ha comentado el gran cuentista Julio Cortázar[6]. Consciente de esta problemática, Enrique Anderson Imbert, gran conocedor y artífice del cuento, ha comentado: «Si nos preguntan: "¿qué es el cuento?", la defi-

[4] Ricardo Gullón, ed., *Una tumba y otros relatos,* Madrid, Taurus, 1981; también su introducción a *Cuentos para lectores cómplices* de Antonio Pereira, Madrid, Espasa-Calpe, 1989, págs. 9-29.

[5] Mariano Baquero Goyanes, *El cuento español en el siglo XIX,* Madrid, Revista de Filología Española-Anejo L. CSIC, 1949. También véase Mariano Baquero Goyanes, *El cuento español,* ed. revisada por Ana L. Baquero Escudero, Madrid, CSIC, 1992.

[6] Cortázar, «Algunos aspectos del cuento», pág. 135.

nición fluctuará entre un predicado excesivamente general ("el cuento es algo") y un predicado excesivamente concreto ("el cuento es el cuento")»[7]. Después de recopilar «un mosaico de definiciones», el mismo Anderson Imbert nos da su definición: «El cuento vendría a ser una narración breve en prosa que, por mucho que se apoye en un suceder real, revela siempre la imaginación de un narrador individual. La acción —cuyos agentes son hombres, animales humanizados o cosas animadas— consta de una serie de acontecimientos entretejidos en una trama donde las tensiones y distensiones, graduadas para mantener en suspenso el ánimo del lector, terminan por resolverse en un desenlace estéticamente satisfactorio»[8]. En busca de esta definición comprensiva pero sin dejar de ser en sus detalles discutible, Anderson Imbert ha tenido muy en cuenta el conjunto de información internacional sobre la problemática historia del concepto del cuento.

El término mismo de «cuento» plantea dificultades: su aceptación general para denominar una corta narración es reciente, de nuestra época, e incluso para alguna gente, «cuento» sigue refiriéndose a relatos para niños[9]. Se empieza a usar el término con respecto a una narración literaria breve en el siglo XIX, pero con un sentido variable, que se debe a la identificación del «cuento» con una inspiración de tipo popular. Para los románticos, que prestaban mucha importancia a formas narrativas de categoría tradicional, «cuento» se refería a narraciones en verso o relatos legendarios y fantásticos en prosa. Fernán Caballero llamaba sus narraciones breves «relaciones», «cuadros de costumbres», «cuadros sociales», reservando el término «cuento» para sus relatos populares. Al parecer

---

[7] Enrique Anderson Imbert, *Teoría y técnica del cuento*, Buenos Aires, Marymar, 1970, pág. 50.

[8] *Ibíd.*, pág. 52.

[9] Véase, por ejemplo, Ana María Matute, «"Spain" en "The International Symposium on the Short Story" Part III, en *The Kenyon Review*, XXXI, núm. 126 (1969), pág. 451.

de Emilia Pardo Bazán, *El sombrero de tres picos* de Pedro Antonio de Alarcón era cuento, «genuino cuento» por su «carácter popular y sencillo»[10]. Alarcón mismo empleaba sin mucha precisión los términos «novelas cortas», «novelillas», «cuentos», «historietas» y «narraciones». Para narraciones más cortas que *El sombrero de tres picos* como «La comendadora», se usaba el término «novela corta», por su originalidad como narración inventada y no, como en el caso del cuento, por ser inspirado en una forma oral, popular o tradicional. Hacia finales del siglo XIX el término «novela corta» ya había dado paso a «cuento», el cual se usaba corrientemente para designar las narraciones breves de un Clarín o Pardo Bazán. Hasta el presente «cuento» es el término empleado comúnmente por escritores y editores, a pesar de algún intento de diferenciar entre «cuento», «narración» y «relato»[11].

Si el cuento en su forma literaria es muy tardío, «el último género literario que vino a escribirse», como dijo Juan Valera, está claro que antes del siglo XIX, en su forma popular, tradicional, tiene un largo desarrollo que data de los mismos principios de la literatura en el cercano Oriente[12]. En la literatura medieval no se utilizaba el término «cuento» sino «fábula», «apólogo», «enxiemplo», «hazaña», «leyenda», «farsana», «alegoría». En el Siglo de Oro cuentos eran «chistes, anécdotas, refranes explicados, casos curiosos»[13]. Sólo en el XIX se empieza a considerar el cuento como género literario, autónomo, con características propias. Es a partir de Poe, Gogol, Turgenev, Maupassant, Chejov, Verga, Clarín, Pardo Bazán que el cuento se cultiva con plena conciencia de su importancia en sí. Es evidente que resulta complejísimo teo-

[10] Véanse Emilia Pardo Bazán, *Nuevo Teatro Crítico,* núm. 10 (octubre de 1891), pág. 58.

[11] Véase Anderson Imbert, pág. 362, y Fernando Quiñones, «Basta de cuentos», *Las Nuevas Letras,* 8 (1988), págs. 66 y 67, y «Lo hablado allá, quede aquí», *República de las Letras,* 22 (julio de 1988), págs. 87 y 88.

[12] Véase Ian Reid, *The Short Story,* Londres, Methuen, 1977 para un recorrido útil del desarrollo del género.

[13] Véase Anderson Imbert, pág. 19.

rizar sobre un género híbrido que se ha nutrido en varias etapas de su desarrollo de casi todos los géneros de la literatura, género además que tiene —para muchos teóricos modernos— estrechas relaciones con otras artes como la pintura, la fotografía y el cine. Tal vez por ello «the short story is shortest of all on theory», según la observación de un crítico inglés[14]. Hasta hace pocos años se había hecho muy poca teoría sólida sobre el cuento literario, aparte de los comentarios hechos por una serie de grandes cuentistas desde Edgar Allan Poe hasta Julio Cortázar.

Poe es el pionero en establecer las bases de una estética del cuento fundado en el aspecto compositivo del género y su brevedad como forma. Lo que hace Poe es aplicar a la composición de narraciones breves en prosa un —para él— principio de la composición de poesía, según el cual «la unidad de efecto o de impresión»[15] sólo se consigue en obras que se pueden leer de una sentada, tal como el poema corto o el cuento. El cuentista tiene que componer su obra con sumo cuidado partiendo de una única impresión o efecto concebido antes de idear sucesos, personajes, situaciones con el propósito de plasmar dicho efecto y conseguir darle «una gran exaltación» y producir «los más profundos efectos»[16]. Por consiguiente Poe pone mucho énfasis en cada elemento de la composición y diseño del cuento desde la misma frase inicial, para que se consiga una única impresión, «un cuadro» que dé al espectador «un sentido de plena satisfacción»[17]. Con su teoría Poe confiere prestigio al cuento, género para él tan importante como la poesía y la novela, sobre todo por la «vasta va-

[14] Véase Valentine Cunningham, *Times Literary Supplement* (9 de agosto de 1985), pág. 874.

[15] Véase Edgar Allan Poe, reseña de *Twice Told Tales,* por Nathaniel Hawthorne, Two columns, en *The Complete Works of Edgar Allan. Poe,* ed. James A. Harrison, vol. XI Literary Criticism-vol. IV, Nueva York, AMS Press, 1965, pág. 106. También en Julio Cortázar, *Obras en prosa de Edgar Allan Poe,* Puerto Rico, Ediciones de la Universidad de Puerto Rico, 1956, dos tomos.

[16] Poe, pág. 107.

[17] *Ibíd.*

riedad de modos e inflexiones de pensamiento y expresión» que ofrece al creador[18]. De forma semejante han opinado otros insignes cuentistas como Henry James, Chejov, Tolstoi, Maupassant, Clarín, Pardo Bazán y Quiroga, y lo que dicen éstos y muchos otros autores menos célebres sobre el arte de componer cuentos no deja de tener interés. De todos modos cuando se empieza a escribir ensayos sobre el género a finales del siglo XIX, el punto de partida se sitúa en las ideas de Poe, centrándose en tres cualidades relacionadas del género señaladas por Ian Reid: «produce una sola impresión en el lector, lo hace concentrándose en una crisis, y hace esa crisis fundamental en una trama controlada»[19]. Fórmula que se hizo corriente alrededor de 1900. El desarrollo de la literatura del siglo XX con la implantación de las estéticas de vanguardia, las aportaciones técnicas, temáticas del modernismo europeo, la multifacética experimentación artística, el afán de incorporar al campo narrativo lo fantástico, lo superreal, lo angustioso y lo absurdo, han hecho trizas dicha fórmula. En la era del metacuento, anticuento o «casicuento», ya no pueden tener vigencia normas que se aplican a una categoría de cuento realista. Escritores de la talla de Borges y Cortázar en Argentina, Barthelme y Coover en Estados Unidos, Angela Carter en Inglaterra, Tournier en Francia, Benet en España y autores de otros países han llevado el cuento mucho más allá de la frontera realista, a zonas fantásticas, míticas, insólitas, mágicas, zonas transidas por el poder sugestivo de la palabra en el tiempo. De estos autores el que se ha preocupado más por desarrollar su teoría es Julio Cortázar, autor de dos perspicaces ensayos sobre el cuento.

Siguiendo a Poe, Cortázar relaciona «la eficacia y el sentido... que dan su carácter específico al poema» y, a continuación, más contemporáneamente, «al jazz» en cuanto a «la tensión, el ritmo, la pulsación interna, lo imprevisto dentro de parámetros pre-vistos, esa libertad fa-

---

18 Poe, pág. 109.
19 Ian Reid, *The Short Story*, Londres, Methuen, 1977, pág. 54.

tal no admite alteración sin una pérdida irrestañable»[20]. Para Cortázar «un buen cuento es incisivo, mordiente, sin cuartel, desde las primeras frases... El cuentista sabe que no puede proceder acumulativamente, que no tiene por aliado al tiempo; su único recurso es trabajar en profundidad, verticalmente, sea hacia arriba o hacia abajo del espacio literario... El tiempo del cuento y el espacio del cuento tienen que estar como condensados, sometidos a una alta presión espiritual y formal para provocar»... «en el lector como una especie de *apertura*, de fermento que proyecta la inteligencia y la sensibilidad hacia algo que va mucho más allá de la anécdota... literaria... en el cuento»[21]. Reiteradamente Cortázar se refiere a los efectos del cuento en el lector, modernizando y profundizando las ideas de Poe. Los conceptos clave para una aproximación a la estructura del cuento son «significación», «intensidad» y «tensión». La «significación» tiene que ver con la elección que hace el escritor del tema, «el hecho de escoger un acaecimiento real o fingido que posea esa misteriosa propiedad de irradiar algo más allá de sí mismo»[22]. Enlaza «intensidad» y «tensión» con la tarea de enganchar al lector, explicando que «la única forma en que puede conseguirse ese secuestro momentáneo del lector es mediante un estilo basado en la intensidad y en la tensión, un estilo en el que los elementos formales y expresivos se ajusten, sin la menor concesión a la índole del tema, le den su forma visual y auditiva más penetrante y original, lo vuelvan único, inolvidable, lo fijen para siempre en su tiempo y en su ambiente y en su sentido más primordial»[23]. Según Cortázar, la intensidad se refiere a «la eliminación de todas las ideas o situaciones intermedias, de todos los rellenos o frases de transición que la

---

[20] Cortázar, «Del cuento breve y sus alrededores», en *La casilla de los Morelli*, pág. 113.

[21] Cortázar, «Algunos aspectos del cuento», en *La casilla de los Morelli*, págs. 138-139.

[22] *Ibíd.*, pág. 13.

[23] *Ibíd.*, págs. 144-145.

novela permite o incluso exige», es «intensidad de acción», mientras que «la tensión» es «una intensidad que se ejerce en la manera con que el autor nos va acercando lentamente a lo contado», es «la tensión interna del relato»[24]. Cortázar describe también los efectos en el lector de un gran cuento, señalando que «todo cuento perdurable es como la semilla donde está durmiendo el árbol gigantesco. Ese árbol crecerá en nosotros, dará su sombra en nuestra memoria»[25]. Los ensayos de Cortázar son intensos, perdurables en sí como contribución a la teoría del cuento. El escritor argentino ha escrito sobre su propio proceso de creación cuentística, valiéndose de términos relacionados con las teorías psicoanalíticas. Otro gran cuentista trabaja de manera muy distinta, como hace notar Rosa M. Grillo de Filippo en su estudio sobre el cuento español. Antes de empezar a escribir, Borges nos informa, necesita «leer ... el artículo correspondiente en una buena Enciclopedia, algo que permita esbozar un pensamiento, trazar un plan de estudio, en definitiva, trazar el problema»[26]. Dos posturas creativas completamente distintas que muestran «la duttilità e grandezza del Racconto»[27].

Entre los cuentistas son sobre todo los de lengua inglesa quienes se han preocupado por escribir sobre el cuento, e incluso tres han publicado libros en torno a él: H. E. Bates, inglés, y Sean O'Faolain y Frank O'Connor, irlandeses[28]. Siendo tan rica la tradición cuentística en inglés, no es de extrañar que se hayan publicado muchos es-

---

[24] *Ibíd.*, pág. 145.
[25] *Ibíd.*, pág. 142.
[26] Véase Rosa M. Grillo de Filippo, *Racconto spagnolo. Appunti per una teoria del racconto e le sue forme*, Salerno, Palladio Editrice, 1985, pág. 95.
[27] *Ibíd.*, pág. 96.
[28] H. E. Bates, *The Modern Short Story. A Critical Survey*, Londres, Thomas Nelson & Sons Ltd., 1941; Sean O'Faolain, *The Short Story*, Dublín y Cork, The Mercier Press, 1972; y Frank O'Connor, *The Lonely Voice. A Study of the Short Story*, Cleveland y Nueva York, The World Publishing Company, 1963.

tudios de tipo crítico y teórico que comentan el desarrollo de dicha tradición a partir de la publicación en 1837 de los cuentos de Nathaniel Hawthorne, *Twice Told Tales*. La colección *Short Story Theories* preparada por Charles E. May es un buen repertorio de ensayos sobre el cuento redactado por escritores, comentaristas, periodistas y profesores desde la contribución teórica de Poe hasta la de autores de nuestra época[29]. Sin embargo, con contadas excepciones, no se habían escrito rigurosos e indagadores ensayos teóricos en inglés sobre el cuento hasta los años 80, concretamente con la publicación en 1982 de *The Teller and the Tale: Aspects of the Short Story* y de un número especial de *Modern Fiction Studies* dedicado al cuento moderno y la aparición en 1983 del libro de Susan Lohafer *Coming to Terms with the Short Story*[30]. En los artículos publicados en la revista norteamericana se manifiesta un concienzudo intento de incorporar al estudio del cuento recientes tendencias de la teoría general de la literatura, que incluyen ideas de Todorov y de Northrop Frye, el estructuralismo, la deconstrucción, teorías de la lectura. Susan Lohafer, en su sugerente y ampliamente documentado estudio, explica que su «punto de partida fue la frase. La concebí como un compromiso temporal y espacial entre dos clases de sin-sentido: repetición sencilla y secuencia azarosa. Lo que me atraía era la idea de la frase ofreciendo una especie de resistencia temporal al ímpetu que aboca al final. Quería encontrar un modo de describir cómo es la experiencia de entrar, atravesar, y salir de una frase»[31]. En 1989 Lohafer, en colaboración con Jo Ellyn Clarey, publicó *Short Story Theory at a Crossroads,* una importante colección de ensayos que recoge contribuciones

---

[29] Charles E. May, ed., *Short Story Theories,* Atenas, Ohio, Ohio University Press, 1976.

[30] Véanse *The Teller and the Tale: Aspects of the Short Story,* ed. Wendell M. Aycock, Lubbock, Texas Tech. Press, 1982; «Special Issue. The Modern Short Story», *Modern Fiction Studies,* XXVIII, 1 (primavera de 1982); y Susan Lohafer, *Coming to Terms with the Short Story,* Baton Rouge y Londres, Louisiana State University, 1983.

[31] Lohafer, pág. 5.

de quince investigadores, varios de ellos cultivadores del cuento. Organizado en cinco apartados (I The State of the Art, II What is a Short Story?, III How Does Story End?, IV How Has Story Evolved? y V How Is Story Processed?), el libro incluye también un apéndice («Reframing Stories») y una extensa bibliografía de publicaciones en inglés[32]. En Alemania se han publicado bastantes estudios de tipo clasificatorio sobre la *Novelle* y la *Kurzgeschichte*. Notables son los trabajos publicados este siglo en la antigua Unión Soviética, entre ellos los de Victor Shklovski, Boris Tomashevski, Boris Eichenbaum y, sobre todo, *Morfología del cuento* de Vladimir Propp[33], quien, en su análisis de cien cuentos de hadas rusos, pudo mostrar entre otras cosas que pese a variaciones de un cuento a otro la función básica de un personaje está restringida y corresponde a una secuencia regular. Para Propp esta función es un acto de un personaje «definido desde el punto de vista de su significación para el curso de la acción»[34].

Los postulados de Propp ejercieron mucha influencia sobre los estructuralistas franceses Greimas, Barthes, Bremond y Todorov, que desde sendos puntos de vista parten de la noción de que «la ficción es una consciente manipulación de los procesos universales que subyacen la misma estructura de la lengua misma»[35]. Les interesa a estos teóricos literarios analizar menos el cuento en sí que

32 *Short Story at a Crossroads,* Susan Lohafer y Jo Ellyn Clarey, eds., Baton Rouge y Londres, Louisiana State University, 1989.

33 Victor Shklovsky, «La construcción de la "nouvelle" y de la novela», en *Teoría de la literatura de los formalistas rusos.* Antología preparada y presentada por Tzvetan Todorov, trad. de Ana María Nethol, Buenos Aires, Signo, 1970, págs. 127-146; Boris M. Eichenbaum, «O. Henry and the Theory of the Short Story», en *Readings in Russian Poetics: Formalist and Structuralist Views,* eds., Ladislav Matejka y Krystyna Pomorska, Michigan, The University of Michigan, 1978, págs. 227-270; y Vladimir Propp, *Morfología del cuento,* trad. del francés de María Lourdes Ortiz (de la 2.ª ed. rusa), Madrid, Fundamentos, 1971.

34 Véase Shlomith Rimmon-Kenan, *Narrative Fiction: Contemporary Poetics,* Londres, Methuen, 1983, pág. 20.

35 Véase Susan Lohafer, *Coming to Terms with the Short Story,* pág. 26.

el relato como estructuración y función en un contexto muy amplio «des petits aux grands écrans, des histoires destinées a accompagner le sommeil des enfants à celles qui occupent les adultes, des journaux quotidiens aux livres d'histoire, des fictions littéraires aux paraboles religieuses, des fables politiques aux histoires drôles ou la publicité, les figures les plus diverses du récit»[36]. Eso representa la línea de las investigaciones actuales en el dominio de la narratología. Ni Barthes ni Todorov, destacados como ágiles críticos literarios, han intentado indagar la naturaleza del cuento como género en sí, aunque sí han escrito los dos de forma brillante sobre cuentistas famosos como Edgar Allan Poe (Barthes) y Henry James (Todorov)[37]. En los últimos años las aportaciones al estudio teórico de la literatura proporcionadas por los formalistas rusos y los estructuralistas franceses se han incorporado a la teoría literaria hecha en otros idiomas. En inglés Susan Lohafer, varios colaboradores en el número especial de *Modern Fiction Studies* y en *Short Story Theory at a Crossroads,* además de estudiosos como Seymour Chatman, Gerald Prince, Shlomith Rimmon-Kenan y Peter Brooks se han aprovechado de la herencia teórica rusa y francesa[38].

En español existen los conocidos estudios de Baquero Goyanes, Hierro, Fraile, Tijeras, Brandenburger; ensayos como los de N. Perera San Martín; y libros como los de

[36] Jean-Michel Adam, *Le récit,* París, Presses Universitaires de France, «Que sais-je?», 1984, pág. 3.

[37] Roland Barthes, «Analyse Textuelle d'un conte d'Edgar Poe», en su *L'Aventure semiologique,* París, Editions du Seuil, 1985, págs. 329-359; Tzvetan Todorov, «The Structuralist Analysis of Literature: The Tales of Henry James», en *Structuralism. An Introduction,* eds., David Robey, Oxford University Press, 1973, págs. 73-103.

[38] Seymour Chatman, *Story and Discourse: Narrative Structure in Fiction and Film,* Ithaca, Cornell University Press, 1978; Gerald Prince, *A Grammar of Stories,* La Haya, Mouton, 1973, *Narratology,* La Haya, Mouton, 1982, y *Dictionary of Narratology,* Lincoln y Londres, University of Nebraska Press, 1987; Shlomith Rimmon-Kenan, *Narrative Fiction: Contemporary Poetics,* Londres, Methuen, 1983; Peter Brooks, *Reading for the Plot: Design and Intention in Narrative,* Nueva York, Vintage Books, 1985.

Mario A. Lancelotti, Carlos Mastrángelo, Luis Leal, Miguel Díez Rodríguez, Marisa Bortolussi, Gabriela Mora, Carmen de Mora Valcárcel, Catharina V. de Vallejo, y, en particular, el agudo y atrayente *El cuento de nunca acabar* de Carmen Martín Gaite y el bien documentado y estimulador *Relatos desde el vacío* de Ana Rueda[39]. Escritores como el dominicano Juan Bosch, el uruguayo Mario Benedetti y la mexicana Julieta Campos han contribuido a esa larga tradición de comentarios por cuentistas latinoamericanos desde Quiroga hasta Cortázar[40]. En los últimos años los críticos argentinos en particular han asimi-

---

[39] Mariano Baquero Goyanes, *¿Qué es el cuento?*, Buenos Aires, Columba, 1967; José Hierro, «El cuento como género literario», *Cuadernos Hispanoamericanos*, 61-63 (1955), págs. 60-62; Medardo Fraile, «Panorama del cuento contemporáneo en España», *Cahiers du Monde Hispanique et Luso-Brésilien (Caravelle)*, 17 (1971), págs. 169-185; Eduardo Tijeras, ed., *Últimos rumbos del cuento español*, Buenos Aires, Columba, 1969; Erna Brandenberger, *Estudios sobre el cuento español contemporáneo*, Madrid, Editora Nacional, 1973; Nicasio Perera San Martín, «Elementos teóricos para la distinción entre cuento y relato», *Nueva Estafeta*, 21-22 (1980), páginas 192-297, y «Para una semiología de los géneros narrativos», eds. M. A. Garrido Gallardo, *Teoría semiótica. Lenguajes y textos hispánicos.* Tomo I de *Actas del Congreso Internacional sobre Semiótica e Hispanismo*, 1983, Madrid, CSIC, 1984, págs. 541-545; Mario A. Lancelotti, *De Poe a Kafka: para una teoría del cuento*, Buenos Aires, Editorial Universitaria, 1965; Carlos Mastrángelo, *El cuento argentino, contribución al conocimiento de su historia, teoría y práctica*, Buenos Aires, Nova, 1975; Luis Leal, *Historia del cuento hispanoamericano*, México, Ediciones de Andrea, 1966-1970; Miguel Díez Rodríguez, ed., *Antología del cuento literario*, Madrid, Alhambra, 1985; Marisa Bortolussi, *Análisis teórico del cuento infantil*, Madrid, Alhambra, 1985; Gabriela Mora, *En torno al cuento: de la teoría general y de su práctica en Hispanoamérica*, Madrid, José Porrúa Turanzas, 1985; Carmen de Mora Valcárcel, *Teoría y práctica del cuento en los relatos de Cortázar*, Sevilla, Publicaciones de Estudios Hispanoamericanos de Sevilla, 1982, págs. 1-56; Catharina V. de Vallejo, *Teoría cuentística del siglo XX (Aproximaciones hispánicas)*, Miami, Florida, Ediciones Universal, 1989; Carmen Martín Gaite, *El cuento de nunca acabar. Apuntes sobre la narración, el amor y la mentira*, ilustrado por Francisco Nieva, Madrid, Trieste, 1983, y Ana Rueda, *Relatos desde el vacío*, Madrid, Orígenes, 1992.

[40] Véanse Juan Bosch, *Teoría del cuento*, Mérida, Universidad de los Andes, 1967; Mario Benedetti, «Tres géneros narrativos», en su *Sobre artes y oficios*, Montevideo, Alfa, 1966, págs. 14-29, y Julieta Campos, «La opción de narrar», en su *La herencia obstinada: análisis de cuentos nahuas*, México, Fondo de Cultura Económica, 1982, págs. 19-49.

lado los últimos avances de la teoría literaria al campo del cuento. A esta tendencia pertenece *Tipología del cuento* de Edelweiss Serra, quien afirma que el cuento «parece concebible siempre, relata uno o dos sucesos, como una unidad anular, centrípeta, indivisible, cuyo ritmo obedece a un principio, o desencadenante, a un núcleo o clímax, y a un final», siendo esencial la «confluencia de elementos compositivos hacia la unicidad de la estructura»[41]. En su *«Cuento artefacto» y artificios del cuento* Raúl H. Castagnino señala que «como "artefacto" y artificio el cuento es resultado del arte de elaborar los principios fundamentales de la ficción narrativa: tiempo, actancia, actantes, a través de signos codificados que llegan y pasan dinámicamente y en función de un sistema de relaciones que se establecen entre componentes, información y referencias; es decir, en el proceso de un "arte combinatoria"... "Artefacto", casi como objeto resultante y en función, "Arte combinatoria", como secreto de artesanía, como *modus operandi*»[42]. Es otro argentino, el ya mencionado Enrique Anderson Imbert, sagaz escritor y crítico quien ha escrito el mejor estudio en lengua española sobre el cuento, *Teoría y técnica del cuento* que resulta ser, como él mismo dice, «una sistemática descripción de todos los aspectos del cuento»[43].

El desarrollo del cuento español desde la Guerra Civil ha sido accidentado, problemático, constantemente acosado de crisis. Entidad multiforme, diversa, variopinta, el cuento de la postguerra no podía ser de otra manera, teniendo en cuenta la complejidad y conflictividad de la postguerra y del nuevo periodo democrático en cuanto época tanto literaria como histórica en general, época —recordemos— que abarca ya más de cincuenta años de vida española. Una época dificilísima para su cultura, es-

---

[41] Edelweiss Serra, *Tipología del cuento literario: textos hispanoamericanos,* Madrid, CUPSA, 1978, pág. 20.

[42] Raúl H. Castagnino, *«Cuento-artefacto» y artificios del cuento,* Buenos Aires, Nova, 1977, págs. 32-33.

[43] Enrique Anderson Imbert, *Teoría y técnica del cuento,* Buenos Aires, Marymar, 1979, pág. VII.

cindida después de la Guerra Civil durante una parte considerable de tiempo. De sobra conocidos son los problemas planteados durante los años de la Dictadura: censura tanto eclesiástica como civil, ausencia de libre expresión, fuertes presiones de tipo ideológico, conformismo y mediocridad en el ambiente cultural, en particular la década de los años 40 y 50, oposición a partir de los años 50 al régimen franquista de las jóvenes generaciones y represión hasta la muerte de Franco en 1975. Por fin llega una era democrática que representa una apertura en el campo de la cultura y muchos otros campos de la sociedad española.

En la España de la postguerra convivían varias generaciones de escritores, así como en la España peregrina, cuyas contribuciones a la cultura se han ido recuperando en el momento actual de democracia y reconciliación social. Al caudal de cuentos publicados por españoles en los últimos cincuenta años contribuyen miembros de cinco generaciones: 1) la generación del 27 (autores nacidos aproximadamente entre 1890 y 1906); 2) la generación del 36 (autores nacidos entre 1907 y 1922); 3) la generación del medio siglo (o del 50) (autores nacidos entre 1923 y 1936); 4) la generación del 68 (autores nacidos entre 1937 y 1951 que inician su carrera literaria en los años 60), en la que se puede incluir un grupo de escritores de la transición (autores coetáneos a los miembros de la generación del 68, pero que surgen unos años más tarde en la segunda mitad de los años 70, a raíz de la muerte de Franco en 1975); y 5) la generación de jóvenes escritores, entre ellos los llamados «nuevos narradores» (autores de menos de cuarenta años). Es decir, los cuentistas de la postguerra son numerosísimos. Pocos son cuentistas de forma exclusiva, pero la nómina incluye a casi todos los más famosos escritores contemporáneos y muchísimos más que son menos conocidos.

A raíz de la Guerra Civil se produce una ruptura en la cultura española. Muchísimos escritores se ven forzados a exiliarse, a recomponer sus vidas, dispersados entre Europa, Iberoamérica y Norteamérica. Penosísima experiencia, pues, junto a los múltiples problemas y traumas que surgen para cualquier desterrado, tuvieron que conformarse con la ausencia de sus lectores españoles, sus destinatarios naturales. Entre los escritores desterrados que se dedican al cuento destacan en la primera generación Max Aub, Francisco Ayala, Arturo Barea, Rosa Chacel, Rafael Dieste, María Teresa León, Mercè Rodoreda, Ramón J. Sender y —más jóvenes— Manuel Andújar, José Ramón Aranda y Segundo Serrano Poncela[44]. Su obra cuentística es abundante, variada, idiosincrática, tanto testimonial como existencialista, con enfoques tradicionales, realistas a veces, aunque no faltan posturas experimentales, innovadoras (por ejemplo en ciertos cuentos de Andújar). El signo dominante de esta producción es la multiplicidad y el admirable rigor literario que ostentan sus autores.

En la España de los años 40 —la época de la Segunda Guerra Mundial, época del hambre— escriben cuentos autores tan diversos como Azorín, Tomás Borrás, Joaquín de Entrambasaguas, Cristóbal de Castro, Carmen Conde, Concha Espina, Wenceslao Fernández Flórez, José Francés, Eulalia Galvarriato, Rafael García Serrano, Pedro de Lorenzo, Manuel Halcón, Ramón Ledesma Miranda, Alfredo Marquerie, Dolores Medio, José Antonio Muñoz Rojas, Edgar Neville, José María Pemán, Samuel Ros, Rafael Sánchez Mazas, José María Sánchez Silva y Juan Antonio de Zunzunegui. De tan heterogéneo grupo surgen cuentos para todos los gustos tanto literarios como extraliterarios, cuentos de tema bélico, explícitamente ideológico, cuentos moralizantes, hipersentimentales, convencionales, escapistas. Gran parte de ellos res-

[44] Sería injusto pasar por alto «la cuentística de esa segunda generación de trasterrados, hijos de los anteriores (José de la Colina, Angelina Muñiz, Francisco Perujo, Roberto Ruiz...)», véase Santos Sanz Villanueva, «El cuento de ayer a hoy», *Lucanor*, 6 (septiembre de 1991), página 19.

pondían a una estética anacrónica, de realismo ajado, decimonónico. Resalta, sin embargo, la producción cuentística de algunos jóvenes escritores, los de la generación del 36, escritores como Gonzalo Torrente Ballester, Camilo José Cela, Jorge Campos, Alonso Zamora Vicente, Francisco García Pavón, Vicente Soto, Francisco Alemán Sainz, Álvaro Cunqueiro, Juan Perucho y Miguel Delibes, quienes en su mayoría empiezan su carrera literaria en la década de los años 40 y van consolidando su reputación en décadas sucesivas.

A partir de la publicación de su novela *La familia de Pascual Duarte,* Camilo José Cela va imponiendo su visión «carpetovetónica», «tremendista» en el mundo literario. Sus coetáneos tienen posturas muy variadas, pero comparten un interés por el humor y la ironía, una preocupación por el estilo y una atracción hacia la fantasía, muy pronunciada en la obra de Torrente Ballester, Soto, Campos, Alemán Sainz, Cunqueiro y Perucho. Tanto Cela como Zamora Vicente, Delibes y García Pavón centran su atención en la problemática social, psicológica y existencial de personajes rurales y urbanos. Captando hábitos regionales, giros coloquiales, de tal forma que se constituye una especie de neo-costumbrismo. La modalidad estética de los miembros de la generación del 36 sigue siendo realista, pero hay amplio testimonio en sus cuentos de renovación lingüística y frescura en sus planteamientos literarios.

En la década de los años 50 se perfila un resurgimiento del cuento, gracias en gran parte a los esfuerzos de un grupo nutrido de autores jóvenes, miembros de lo que se ha venido llamando la generación del medio siglo (o del 50). Son muchos autores, entre quienes es forzoso mencionar figuras destacadas como Ignacio Aldecoa, Juan Benet, Jesús Fernández Santos, Jorge Ferrer-Vidal, Medardo Fraile, Juan García Hortelano, Juan Goytisolo, Alfonso Grosso, Jesús López Pacheco, Juan Marsé, Carmen Martín Gaite, Ana María Matute, Rafael Sánchez Ferlosio, Alfonso Sastre, Daniel Sueiro. Esta generación da especial relieve al cuento, subrayando «su importancia en el momento actual»[45], y, mediante el apoyo institucional de periódicos, revistas, editoriales, consiguen que el cuento tenga una aceptación más amplia en el mundo literario. No obstante, no hay que exagerar su valor en la bolsa literaria del momento, pues la novela sigue dominando la atención de los lectores, pero sí se puede decir que los años 50 denotan la progresiva «dignificación del género»[46].

Estos jóvenes escritores ven la posibilidad de comentar críticamente en sus narraciones tanto breves como largas diversos aspectos de la realidad española. Y plasman su «mirada testimonial» en la novela, eso sí, pero también, y, en algunos casos, con preferencia, en el cuento, género —según Carmen Martín Gaite— «tal vez más propio para sugerir, para captar el latido de un trozo de vida, sin verse precisado a buscarle antecedentes o precedentes»[47]. Se trata entonces de una postura realista, pero no tiene nada que ver con el realismo caduco de la mayoría de los cuentistas de la década de los 40 ni mucho que ver con el realismo sórdido, «tremendista» del joven Cela y sus imitadores. Los autores del medio siglo son realistas auténticamente contemporáneos, muy a la altura de sus circunstancias, testigos, exploradores y reveladores del estado de las cosas en la España que iba configurándose a partir de los años 50.

Es la época que antecede al despegue de la economía española, época en que escritores e intelectuales empiezan a abrirse de nuevo a influencias exteriores, al existencialismo, al marxismo, al inconformismo político, a la literatura europea, angloamericana, latinoamericana, al neorrealismo del cine y literatura italianos. Frente al autodidactismo y estrechez intelectual de la mayoría de sus

---

[45] Véase Santos Sanz Villanueva, «El cuento de ayer a hoy», *Lucanor,* 6 (septiembre de 1991), pág. 19.

[46] Óscar Barrero Pérez, «Introducción» a *El cuento español, 1940-1980,* Madrid, Castalia, 1989, pág. 21.

[47] Carmen Martín Gaite, «Culturas», *Diario 16,* núm. 253 (21 de abril de 1990), pág. 213.

predecesores, los autores jóvenes se sienten impulsados a enterarse de lo foráneo; a pesar de todas las presiones de tipo ideológico, del rígido control del proceso cultural de España impuesto por el estado franquista, no se sintieron tan cohibidos como sus mayores. Siendo niños durante la Guerra Civil el impacto del conflicto en ellos fue indudablemente fortísimo, pero resultó decisivo en los miembros del grupo el plantear la posibilidad de superar la problemática política e ideológica, mejorar la situación social, mediante la crítica, la movilización y la solidaridad. Si los logros en el campo sociopolítico eran limitadísimos, sí se puede constatar que los del medio siglo lograron que la narrativa tanto corta como extensa empezara a llenar el vacío causado por la falta de una prensa libre, independiente, genuinamente crítica.

La generación del medio siglo mostraba bastante homogeneidad en su fase inicial, como ha señalado Ana María Matute[48], había contacto, unión, amistad entre varios del grupo tanto en Barcelona como en Madrid, pero entre una promoción tan rica en talento creativo, de fuertes personalidades, se manifestaban diversas tendencias literarias. Para el estudio de la novela resulta útil la división en cuatro grupos: el neorrealismo, el realismo social, la novela metafísica y el realismo crítico, propuesta por Hipólito Esteban Soler[49], pero la aplicación de dicho esquema al cuento produciría más confusión que esclarecimiento por la abundancia y variedad de los cuentos mismos y la dificultad de precisar la fecha de publicación de muchos de ellos. Lo que une a los miembros del 50 es el abandono del cuento con un fuerte armazón argumental, la expresión de una anécdota o historia presentada convencionalmente como materia supuestamente completa, a favor de un cuento basado en la fragmentación, una

[48] Véase Josefina Rodríguez de Aldecoa, ed., «Introducción» a Ignacio Aldecoa, *Cuentos,* 10.ª ed., Madrid, Cátedra, 1985, pág. 17.

[49] Véase Hipólito Esteban Soler, «Narradores españoles del medio siglo», *Miscellanea di Studi Hispanici,* Università de Pisa, 1971-1973, págs. 217-370.

tranche de vie contemporánea y lo que Oscar Barrero Pérez llama «instantaneidad cotidiana»[50].

Esta generación de escritores produce cuentos de una multiplicidad extraordinaria. Hay cuentos rurales, urbanos, cuentos sobre capitales y aldeas, sobre mujeres y hombres, niños y viejos, pobres y acomodados, obreros, campesinos, oprimidos, inválidos, horteras, progres, cuentos sobre la experiencia en el extranjero y, por contraste, sobre temas castizos como el flamenco, cuentos sobre creadores artísticos y profesores, cuentos de psicología sencilla y con densas complicaciones psíquicas, cuentos de lenguaje cultísimo y en lenguaje dialectal. En fin, cientos y cientos de cuentos.

En el sentido ampliamente humano, estos cuentos son en gran parte testimoniales, es su denominador común, e incluso, algunos son altamente politizados, contestatarios. Se trata de narraciones escritas por un grupo de autores inquietos, «jóvenes iracundos» a lo español, que conciben la literatura como actividad sociopolítica. Sintiendo un fuerte compromiso político, escritores tales como Antonio Ferres, Armando López Salinas, Jesús López Pacheco, Daniel Sueiro, José María Quinto, entre otros, se preocupan por subrayar en sus escritos (más en sus novelas que en sus cuentos) injusticias sociales, problemas laborales, diferencias de clase, desajustes económicos. En su ansia de comunicarse con las mismas víctimas de la opresión, la clase obrera (que no leía las obras de los autores socialrealistas), éstos se vieron obligados a insistir en datos sociales, simplificar su discurso literario, explicitar su mensaje ideológico. En el peor de los casos, la expresión de su responsabilidad política y ética mermaba el nivel estético de sus textos. Lo social domina la atención de estos escritores, pero no deja de tener interés el hecho sorprendente de que el mismo teórico de la literatura socialrealista, Alfonso Sastre, publicara en los

[50] Barrero López, *El cuento español, 1940-1980,* pág. 22.

años 60 un volumen de cuentos de corte fantástico, «postgótico»[51].

En la década de los 60 el socialrealismo pierde vigencia frente a una tendencia generalizada de modernización de la narrativa, de recuperación de avances técnicos, de renovación formal, tendencia que ya se había hecho patente en la novela latinoamericana del «boom». Dentro de esta línea se inscriben las novelas *Tiempo de silencio* (1962), de Luis Martín-Santos, *Señas de identidad* (1966) de Juan Goytisolo, *Últimas tardes con Teresa* (1966) de Juan Marsé, *Volverás a Región* (1967) de Juan Benet. A estos autores se suman otros autores de la generación del medio siglo como Fernández Santos, García Hortelano, Martín Gaite, Sueiro que van modificando sus posturas neorrealistas o socialrealistas a favor de enfoques literarios más afines a los imperantes en el campo internacional de décadas recientes. Estos autores y otros de su generación siguen cultivando el cuento, aunque su afán experimental se nota más en sus novelas.

La próxima promoción, la llamada generación del 68, siguió la corriente experimental, la indagación subjetiva, la búsqueda de vitalidad expresiva, concentrándose en sus comienzos en la novela. Entre los últimos años de la década de los 60 y la década de los 70 escritores tales como Mariano Antolín Rato, Félix de Azúa, Javier del Amo, Miguel Espinosa, José Antonio Gabriel y Galán, José María Guelbenzu, Raúl Guerra Garrido, Ramón Hernández, José Leyva, Javier Marías, Vicente Molina Foix, Ana María Moix, Juan José Millás, Javier Tomeo, José María Vaz de Soto y Manuel Vázquez Montalbán muestran un anhelo de ponerse al día, de participar en una tendencia internacional a dar prioridad a lo nuevo, lo poco convencional, lo libertario. En esta generación predominan una apertura a lo exterior, una acentuada actitud cosmopolita, un afán de incorporar a sus obras téc-

---

51 Véase la tesis doctoral de Krisztina Weller, *Postgothic Prose and Games Fantasists Play: A Study on the Contemporary Fantastic Narrative of Perucho, Sastre and Fernández Cubas*, University of Toronto, 1991.

nicas y procedimientos consustanciales con la mejor literatura mundial, una postura de ensanche intelectual y experimentación literaria. Tres escritores que están a caballo entre la generación del medio siglo y la generación del 68, Luis Goytisolo, Félix Grande y Ricardo Doménech representan en sus narraciones varias tendencias que han de manifestarse en otros autores más jóvenes. En los tres escritores se ven la exaltación de lo individual, la obsesión; en Grande hay una fuerte preocupación por la enajenación, lo erótico, situaciones-límite, en Doménech un fuerte apego a temas fantásticos, y en Goytisolo una atracción por el narcisismo textual. Especialmente relevante es el retorno a la fantasía (se renueva el interés en la obra de Torrente Ballester, Cunqueiro y Perucho) como *modus operandi* del cuento que se prolonga hasta el presente. Cuentos fantásticos los han escrito autores contemporáneos, no sólo los de la generación del 68 sino otros autores próximos a éstos en edad que surgen durante la transición entre la época franquista y la implantación de la democracia, es decir, Juan Pedro Aparicio, Luis Mateo Díez, Marina Mayoral, José María Merino, Rosa Montero, Lourdes Ortiz, Álvaro Pombo, Soledad Puértolas, Carme Riera, Esther Tusquets, entre otros, y cuentos de exploración psicológica escriben éstos y muchos otros, incluidos Manuel Vázquez Montalbán, Montserrat Roig, Paloma Díaz-Mas. Dos tendencias muy marcadas desde la década de los años 70 son el interés en el mundo femenino y en la autorreflexividad del texto cuentístico.

La década de los años 80 marca la aparición de grandes cambios en el campo cultural español producidos bajo la fuerte presión de valores mercantilistas que circulan en un contexto cada vez más cosmopolita, el intervencionismo estatal, la creciente influencia de los medios de comunicación y reproducción, y un egoísmo generalizado («el egoísmo es el lema y el tema de nuestro tiempo»)[52]. Se ob-

---

[52] José Carlos Mainer, «1985-1990: cinco años más», en *España frente al siglo XXI. Cultura y Literatura,* Samuel Amell (ed.), Madrid, Cátedra/Ministerio de Cultura, 1992, pág. 47.

servan una expansión de las industrias culturales, la burocratización de la cultura, un fuerte consumismo de bienes estéticos, el declive del prestigio del intelectual, y, concretamente, referente al campo literario, dentro de un ámbito de mayor apoyo del público español a la narrativa española, que a su vez se encuentra más diseminada en el extranjero mediante traducciones, una desvalorización de lo social a favor de una acentuación de lo personal, una banalización de lo trascendental, y una atracción por lo *light*, el hedonismo y el eclecticismo, tachados como síntomas de la posmodernidad, denominación para esta época abundantemente mencionada y a veces puesta en entredicho pero poco estudiada en España[53]. En estos años surgen varios narradores destacados, por ejemplo, Cristina Fernández Cubas, y entre los llamados «nuevos narradores» algunos destacados tales como Jesús Ferrero, Pedro Zarraluki, Julio Llamazares, Javier García Sánchez, Antonio Muñoz Molina, Agustín Cerezales, Ignacio Martínez Pisón y Francisco J. Satué.

En la década de los 80 se cultiva mucho el cuento, y si es discutible que la situación global del género haya cambiado sustancialmente, es innegable que últimamente se refiere bastante a las penas y glorias del cuento. La sensación de la crisis del cuento, quizás integral al género mismo y estrechamente ligada a las fluctuaciones en las condiciones de la prensa y las editoriales, ha estado presente en el campo literario durante toda la postguerra.

En 1945 Francisco Melgar, director de una revista, *Do-*

---

[53] Véase Gonzalo Navajas, *Teoría y práctica de la novela española posmoderna*, Barcelona, Ediciones del Mall, 1987; y también M.ª Carmen África Vidal, *¿Qué es el posmodernismo?*, Alicante, Universidad de Alicante, 1989; Josep Picó, ed., *Modernidad y posmodernidad*, Madrid, Alianza Editorial, 1988; José Tono Martínez, ed., *La polémica de la posmodernidad*, Madrid, Ediciones Libertarias, 1986; Francisco Umbral, *Guía de la posmodernidad*, Madrid, Ediciones Temas de Hoy, 1987. Para un estudio detallado y riguroso de la posmodernidad (*postmodernism*) como fenómeno internacional con abundante bibliografía, véase Linda Hutcheon, *A Poetics of Postmodernism: History, Theory, Fiction*, Nueva York y Londres, Routledge, 1988. Otro libro valioso es Edmund J. Smyth, ed., *Postmodernism and Contemporary Fiction*, Londres, B. T. Batsford, 1991.

mingo, contesta a las dos preguntas: «¿Se escriben cuentos actualmente? ¿Se publican muchos?», de la siguiente forma: «Creo que si no se publican es por dos razones: ... es que en la prensa española de hoy, salvo raras excepciones, no se concede interés al cuento... Como las columnas de los periódicos son los lugares más indicados para que vaya a parar a ellas toda la producción garbosa, delicada, sensible de los cuentistas de vocación, éstos se han retraído dedicándose a otros géneros literarios más de moda como la biografía breve, el ensayo o la crónica, y el cuento ha decaído, se ha creado en torno suyo una especie de círculo vicioso del que es muy difícil que salga, a no ser que se haga precisamente lo que ahora no se hace, o no se hace suficientemente, que es publicar cuentos»[54]. He aquí expuesta la problemática que se plantea para el cuento: las veleidades de la moda literaria, la precariedad en el mercado editorial, y la consiguiente inestabilidad para el cuentista mismo. En sucesivas décadas los cuentistas españoles se han quejado agriamente de lo poco que se ha tenido en cuenta el género. En 1959 Francisco García Pavón, cuentista y antólogo de cuentos, declaró tajantemente que «pocas veces, a lo largo de nuestra historia literaria, ha existido un género tan primorosa y pluralmente cultivado, a la vez que tan brutalmente despreciado, como el cuento español de esta hora»[55]. En el mismo año exclamó: «hay algunos (escritores) que casi viven de las letras, pero jamás de los libros... los libros de cuentos no dan para cerillas de un año»[56]. Otro destacado cuentista y antólogo de cuentos, Medardo Fraile, hizo hincapié en 1971 —y en varias otras ocasiones hasta el presente— en la injusta postergación del cuento contemporáneo señalando que «el cuento ha sido y es considerado un "gé-

---

[54] Véase Joaquín Millán Jiménez, «El cuento literario español en los años 40. Un género a flote», *Las Nuevas Letras,* 8 (1988), pág. 81.

[55] Francisco García Pavón, «Prólogo» a *Antología de cuentistas contemporáneos (1939-1958),* Madrid, Gredos, 1959, pág. 7.

[56] Francisco García Pavón, «Francisco García Pavón nos habla del cuento», *Ínsula,* 152-153 (1959), pág. 19.

nero menor"... los desaires recibidos por este género en España son de peso: la pérdida de un libro de cuentos que fue Premio Nacional de Literatura, la no inclusión siempre de ese género en las convocatorias a los Premios Nacionales, la no inclusión tampoco de buenos escritores de cuentos que no hayan hecho novela en alguna historia de la literatura»[57]. Ya a principios de los años 80 un historiador de la literatura, Santos Sanz Villanueva, ha hecho eco de estos comentarios, destacando que «el relato corto es un género, dentro de las formas narrativas, desasistido de toda la cadena de producción y consumo: desde los autores hasta los lectores, pasando por la crítica... Sin embargo, la importancia del cuento en la postguerra ha sido capital»[58]. Buen defensor del cuento, Sanz Villanueva ha reiterado su punto de vista en otra historia de la literatura explicitando «la improrrogable necesidad de incorporar el relato como género cualificado a los panoramas de nuestra literatura presente»[59]. (Ojalá le hicieran caso a Sanz Villanueva, pero de momento parece que la situación no ha cambiado, como se puede comprobar en un reciente panorama, en que participa el mismo Sanz Villanueva: Darío Villanueva y otros, *Los nuevos nombres 1975-1990* [1992], donde se refiere a la novela [con mínimas referencias al cuento], la poesía y el teatro)[60].

En la década de los años 80 los escritores siguen protestando por el mal trato que recibe el cuento: «la situación es extremadamente crítica, casi agónica en sentido orteguiano» (Alfonso Martínez Mena); «ante esta triste situación del cuento y del cuentista» (Antonio Martínez

[57] Medardo Fraile, «Panorama del cuento contemporáneo en España», pág. 170.

[58] Santos Sanz Villanueva, *Historia de la novela social española (1942-1975)*, II, Madrid, Alhambra, 1980, pág. 802.

[59] Sanz Villanueva, *Historia de la literatura española. El siglo XX. Literatura actual*, Barcelona, Ariel, 1984, págs. 144-145.

[60] Además, en un libro aparecido en 1991 dedicado a revisar el panorama de la cultura española, si bien se incluye un ensayo sobre la novela no se menciona para nada el cuento, véase *España hoy —II— Cultura*, ed. de Antonio Ramos Gascón, Madrid, Cátedra, 1991.

Menchén); «la producción cuentística propia, tan abandonada por nuestra industria editorial» (Ana María Navales); «me dedico a la narración corta ... el colmo de la locura» (Jorge Ferrer-Vidal); «tampoco hay ambiente propio, por parte de críticos y editores y, además, la clientela se esfuma» (Andrés Berlanga); «salvo excepciones, y en España por ejemplo ha aumentado el número de editoriales que se niegan a publicar libros de relatos (Planeta, por ejemplo) por su exigua comercialidad» (Fernando Quiñones)[61]. También hay otros escritores más jóvenes y más exitosos, como Juan José Millás, por ejemplo, que no comparten esta visión tan pesimista[62]. Naturalmente, es preciso tener en cuenta estas opiniones, pero sin perder de vista que son opiniones que reflejan una situación personal, profesional. Conviene considerarlas dentro de un amplio contexto literario y cultural de la década de los años 80. Afortunadamente, gracias a estudios rigurosos de investigadores como Ramón Acín, Javier Pradera, Darío Villanueva, entre otros, ya sabemos un poco más que en otras décadas de determinados aspectos de la actualidad cultural: la industria literaria española, el mercado del libro, la dimensión mercantilista de la cultura y sus medios de difusión[63].

Es evidente que durante «los años 80 el cuento ha adquirido una cierta relevancia»[64]. En comparación con el lustro anterior es precisamente en esta fecha, 1980, en

---

61 Véanse los artículos de estos autores en «La situación de las letras españolas», *República de las Letras,* 22 (julio de 1988), págs. 57-87. La referencia de Berlanga aparece en «Sobre el cuento», *Ínsula,* 495, El Cuento I (1988), pág. 24. Para ver la opinión de otros autores véanse Santos Alonso, «Poética del cuento. Los escritores actuales meditan sobre el género», *Lucanor,* 6 (septiembre de 1991), págs. 43-54; *Ínsula,* 459, El Cuento I y 496, El Cuento II (1988), págs. 21-24 en los dos números; y Fernando Valls, Bibliografía, la sección «Los autores reflexionan sobre el género», *Lucanor,* 6 (septiembre de 1991), págs. 96 y 97.

62 Juan José Millás, «Lo que cuenta el cuento», *El País* (1 de octubre de 1987).

63 Véase en Darío Villanueva, *Historia y crítica de la literatura española,* IX, ed., Francisco Rico, Barcelona, Crítica, 1992.

64 Ramón Acín, «El cuento y sus medios de difusión», *Lucanor,* 6 (septiembre de 1991), pág. 68.

que aparecen mayor número de títulos (29 títulos)[65]; si bien en los años siguientes hay una pequeña recesión, el final de la década vuelve a ofrecer un alza. No hay que perder de vista, sin embargo, que también estos años muestran un notable incremento en el campo de la novela, género cuya difusión ha sido generalmente muchísimo mayor. A este florecimiento ha contribuido la aparición de un gran número de revistas publicadas gracias a subvenciones concedidas por las autonomías regionales, cajas de ahorros y otras entidades. En revistas tales como *Barcarola, Cuadernos del Norte, Turia, Las Nuevas Letras, El paseante,* entre muchas más, el cuento ocupa un lugar. Lo que parece en principio optimista y esperanzador no deja de tener un lado oscuro. Según diferentes estudios, el incremento de títulos publicados se contrarresta con la caída de tiradas. Y algo mucho más dramático es el hecho de que en 1990 se publicaran proporcionalmente hasta un 30 por 100 menos de títulos de narrativa española y latinoamericana[66].

Otro factor en el panorama cuentístico es la dotación de premios literarios. Lo que podría a primera vista potenciar el género, como en décadas anteriores, caso de el Sésamo, el Café Gijón, el Hucha de Oro..., ya no sirve a tal propósito. Pues la proliferación de pueblos y ciudades e incluso empresas, que con fines puramente publicitarios se han prestado a crear su premio local, ha tenido el efecto negativo de desprestigiar el género. La no publicación del manuscrito premiado, la abundancia de autores efímeros y la peyorativa consideración del cuento como algo fácil, de escaso esfuerzo, han sido algunas consecuencias[67]. Con todo, no hay que cargar las tintas en lo desfavorable, ya que los premios de calidad (Gabriel

---

[65] Véase Fernando Valls y Nuria Carrillo, *Lucanor,* 6 (septiembre de 1991), págs. 85-86.

[66] Véase Darío Villanueva, *Historia y crítica de la literatura española,* pagina 20.

[67] Véase Acín, «El cuento y sus medios de difusión», *Lucanor,* 6 (septiembre de 1991), págs. 76 y 77.

Miró, Hucha de Oro, Miguel Delibes, Antonio Machado de RENFE, además de algunos mencionados anteriormente) siguen contribuyendo a la difusión del cuento.

Presentación de la antología

Nuestra antología incluye a veintiún autores actuales. No nos ha parecido ni justo ni apropiado establecer el orden de los cuentos tomando como referencia las distintas generaciones de los escritores, puesto que en el panorama cuentístico actual es notable el hecho de la coexistencia de varias promociones en plena actividad. El orden jerárquico de generaciones parece haber perdido su estricta vigencia. De ahí que en este libro se haya seguido un orden onomástico de presentación: Agustín Cerezales, Paloma Díaz-Mas, Luis Mateo Díez, Javier García Sánchez, Luis Goytisolo, Javier Marías, Marina Mayoral, José María Merino, Juan José Millás, Vicente Molina Foix, Antonio Muñoz Molina, Ana María Navales, Lourdes Ortiz, Antonio Pereira, Álvaro Pombo, Soledad Puértolas, Carme Riera, Javier Tomeo, Esther Tusquets, Pedro Zarraluki y Juan Eduardo Zúñiga.

La ausencia de un volumen de cuentos que englobara escritores representativos del momento actual suscitó la idea de preparar este libro. Aunque se han publicado en los últimos años varias antologías, en general han quedado restringidas dentro del contexto de la narrativa de postguerra[68], o bien han tenido un enfoque monotemático, con fines más comerciales que estrictamente literarios[69] o se han estructurado con una perspectiva regional[70]. Todos los autores seleccionados tienen una carrera

---

[68] Véase nota 2.

[69] Podemos mencionar, entre otras, *Cuentos de terror,* Barcelona, Grijalbo, 1989; *El fin del milenio,* Barcelona, Planeta, 1990; *Los pecados capitales,* Barcelona, Grijalbo, 1990, etc.

[70] Cabe referir Rafael de Cózar, *Narradores andaluces,* Madrid, Legasa, 1981; José Antonio Fortes, ed., *Los andaluces cuentan,* Granada, Aljibe, 1981; Ramón Jiménez Madrid, ed., *Narradores murcianos,* II, Murcia, Edi-

literaria reconocida y de pleno auge en la actualidad. Algunos de ellos pertenecen a una generación más joven, y no por ser menos mencionados dejan de haber mostrado dominio en el campo del relato. En resumen, nuestro objetivo ha sido llenar el vacío existente con una publicación necesaria para atraer la atención sobre un género vigoroso pero injustamente menospreciado.

Naturalmente habría sido idóneo ofrecer un panorama de mayor espectro, que abarca a todas las corrientes literarias de la actualidad, pero siempre se imponen límites de espacio y restricciones dentro del sistema literario (factores económicos, intereses editoriales, intervención de figuras mediadoras[71], etc.) que dificultan la tarea del antólogo. Con todo, esperamos haber alcanzado un muestrario fidedigno de la pluralidad de autores y tendencias que tienen rigurosa vigencia en el momento actual. Respondiendo a una política de la Editorial hemos omitido algunos autores ya incluidos en su antología del *Cuento español de Posguerra*.

La característica más relevante de la selección, a nuestro parecer, es la diversidad en extensión, contenido, temas, enfoques y estética. Hay cuentos breves, de dos o tres páginas, otros de mayor amplitud, cinco o seis páginas, y, por último, algunos de gran desarrollo. Se refieren a ambientes rurales y urbanos, espacios nacionales y extranjeros, personajes infantiles y mayores, excéntricos y sencillos; configuran lo absurdo, lo fantástico, lo real y lo fabulado, lo contemporáneo y lo pasado desde enfoques irónicos, paródicos, metafictivos y humorísticos.

Desde un punto de vista argumental, se pueden señalar ciertas preferencias. Lo provinciano ha sido lugar común en «La barbera alemana» de Pereira, «Expediente en curso» de Cerezales y «Mi tío César» de Luis Mateo Díez. Es-

---

tora Regional de Murcia, 1986; AA. VV., *Cuentos barceloneses,* Barcelona, Icaria, 1989; María Elvira Muñiz, ed., *Cuentos literarios de autores asturianos,* Gijón, Fundación Dolores Medio, 1990; Santos Alonso, ed., *Figuraciones,* León, Diputación Provincial de León, 1986; Pedro Domene, ed., *Narradores almerienses. Antología,* Granada, Biblioteca General del Sur, 1991.

71 Véase Darío Villanueva, pág. 19.

tos cuentos plasman formas de vida características de pueblos y pequeñas ciudades a través de usos lingüísticos, descripciones detalladas del paisaje (tales como la sombría aridez castellana de Medina del Campo en el cuento de Cerezales), humor local (en «La barbera alemana») y costumbres y tradiciones (las fiestas locales y la boda en «Mi tío César»). Curiosamente, en estos cuentos de signo regional, los protagonistas son extranjeros, de procedencia alemana y ucraniana, o foráneos, incluso intrusos, cuya presencia inicial tiene un impacto perturbador para transformarse al poco tiempo en convivencia.

Otros cuentos se centran en personajes y experiencias extranjeras. Es el caso de los relatos de Pombo, Navales, Zarraluki y Muñoz Molina: la Archiduquesa Olga Alejandrovna y su señorita de compañía francesa, Virginia Woolf y el círculo de Bloomsbury, los gemelos ingleses y el repertorio internacional de personajes reunidos en el cuento de Muñoz Molina situado en Marrakesh. A todos estos cuentos les une el rasgo de la excentricidad. En la línea de esta característica se encuentran la destrucción y el decadentismo presentes en «El último día del mundo» de Zúñiga, cuyos protagonistas se mueven en un ambiente hedonista que pretende suprimir el pasado.

En un gran número de cuentos aparece lo femenino como categoría sobresaliente, no sólo en los de las autoras Díaz-Mas, Mayoral, Navales, Puértolas, Riera y Tusquets, sino también en los relatos de Marías, Millás, Pereira y Pombo. La caracterización de la figura femenina se hace desde diferentes supuestos en el sentido vivencial: un acercamiento psicológico (Pombo), un planteamiento desde una perspectiva generacional («En busca de un retrato» de Díaz-Mas), en otros casos, una marcada personalidad que manifiesta una búsqueda de independencia («Volver» de Riera, «Walter no ha muerto» de Navales, «Primavera de luto» de Millás, «La barbera alemana» de Pereira y «Orquesta de verano» de Tusquets) frente a posturas expuestas como convencionales («Viejas historias» de Puértolas) o tópicas («Entonces empezó a olvidar» de Mayoral), incluso una mezcla de las dos perspectivas

(«En el viaje de novios» de Marías). La incorporación del amor lesbiano se hace patente en los cuentos de Ana María Navales y Álvaro Pombo, de modo más sugerido en este último autor y explícito y directo en «Walter no ha muerto», cuento en el que la misma protagonista, Virginia Woolf, se refiere a «su amor de las mujeres», contraponiéndolo a sus relaciones con hombres.

El mundo contemporáneo queda integrado en varios cuentos a través de relaciones interpersonales; se da en «Primavera de luto», «Viejas historias» y «En el viaje de novios». En ellos el triángulo amoroso funciona a modo de pauta estructural, de forma más obvia en los dos primeros. En el cuento de Millás la base de las relaciones ostenta un matiz claramente siniestro con el que se juega mediante un proceso de desdoblamiento. «Viejas historias», de Puértolas, presenta figuras de plena actualidad que entablan lazos afectivos dentro de un contexto de liberación, cuyas características privativas parecen ser la fugacidad y la incertidumbre. El cuento de Marías se desarrolla dentro de unas coordenadas psicológicas que hacen referencia a fantasmas de lo inconsciente.

Algunos cuentos se fundamentan en la rememoración familiar. «Orquesta de verano», de Tusquets, se narra desde la infancia para revelar las imperfecciones y la crueldad del mundo adulto que se rige según una manifiesta diferenciación de clases. En el ángulo opuesto habría que situar «En busca de un retrato» donde una narradora joven enfoca la vejez y desde ella consigue discernir entre su idealización y el hallazgo de una realidad dispar. El cuento de Ortiz, «El espejo de las sombras», relata vivencias centradas en las fiestas navideñas y configura, mediante reflejos especulares, el presente del protagonista, presente al que sólo tiene un acceso más alentador merced a una nueva disposición frente a su pasado. El desafío y la ruptura entre generaciones son ejes argumentales en «Volver» de Carme Riera. La hija pródiga, al reincorporarse forzosamente al medio familiar, contrasta su situación actual con experiencias hogareñas pretéritas, enmarcadas dentro de un ambiente de alucinación que le impide delimitar lo real de lo soñado. Se trata de un cuento de decidido signo fantástico.

«El fisonomista» de García Sánchez y el «Cuento de la peluca» de Molina Foix sí entran de lleno en el género de lo fantástico. Utilizando un procedimiento muy común, ambos autores dejan aflorar lo insólito y aparentemente imposible desde un mundo cotidiano. El descubrimiento de estos sucesos extraños queda aplazado hasta el momento final, produciéndose de este modo un impacto mayor.

La imbricación de realidad y ficción, parodia y metaliteratura tiene un lugar privilegiado en «Tres documentos sobre la locura de J. L. B», «Entonces empezó a olvidar» y «Joyce al fin superado». En estos cuentos, la dimensión paródica y metafictiva se basa en la figura de Borges, una película de Orson Welles realizada a partir de «Una historia inmortal» de Isak Dinesen, y *Finnegan's Wake* y sus exégetas, respectivamente. La ironía y el humor ocupan un primer plano en estos relatos de Merino, Mayoral y Goytisolo. También desde otra perspectiva, el humor se asocia a la sátira consiguiendo alcanzar un perfil del absurdo en el cuento de Tomeo titulado «Braquicefalias».

La inclusión de los cuentos en los grupos anteriores no debe ocultar, por supuesto, el entrecruzamiento de temas y motivos entre dichos relatos. Se trata en cada caso de distintos grados de énfasis y prioridad estética. Lo que sí se puede afirmar con relación a todos los cuentos es «la refundamentación de un ámbito íntimo, *privado»* —en palabras de José Carlos Mainer— que ha relegado a otros valores, más concretamente a lo social[72].

Desde un punto de vista formal los cuentos incluidos no han tenido por objetivo un propósito innovador, con alguna excepción, tal como «Joyce al fin superado» y «Tres documentos sobre la locura de J. L. B.». En general, la narrativa actual, y en particular el cuento, no dan señales de acción en un ámbito experimentalista. Ello no sig-

---

[72] Véase José Carlos Mainer, «1985-1990: cinco años más», pág. 23.

nifica que haya disminuido la calidad de la escritura, muy al contrario, en un estudio de estos cuentos puede constatarse esmero y precisión en el lenguaje y estilo.

En cuanto a estructuración ha predominado la variedad. La primera persona es la voz narrativa ligeramente más empleada, hecho que tiende a reforzar el aspecto íntimo y subjetivo de muchos de los cuentos. Pero esta subjetividad se plasma incluso a través de la tercera persona, tal es así que a veces induce a pensar en la utilización de confesiones íntimas, como por ejemplo es posible comprobar en «Primavera de luto». Tanto en el empleo de la primera como la tercera personas narrativas destaca un auténtico placer de contar historias, especialmente manifiesto en «La barbera alemana», «Las otras vidas» y «Entonces empezó a olvidar».

Espacios y tiempos narrativos contribuyen decisivamente a intensificar la tensión argumental y la caracterización psicológica de los personajes en «En el viaje de novios», «El espejo de las sombras», «Volver», «Páginas inglesas», «El último día del mundo» y «Walter no ha muerto». Elemento con afinidad a la dimensión espaciotemporal es el ritmo narrativo, que se ha configurado mediante la longitud de los párrafos, breves y creadores de dinamismo en «Braquicefalias» y «Tres documentos sobre la locura de J. L. B.» para tener en el otro extremo párrafos largos de cadencia lenta como en «Orquesta de verano», «Avatar con peripecia de la reaparecida pitillera preferida de su Alteza Imperial la Archiduquesa Olga Alejandrovna», y «Joyce al fin superado».

Hay que señalar la función sintetizadora de los títulos en relación directa con el contenido de los cuentos. Es notable, entre otros, en «Expediente en curso (Basilii Afanasiev)», «Mi tío César», «En busca de un retrato», «Viejas historias» y «Cuento de la peluca». En un género tan breve como es el cuento, el comienzo y el final son componentes de suma importancia en la consecución del impacto esperado. En nuestros cuentos un efecto contundente en el comienzo se aprecia de forma nítida en «La barbera alemana» y «Las otras vidas». Esto se consigue en ambos relatos mediante preguntas dirigidas al lector, las cuales le involucran de modo absoluto. Por su parte, los finales de los cuentos logran un gran impacto pero adquieren aún mayor grado de poder mediante la unión de lo sorpresivo y el estallido de lo fantástico en «El fisonomista» y «Cuento de la peluca».

En resumen, el conjunto de estos cuentos ofrece una muestra de la lozanía que el género cuentístico ha manifestado en años recientes. La productividad de las diferentes promociones, la variedad de enfoques creativos y el compromiso con el cuento manifestado por algunos de los autores, permiten otear un horizonte relativamente esperanzador para un género, a pesar de ser infravalorado, tan espléndido.

Esta edición

En la «Presentación de la Antología» (segundo apartado de la Introducción) nos hemos referido al objetivo propuesto con el presente volumen y a la razón implícita en la estructuración de la materia de acuerdo a un orden onomástico. Valga mencionar ahora la intención de actualidad mantenida en el momento de la selección. Todos los cuentos, con la excepción de cuatro, han sido escritos o publicados entre 1988 y 1992 y en algunos casos no hemos podido incluir algún relato publicado en 1992 por intereses ajenos a nosotros.

Hemos antepuesto a cada cuento una breve nota biobibliográfica, a modo orientativo, para que el lector tenga unas referencias mínimas del autor. Asimismo parecía muy ilustrativo conocer la respuesta de los escritores a la pregunta: ¿Qué representa o qué es para usted el cuento en el momento actual? En algunos casos contestaron directamente, en otros nos remitieron a revistas literarias o periódicos en los que ya habían manifestado su opinión al respecto, por último, en tres casos —a pesar de nuestra insistencia—, nunca conseguimos obtener tal respuesta.

A la procedencia de los textos hemos unido un cuadro cronológico, a partir del cual es posible acceder —de modo rápido— al año de nacimiento del autor y la fecha de publicación de su relato.

Procedencia de los textos

Agustín Cerezales, «Expediente en curso», *Perros verdes* (Lumen, 1989).

Paloma Díaz-Mas, «En busca de un retrato», *Nuevas letras,* 8 (1988).

Luis Mateo Díez, «Mi tío César», *Brasas de agosto* (Alfaguara, 1989).

Javier García Sánchez, «El fisonomista», *Teoría de la eternidad* (Laertes, 1984).

Luis Goytisolo, «Joyce al fin superado», *Investigaciones y conjeturas de Claudio Mendoza* (Anagrama, 1985).

Javier Marías, «En el viaje de novios», inédito.

Marina Mayoral, «Entonces empezó a olvidar», *Morir en sus brazos y otros cuentos* (Aguaclara, 1989).

José María Merino, «Tres documentos sobre la locura de J. L. B.», inédito.

Juan José Millás, «Primavera de luto», *Primavera de luto y otros cuentos* (Destino, 1992).

Vicente Molina Foix, «Cuento de la peluca», *Revista de Occidente* (1982).

Antonio Muñoz Molina, «Las otras vidas», *Las otras vidas* (Mondadori, 1988).

Ana María Navales, «Walter no ha muerto», *Cuentos de Bloomsbury* (Edhasa, 1991).

Lourdes Ortiz, «El espejo de las sombras», *Diario 16* (1991).

Antonio Pereira, «La barbera alemana», *Picassos en el desván* (Mondadori, 1991).

Álvaro Pombo, «Avatar con peripecia de la reaparecida pitillera preferida de su Alteza Imperial la Archiduquesa Olga Alejandrovna», *Lucanor,* 6 (1991).

Soledad Puértolas, «Viejas historias», inédito.

Carme Riera, «Volver», *Contra el amor en compañía y otros relatos* (Destino, 1991).

Javier Tomeo, «Braquicefalias», inédito.

Esther Tusquets, «Orquesta de verano», *Siete miradas en un mismo paisaje* (Lumen, 1981).

Pedro Zarraluki, «Páginas inglesas», *Retrato de familia con catástrofe* (Anagrama, 1989).

Juan Eduardo Zúñiga, «El último día del mundo», *La tierra será un paraíso* (Alfaguara, 1989).

Cuadro Cronológico

Antonio Pereira (1923)	«La barbera alemana» (1991).
Juan Eduardo Zúñiga (1929)	«El último día del mundo» (1989).
Javier Tomeo (1931)	«Braquicefalias», inédito.
Luis Goytisolo (1935)	«Joyce al fin superado» (1985).
Esther Tusquets (1936)	«Orquesta de verano» (1981).
Álvaro Pombo (1939)	«Avatar con peripecia de la reaparecida pitillera preferida de su Alteza Imperial la Archiduquesa Olga Alejandrovna» (1991).
Ana María Navales (1939)	«Walter no ha muerto» (1991).
José María Merino (1941)	«Tres documentos sobre la locura de J. L. B.», inédito.
Luis Mateo Díez (1942)	«Mi tío César» (1989).
Marina Mayoral (1942)	«Entonces empezó a olvidar» (1989).
Lourdes Ortiz (1943)	«El espejo de las sombras» (1991).
Juan José Millás (1946)	«Primavera de luto» (1992).
Vicente Molina Foix (1946)	«Cuento de la peluca» (1982).
Soledad Puértolas (1947)	«Viejas historias», inédito.
Carme Riera (1949)	«Volver» (1991).
Javier Marías (1951)	«En el viaje de novios», inédito.

Paloma Díaz-Mas (1954)	«En busca de un retrato» (1988).
Pedro Zarraluki (1954)	«Páginas inglesas» (1989).
Javier García Sánchez (1955)	«El fisonomista» (1984).
Antonio Muñoz Molina (1956)	«Las otras vidas» (1988).
Agustín Cerezales (1957)	«Expediente en curso» (1989).

Bibliografía

I. Teoría y crítica del cuento y miscelánea

AA.VV., Special Issue: The Modern Short Story, *Modern Fiction Studies*, XXVIII, 1 (primavera de 1982).

— *Letras españolas 1976-1986*, Madrid, Castalia/Ministerio de Cultura, 1987.

— *Letras españolas 1987*, Madrid, Castalia/Ministerio de Cultura, 1988.

— *Letras españolas 1988*, Madrid, Castalia/Ministerio de Cultura, 1989.

Adam, Jean-Michel, *Le récit*, París, Presses Universitaires de France, «Que sais-je?», 1984.

África Vidal, M.ª Carmen, *¿Qué es el posmodernismo?*, Alicante, Universidad de Alicante, 1989.

Allen, Walter, *The Short Story in English*, Oxford, Clarendon Press, 1981.

Anderson Imbert, Enrique, *Teoría y técnica del cuento*, Buenos Aires, Marymar, 1979 (edición española: Barcelona, Ariel, 1992).

Ayala, Francisco, *Reflexiones sobre la estructura narrativa*, Madrid, Taurus, 1970.

— *La estructura narrativa y otras experiencias literarias*, Barcelona, Crítica, 1984.

Aycock, Wendell M., ed., *The Teller and the Tale: Aspects of the Short Story*, Lubbock, Texas Tech. Press, 1982.

Baquero Goyanes, Mariano, *¿Qué es el cuento?*, Buenos Aires, Columba, 1967.

BARTHES, Roland, «Introduction à l'analyse structurale des récits», *Communications,* 8 (1966), págs. 1-27.
— *L'aventure semiologique,* París, Editions du Seuil, 1985.
BAILEY, John, *The Short Story: Henry James to Elizabeth Bowen,* Brighton, The Harvester Press, 1988.
BATES, H. E., *The Modern Short Story. A Critical Survey,* Londres, Thomas Nelson Sons Ltd., 1941.
BENEDETTI, Mario, «Tres géneros narrativos», en *Sobre artes y oficios,* Montevideo, Alfa, 1968, págs. 14-29.
BORTOLUSSI, Marisa, *Análisis teórico del cuento infantil,* Madrid, Alhambra, 1985.
BOSCH, Juan, *Teoría del cuento,* Mérida, Universidad de los Andes, 1967.
BREMOND, Claude, *Logique du récit,* París, Editions du Seuil, 1973.
BROOKS, Peter, *Reading for the Plot: Design and Intention in Narrative,* Nueva York, Vintage Books, 1985.
BURGESS, Anthony, «On the Short Story», *Journal of the Short-Story in English,* II (1984), págs. 31-47.
CAMPOS, Julieta, «La opción de narrar», en su *La herencia obstinada: análisis de cuentos nahuas,* México, Fondo de Cultura Económica, 1982, págs. 19-49.
CARILLA, Emilio, *El cuento fantástico,* Buenos Aires, Nova, 1968.
CASTAGNINO, Raúl H., *«Cuento-artefacto» y artificios del cuento,* Buenos Aires, Nova, 1977.
CORTÁZAR, Julio, «Del cuento breve y sus alrededores», y «Algunos aspectos del cuento», en *La casilla de los Morelli,* 3.ª ed., ed., prólogo y notas de Julio Ortega, Barcelona, Tusquets, 1981, págs. 105-116 y 131-152, respectivamente.
CHAMBERS, Ross, *Story and Situation: Narrative Seduction and the Power of Fiction,* Minneapolis, University of Minnesota Press, 1984.
CHATMAN, Seymour, *Story and Discourse: Narrative Structure in Fiction and Film,* Ithaca, Cornell University Press, 1978.
CUNNINGHAM, Valentine, *Times Literary Supplement* (9 de agosto de 1985), pág. 874.
DÍEZ RODRÍGUEZ, Miguel, *Antología del cuento literario,* Madrid, Alhambra, 1985.
DURÁN-CERDÁ, Julio, «Sobre el concepto del cuento moderno»,

Explicación de Textos Literarios, V, 2 (1967), págs. 119-132.
EICHENBAUM, Boris M., «O. Henry and the Theory of the Short Story», en *Readings in Russian Poetics: Formalist and Structuralist Views,* Ladislaw Matejka y Krystyna Pormoska (eds.), Michigan, The University of Michigan, 1978, páginas 227-270.
GENETTE, Gérard, «Frontières du récit», *Communications,* 8 (1966), págs. 152-163.
GREIMAS, Algirdas Julien, *Du sens,* París, Editions du Seuil, 1970.
— «Eléments pour une théorie de l'interpretation du récit mythique», *Communications,* 8 (1966), págs. 28-59.
GRILLO DE FILIPPO, Rosa Maria, *Racconto spagnolo. Appunti per una teoria del racconto e le sue forme,* Salerno, Palladio Editrice, 1985.
GULLASON, Thomas A., «The Short Story: Revision and Renewal», *Studies in Short Fiction,* vol. 19, 3 (verano de 1982), páginas 221-230.
HIERRO, José, «El cuento, como género literario», *Cuadernos Hispanoamericanos,* 61-63 (1955), págs. 60-62.
HUTCHEON, Linda, *A Poetics of Postmodernism: History, Theory, Fiction,* Nueva York y Londres, Routledge, 1988.
LANCELOTTI, Mario A., *De Poe a Kafka: para una teoría del cuento,* Buenos Aires, Editorial Universitaria, 1965.
LEAL, Luis, *Historia del cuento hispanoamericano,* México, Ediciones de Andrea, 1966-1970.
LOHAFER, Susan, *Coming to Terms with the Short Story,* Baton Rouge y Londres, Louisiana State University, 1983.
— *Short Story at a Crossroads,* Susan Lohafer y Jo Ellyn Clarey (eds.), Baton Rouge y Londres, Louisiana State University, 1989.
MARTÍN GAITE, Carmen, *El cuento de nunca acabar. Apuntes sobre la narración, el amor y la mentira,* ilustrada por Francisco Nieva, Madrid, Trieste, 1983.
MASTRÁNGELO, Carlos, *El cuento argentino, contribución al conocimiento de su historia, teoría y práctica,* Buenos Aires, Nova, 1975.
MAY, Charles E. ed., *Short Story Theories,* Atenas, Ohio, Ohio University Press, 1976.
MORA, Gabriela, *En torno al cuento: de la teoría general y de su práctica en Hispanoamérica,* Madrid, José Porrúa Turanzas, 1985.

Mora Valcárcel, Carmen de, *Teoría y práctica del cuento en los relatos de Cortázar,* Sevilla, Publicaciones de la Escuela de Estudios Hispanoamericanos de Sevilla, 1982, págs. 1-56.

Navajas, Gonzalo, *Teoría y práctica de la novela española posmoderna,* Barcelona, Ediciones del Mall, 1987.

O'Connor, Frank, *The Lonely Voice. A Study of the Short Story,* Cleveland y Nueva York, The World Publishing Company, 1963.

O'Faolain, Sean, *The Short Story,* Dublín y Cork, The Mercier Press, 1972.

Omil, Alba, y Piérola, Raúl A., *El cuento y sus claves,* Buenos Aires, Nova, 1967.

O'toole, L. Michael, *Structure, Style and Interpretation in the Russian Story,* New Haven, Yale University Press, 1982.

Perera San Martín, Nicasio, «Elementos teóricos para la distinción entre cuento y relato», *Nueva Estafeta,* 21-22 (1980), págs. 192-197.

— «Para una semiología de los géneros narrativos», ed. M. A. Garrido Gallardo, *Teoría semiótica. Lenguajes y textos hispánicos.* Tomo I de *Actas del Congreso Internacional sobre Semiótica e Hispanismo,* 1983, Madrid, CSIC, 1984, págs. 541-545.

Pico, Josep, ed., *Modernidad y posmodernidad,* Madrid, Alianza, 1988.

Poe, Edgar Allan *Obras en prosa,* trad. de Julio Cortázar, Puerto Rico, Universidad de Puerto Rico, 1956, dos tomos.

— «Res. de *Twice-Told Tales.* Por Nathaniel Hawthorne. Two Columns. James Munroe y Co.: Boston», en *The Complete Works of Edgar Allan Poe,* ed. de James A. Harrison, vol. XI Literary Criticism-vol. IV, Nueva York, AMS Press, 1965, págs. 106-109.

Prince, Gerald, *A Grammar of Stories,* La Haya, Mouton, 1973.

— *Narratology,* La Haya, Mouton, 1982.

— *Dictionary of Narratology,* Lincoln y Londres, University of Nebraska Press, 1987.

Propp, Vladimir, *Morfología del cuento,* trad. del francés de María Lourdes Ortiz (de la 2.ª ed. rusa), Madrid, Fundamentos, 1971.

Pujante, Ángel Luis, «Del cuento», *Márgenes,* 3 (invierno de 1981-1982), págs. 107-114.

REID, Ian, *The Short Story,* Londres, Methuen, 1977.
RIMMON-KEENAN, Shlomith, *Narrative Fiction: Contemporary Poetics,* Londres, Methuen, 1983.
ROHNER, Ludwig, *Theorie der Kurzgeschichte,* Francfort, Athenäum Verlag, 1973.
SCOTT, Virgil, y MADDEN, David, *Studies in the Short Story,* Nueva York, Holt, Rinehart and Winston, 1980.
SERRA, Edelweiss, *Tipología del cuento literario: textos hispanoamericanos,* Madrid, CUPSA, 1978.
SHAW, Valerie, *The Short Story: A Critical Introduction,* Londres y Nueva York, Longman, 1983.
SHKLOVSKI, Victor, «La construcción de la "nouvelle" y de la novela», *Teoría de la literatura de los formalistas rusos,* antología preparada y presentada por Tzvetan Todorov, trad. de Ana María Nethol, Buenos Aires, Signo, 1970, págs. 127-146.
SMYTH, Edmund J., ed., *Postmodernism and Contemporary Fiction,* Londres, B. T. Batsford Ltd., 1991.
TIERNO GALVÁN, Enrique, «Relato y relación», *El País,* 21 de agosto de 1984.
TODOROV, Tzvetan, «Les catégories du récit littéraire», *Communications,* 8 (1966), págs. 125-151.
— *Poétique de la prose,* París, Editions du Seuil, 1971.
— «The Structuralist Analysis of Literature: The Tales of Henry James», en *Structuralism. An Introduction,* ed. David Robey, Oxford, Oxford University Press, 1973, páginas 73-103.
TONO MARTÍNEZ, José, ed., *La polémica de la posmodernidad,* Madrid, Ediciones Libertarias, 1986.
UMBRAL, Francisco, *Guía de la posmodernidad,* Madrid, Ediciones Temas de Hoy, 1987

II. EL CUENTO ESPAÑOL

A.A.V.V., *Relatos españoles de hoy,* prólogo de Alfonso Grosso, Notas biográficas de Rafael Conte, Madrid, Biblioteca Pepsi, 1970.
— *Historias del 36,* Barcelona, Libros Río Nuevo, 1974.
— *Cuentos barceloneses,* Barcelona, Icaria, 1988.
— *Cuentos eróticos,* Barcelona, Grijalbo, 1988.

— «El cuento hoy en España», *Las Nuevas Letras,* 8, 1988.
— «El estado de la cuestión», *Ínsula,* 495-496, El Cuento I y el Cuento II (1988), págs. 21-24 en los dos números.
— «La situación de las letras españolas. El cuento», *República de las Letras,* 22 (julio de 1988), págs. 53-109.
— *Relatos de mujeres,* Madrid, Ed. Popular, 1988, 2 vols.
— *Cuentos de terror,* Barcelona, Grijalbo, 1989.
— *El fin del milenio,* Barcelona, Planeta, 1990.
— *Los pecados capitales,* Barcelona, Grijalbo, 1990.
— «El cuento en España 1975-1990», *Lucanor,* 6 (septiembre de 1991), págs. 9-92.
ACÍN, Ramón, «El cuento y sus medios de difusión», *Lucanor,* 6 (septiembre de 1991), págs. 70-82.
— «Una década para la expectativa», *Leer,* 54 (julio de 1992), págs. 15-19.
ALDECOA, Josefina R., selección, prólogo, semblanzas, biografías y comentarios a *Los niños de la guerra,* Madrid, Anaya, 1983.
— ed. de Ignacio Aldecoa, *Cuentos,* 15.ª ed., Madrid, Cátedra, 1993.
ALONSO, Santos, ed., *Figuraciones,* León, Diputación Provincial de León, 1986.
— «Contar, crear libremente», *Las Nuevas Letras,* 8 (1988), págs. 68 y 69.
— «Poética del cuento. Los escritores actuales meditan sobre el género», *Lucanor,* 6 (septiembre de 1991), págs. 43-54.
ANDERSON IMBERT, Enrique, *El cuento español,* Buenos Aires, Columba, 1974.
ANDERSON IMBERT, Enrique, y KIDDLE, Lawrence B., eds., *Veinte cuentos españoles,* Nueva York, Appleton-Century-Crofts, 1961.
APARICIO, Juan Pedro, «La navegación del cuento», *Ínsula,* 495, El Cuento I (1988), pág. 23.
ARCE, Carlos, ed., *Premios* Sésamo *de Cuento,* Barcelona, Sagitario, 1975.
BAQUERO GOYANES, Mariano, *El cuento español en el siglo XIX,* Madrid, Revista de Filología Española-Anejo L, CSIC, 1949.
— Estudio preliminar, selección y notas a *Antología de cuentos contemporáneos,* Barcelona, Labor, 1964.

— *El cuento español,* ed. revisada por Ana L. Baquero Escudero, Madrid, CSIC, 1992.
BARRERO PÉREZ, Óscar, ed., *El cuento español, 1940-1980,* Madrid, Castalia, 1989.
BENEYTO, Antonio, ed., *Manifiesto español o una antología de narradores,* Barcelona, Ediciones Marte, 1973.
— ed., *10 narradores españoles,* Barcelona, Bruguera, 1977.
BERLANGA, Andrés, «Sobre el cuento», *Ínsula,* 495, El Cuento I (1988), pág. 24.
BRANDENBERGER, Erna, *Estudios sobre el cuento español contemporáneo,* Madrid, Editora Nacional, 1973.
BURNS, Adelaide, ed., *Doce cuentistas españoles de la postguerra,* Londres, George G. Harrap & Company, 1968.
CEREZALES, Agustín, «El cuento de la novela», *ABC,* 7 de enero de 1990.
CHEVALIER, Maxime, Estudio preliminar, edición y notas a *Cuentos espanoles de los siglos XVI y XVII,* Madrid, Taurus, 1982.
CONTE, Rafael, prólogo y advertencia previa a *Narraciones de la España desterrada,* Barcelona, Edhasa, 1970.
CÓZAR, Rafael de, ed., *Narradores andaluces,* Madrid, Legasa, 1981.
— ed., *Relatos amorosos de hoy (Antología),* Sevilla, El Carro de la Nieve, 1988.
DEL ARCE ROBLEDO, Carlos, recopilación y notas a *Cuentistas contemporáneos,* Barcelona, Rumbos, 1958.
DÍEZ, Luis Mateo, «Contar algo del cuento», *Ínsula,* 495, El Cuento I (1988), pág. 22.
DÍEZ RODRÍGUEZ, Miguel, ed., *Antología del cuento literario,* Madrid, Alhambra, 1985.
DOMENE, Pedro, ed., *Narradores almerienses. Antología,* Granada, Biblioteca General del Sur, 1991.
DOMINGO, José, «El último premio "Leopoldo Alas" y otros libros de cuentos», *Ínsula,* 299 (1971), pág. 7.
ENCINAR, Ángeles, «Mercè Rodoreda: Hacia una fantasía liberadora», *Revista Canadiense de Estudios Hispánicos,* vol. XI, 1 (otoño de 1986), págs. 1-10.
— «Escritoras españolas actuales: una perspectiva a través del cuento», *Hispanic Journal,* vol. XIII, 1 (primavera de 1992), págs. 181-192.

Fernández Santos, Jesús, selección y presentación a *Siete narradores de hoy,* Madrid, Taurus, 1963.
Ferrer-Vidal, Jorge, «Situación del cuento literario, en España», *República de las letras,* 22 (julio de 1988), págs. 73-78.
Fortes, José Antonio, ed., *Los andaluces cuentan,* Granada, Aljibe, 1981.
Fraile, Medardo, ed., «Panorama del cuento contemporáneo en España», *Cahiers du Monde Hispanique et Luso Brésilien (Caravelle),* 17 (1971), págs. 169-185.
— «Guía del cuento contemporáneo en España», *Cahiers de Poétique et de Poésie ibérique et latino americaine,* Universidad de París (Nanterre X), 2, VI, 1976, págs. 18-39.
— *Cuento español de posguerra,* Madrid, Cátedra, 1986.
— «Crónica de mí mismo y alrededores», *Las Nuevas Letras,* 8, 1988, págs. 70-79.
— «¿El resurgir del cuento?», *Ínsula,* 512-513 (1989), pág. 10.
— «Los recuentos inútiles. Sobre el cuento español contemporáneo», *Atlántida,* 3 (1990), págs. 95-100.
García Pavón, Francisco, «Francisco García Pavón nos habla del cuento», *Ínsula,* 152-153 (1959), pág. 19.
— Prólogo a *Antología de cuentistas españoles contemporáneos (1939-1966),* 3.ª ed., Madrid, Gredos, 1982.
— Prólogo a *Antología de cuentistas españoles contemporáneos, II (1966-1980),* Madrid, Gredos, 1984.
Goñi, Javier, «El cuento en España. Un telegrama de 3.500 palabras, de destino incierto», *Leer,* 30 (abril de 1990), páginas 39-42.
Grande, Félix, ed., *22 narradores españoles de hoy,* Caracas, Monte Ávila, 1970.
Gullón, Ricardo ed., *Una tumba y otros relatos,* Madrid, Taurus, 1981.
— «Introducción» a A. Pereira, *Cuentos para lectores cómplices,* Madrid, Espasa-Calpe, 1989, págs. 9-29.
Hernández, Ramón y González del Valle, Luis eds., *Antología del cuento español 1985,* Lincoln, Nebraska, The Society of Spanish and Spanish-American Studies, 1986.
Iglesias Laguna, Antonio, *Treinta años de novela española 1938-1968,* vol. 1, Madrid, Prensa Española, 1969.
Jiménez Madrid, Ramón, ed., *Narradores murcianos,* II, Murcia, Editora Regional de Murcia, 1986.

López Martínez, José, «Los premios literarios hoy: El Sésamo», *La Estafeta Literaria,* 576, 15 de noviembre de 1975.
— «Los premios literarios hoy: El Ateneo de Valladolid, de novela corta», *La Estafeta Literaria,* 596, 15 de septiembre de 1976.
— «Los premios literarios hoy: Hucha de Oro, de cuentos», *La Estafeta Literaria,* 613, 1 de junio de 1977.
— «Los premios literarios hoy: Certamen Internacional de cuentos *Diario Regional,* de Valladolid», *La Estafeta Literaria,* 615, 1 de julio de 1977.
Mainer, José Carlos, «Cultura y sociedad» en Francisco Rico, ed., *Historia y crítica de la literatura española,* IX, Barcelona, Crítica, 1992, págs. 54-72.
— «1985-1990: cinco años más», en *España frente al siglo XXI. Cultura y Literatura,* ed., de Samuel Amell, Madrid, Cátedra/Ministerio de Cultura, 1992, págs. 15-49.
Marra-López, José R., *Narrativa española fuera de España (1939-1961),* Madrid, Ediciones Guadarrama, 1963.
Martín Nogales, José Luis, «La condensación narrativa en los cuentos de Ignacio Aldecoa: Neutral Corner», *Ignacio Aldecoa (1925-1969),* Vitoria, Facultad de Filología, Geografía e Historia, 1990, págs. 25-48.
— «Presentación», *Lucanor,* 6 (septiembre de 1991), págs. 9-11.
— «Bibliografía comentada de Antonio Pereira», *Lucanor,* 7 (mayo de 1992), págs. 113-136.
Martínez Mena, Alfonso, *República de las letras,* 22 (julio de 1988), págs. 57-62.
Martínez Menchen, Antonio, «Y va de cuento...», *República de las Letras,* 22 (julio de 1988), págs. 81-84.
Martínez Ruiz, Florencio, «El cuento español en su plenitud», *Magisterio español,* 15 de febrero de 1980.
Matute, Ana María, «"Spain" en "The International Symposium on the Short Story" Part II», en *The Kenyon Review,* XXXI, 126 (1969), págs. 450-454.
Merino, José María, «El cuento: narración pura», *Ínsula,* 495, El Cuento I (1988), pág. 21.
Millán Jiménez, Joaquín, «El cuento literario español en los años 40. Un género a flote», *Las Nuevas Letras,* 8 (1988), págs. 80-84.

MILLÁS, Juan José, «Lo que cuenta el cuento», *El País,* 1 de noviembre de 1987.
MUÑIZ, María Elvira, ed., *Cuentos literarios de autores asturianos,* Gijón, Fundación Dolores Medio, 1990.
NAVAJO, Ymelda, prólogo a *Doce relatos de mujeres,* Madrid, Alianza, 1982, págs. 9-14.
NAVALES, Ana María, «El auge invisible: notas sobre el cuento español en la actualidad», *República de las Letras,* 22 (julio de 1988), págs. 63-66.
PERAILE, Meliano, «Un preciso género: el cuento literario», *Turia,* 4-5 (1986), págs. 34-40.
— *República de las Letras,* 22 (julio de 1988), págs. 67-70.
— «La literatura de la resistencia. El cuento», *1939-1989. Medio siglo de literatura en España, República de las Letras,* 24 (abril de 1989), págs. 62-65.
— «El cuento, objeto de confusión», *ABC,* 13-14 de abril de 1990.
PERCIVAL, Anthony, «El cuento en la posguerra», *Las Nuevas Letras,* 8 (1988), págs. 87-93.
— «Francisco Alemán Sainz, cuentista metaficcional», *Lucanor,* 3 (mayo de 1989), págs. 105-112.
— «The Fantastic and the Real in Spanish Contemporary Short Narrative», *Scripta Mediterranea,* X-XI (1989-90), páginas 3-15.
— «El cuento de la Guerra Civil Española: del neo-realismo al "posmodernismo" (*Valor y miedo* de Arturo Barea y *Largo noviembre de Madrid* de Juan Eduardo Zúñiga)», en *War and Revolution in Hispanic Literature,* eds., Roy Boland y Alan Kenwood, Melbourne/Madrid, Colección Voz Hispánica, 1990, págs. 143-149.
PEREA, Héctor, ed., *Cuento español del siglo XX. Breve antología,* México, Premia, 1988.
PEREIRA, Antonio, «Repertorio de los cuentos de Antonio Pereira», *Lucanor,* 2 (septiembre de 1988), págs. 63-71.
PRADERA, Javier, «El libro: Industria y mercado», en Francisco Rico, ed., *Historia y crítica de la literatura española,* Barcelona, Crítica, 1992, págs. 72-86.
PUÉRTOLAS, Soledad, *República de las Letras,* 22 (julio de 1988), págs. 107-109.

PUIG, Valentí, «III encuentro sobre la nueva literatura. Sobre el cuento», *Ínsula,* 495, Cuento I (1988), pág. 24.

PUPO-WALKER, Enrique, «Indicios de una nueva plenitud: notas sobre el cuento español y un libro de Ricardo Doménech», *Ínsula,* 394 (1979), pág. 4.

QUIÑONES, Fernando, «Basta de cuentos», *Las Nuevas Letras,* 8 (1988), págs. 66 y 67.

— «Lo hablado allá, quede aquí», *República de las Letras,* 22 (julio de 1988), págs. 87 y 88.

RENDÉ, Joan, «Desiderátum y utopía del cuento», *Ínsula,* 495, Cuento I (1988), pág. 21.

RODRÍGUEZ ALMODÓVAR, Antonio, ed., *Los cuentos maravillosos españoles,* Barcelona, Crítica, Grupo Editorial Grijalbo, 1982.

RUBIO, Rodrigo, *Narrativa española, 1940-1970,* Madrid, EPESA, 1970.

RUEDA, Ana, *Relatos desde el vacío,* Madrid, Orígenes, 1992.

SANZ VILLANUEVA, Santos, *Historia de la novela social española (1942-1975),* Madrid, Alhambra, 1980.

— *Historia de la literatura española 6/2. El siglo XX. Literatura actual,* Barcelona, Ariel, 1984.

— «El cuento, de ayer a hoy», *Lucanor,* 6 (septiembre de 1991), págs. 13-25.

— «Una década para la ruptura», *Leer,* 54 (julio de 1992), páginas 15-19.

SAVATER, Fernando, «El paisaje de los cuentos», *Quimera,* 23 (julio de 1982), págs. 50-53.

SOBEJANO, Gonzalo, «Sobre la novela y el cuento dentro de una novela», *Lucanor,* 2 (septiembre de 1988), págs. 73-93.

SOBEJANO, Gonzalo, y KELLER, Gary, eds., *Cuentos españoles concertados. De Clarín a Benet,* Nueva York, Harcourt Brace Jovanovich, 1975.

SOLER, Hipólito Esteban, «Narradores españoles del medio siglo», *Miscellanea di Studi Ispanici,* Universidad de Pisa, 1971-1973, págs. 217-370.

TIJERAS, Eduardo, ed., *Últimos rumbos del cuento español,* Buenos Aires, Columba, 1969.

UMBRAL, Francisco, «Prólogo», *Teoría de Lola y otros cuentos,* Barcelona, Destino, 1977, págs. 7-23.

URIZ, Francisco J., ed., *España cuenta,* Madrid, Edelsa, 1990.

— *Cosas que pasan (Relatos breves),* Madrid, Edelsa, 1990.
VALLEJO, Catharina V. de, *Teoría cuentística del siglo XX (Aproximaciones hispánicas),* Miami, Florida, Ediciones Universal, 1989.
VALLS, Fernando, «El renacimiento del cuento en España (1975-1990)», *Lucanor,* 6 (septiembre de 1991), págs. 27-42.
— «El cuento español actual. Bibliografía», *Lucanor,* 6 (septiembre de 1991), págs. 93-97.
VALLS, Fernando, y CARRILLO, Nuria, «El cuento español actual. Cronología», *Lucanor,* 6 (septiembre de 1991), páginas 83-92.
VILLANUEVA, Darío, «Los marcos de la literatura española (1975-1990): Esbozo de un sistema» en Francisco Rico, ed., *Historia y crítica de la literatura española,* IX, Barcelona, Crítica, 1992, págs. 3-40.
WELLER, Krisztina, *Postgothic Prose and Games Fantasists Play: A Study on the Contemporary Fantastic Narrative of Perucho, Sastre and Fernández Cubas,* Ph. D. Dissertation, Universidad de Toronto, 1991.
ZARRALUKI, Pedro, «En defensa del relato», *ABC,* 10 de junio de 1989.

Cuento español contemporáneo

Agustín Cerezales

Agustín Cerezales nació en Madrid en 1957. Al margen de traducciones, ensayos y artículos ha publicado: *Perros verdes* (Cuentos, 1989), *Escaleras en el limbo* (1991) y *Máscara de sombras* (Autobiografía de Lucrecia Borja).

Los cuentistas son unos cuentistas

Érase una vez un cuentista que, a petición del editor, trató de expresar en diez líneas su idea del cuento. Lo que al principio parecía fácil fue desvelándose primero tarea ardua, luego dificilísima, por último imposible. Perplejo, llegó a la conclusión de que, si no acertaba a expresar en diez líneas lo que pensaba del cuento, era porque en realidad no pensaba nada. Con la mente en blanco, como suele ocurrir, le vino la inspiración. Y así, en vez de desanimarse, ni corto ni perezoso, escribió un breve apólogo, aprovechando el asunto mismo que le traía de cabeza. Moraleja: donde menos se piensa, salta la liebre.

El cuento, en la actualidad, goza de cierto auge, o por lo menos parece que está liberándose de la etiqueta de «género menor» que le fue adjudicada durante varios lustros. Más que por su presunta ventaja a la hora de captar lectores en un mundo donde cada vez queda menos tiempo para leer, creo que ello se debe esencialmente a la actitud de los escritores. El cuento permite experimentar, indagar nuevos territorios narrativos, con mayor flexibilidad que la novela. Y esto, en un momento de tránsito como el que vivimos, lo hace especialmente atractivo. En cuanto a mi relación personal con el cuento, cabe señalar que fue una relación casual y transitoria, que doy por terminada.

Expediente en curso (Basilii Afanasiev)

Basilii Illich Afanasiev llegó a Medina del Campo un día tórrido de agosto. Los campos ralos eran una mera ilusión temblorosa al otro lado de la ventanilla, y cuando se bajó del tren y se internó entre aquellas casas sin sal ni color, hostiles a su mirada de miope tímido, cuando pisó el asfalto reblandecido con sus circunspectos andares de visitante respetuoso, sintió que toda su alma era un quejido infinito y hondísimo, una desmesurada nostalgia de los campos floridos de su Ucrania natal.

Por extraño que pueda parecer, Basilii Illich no había acariciado nunca la idea de salir de su país. Al contrario de tantos compatriotas suyos, ni siquiera le había tentado la idea de visitar Moscú o Leningrado, y de hecho en su situación actual lo único que le consolaba era la perspectiva de reintegrarse pronto al hogar.

Ciertamente ni en su persona ni en sus estudios o competencias concurría mérito alguno que le hiciese acreedor de la misión encomendada. Nada sabía del ganado ovino, ni de crianzas, tundiduras, lanas, tintes, técnicas ni calidades del producto en origen. De lo que entendía era del producto acabado, pues no en vano era el último representante de una familia que había regentado durante generaciones la mejor mercería de la ciudad (una tienda milagrosamente sobrevivida a la Revolución, donde un buen cliente podía encontrar aún artículos insospechados y donde, pese a pertenecer ahora al Estado, nadie había osado descolgar de la pared el letrero conmemorativo de la feliz ocasión en que la zarina Alejandra, más de un siglo antes, en el curso de uno de sus viajes veraniegos al Mar Negro, había ordenado detener su calesa frente al establecimiento y entrado en él por su propio pie, para pedir un vaso de limonada y comprar un carrete de hilo dorado con el que, se especuló, pensaba remendar un calcetín).

Basilii había crecido a la sombra de aquel letrero, entre hilos y agujas, cintas, cretonas, horquillas, medias, paños, dedales, organdíes y cenefas, elásticos y botones: todo ello bien envuelto en cajas de cartón con papel de seda que olían a nada, a orden, a la meticulosidad amorosa e infinitesimal del tío Gregorii, heredero del puesto tan hábilmente preservado por el abuelo Fedor, un hombre facundo y sagaz que supo convertirse sin traumas de propietario en empleado estatal.

Desde el primer momento Medina del Campo le pareció un lugar desgraciadísimo, hasta el punto de que muy pronto empezó a pensar —acaso con un reflejo de defensa— que se trataba de un lugar más imaginario que real, producto de una pesadilla, de una fisura incomprensible en la holgada arquitectura del universo: idea en la que iría afirmándose con el tiempo y que en ningún momento —excepto metafóricamente, como luego hemos de ver— fue desmentida ni abandonó su cabeza.

El horror que de siempre le inspiraban el olor del ganado, los balidos animales y los gritos de pastores y contratantes no se alteró lo más mínimo al acudir a la Feria (en calidad de observador, pues esperaba la llegada de un intérprete que lo guiara en sus primeros pasos y lo informara quizás de la naturaleza de su misión). Antes al contrario, el ganado español le pareció aún más maloliente que el de su país, desangelada la Feria, la lengua brusca, y la ciudad un recinto carcelario, todo ello en comparación con el alegre trato que gentes y cosas le dispensaban al mundo bajo el cielo limpio y franco de su República.

Los primeros meses de su estancia en Medina del Campo los pasó don Basi (como ya empezaba a llamarlo Lucrecia, la dueña o regenta —extremo nunca averiguado— del hostal donde vino a hospedarse) harto filosóficamente, esperando iluso al intérprete que nunca llegó y nunca había de llegar, paseando las calles, asomándose a la tristeza sucia de Zapardiel, y sobre todo escribiendo cartas a su amada Nastassia Fedorovna. Estas cartas, que al principio eran breves y líricas punzadas amorosas, raptos del alma cogidos al vuelo y disecados con blanca devoción en su honor, no tardaron en convertirse en largas requisitorias: Natacha, además de ser su prometida y el bien último que él anhelaba, había sido la instigadora, organizadora y en resumen culpable de su expedición a tierras capitalistas.

El proyecto era que a su regreso, y mediante los buenos oficios del padre de Nastassia, dirigente local del Partido, Basilii fuera ascendido a Comisario de Abastecimientos o cuando menos Encargado del Almacén Municipal, puesto de menos relumbrón que el precedente pero codiciadísimo por razones que no vienen al caso. En vano había él argüido, y defendido, la cortedad de su ambición, que no era otra que la de seguir al frente de la mercería familiar, y en vano había suplicado a Natacha que fijara la boda sin más dilaciones. Ella se había mostrado inflexible y un buen día, o un día aciago, había llegado la orden de presentarse en la Comisaría Central, donde le entregaron billete de tren, cupones, dietas, pasaporte e instrucciones puntuales.

Las respuestas de su amada eran desesperadamente acordes con sus envíos; poéticas cuando él lo había sido, prosaicas cuanto tal había sido su talante, e idénticas siempre en lo relativo a su regreso: era preciso acumular méritos, esperar; no era momento de echarlo todo a perder, precisamente cuando había conseguido lo más difícil. Con parecidas palabras le contestaba el primo Iván, pero éste tenía mejores motivos para no desear su vuelta, puesto que le sustituía en el negocio durante su ausencia.

De forma que Basilii, harto de verse pagado con desilusiones, no tardó en ir espaciando sus cartas, lo que venía a ser tanto como espaciar disgustos. Pero no se daba por vencido y decidió llevar a cabo su propio plan, que como veremos le honraba por valiente y desdecía el nimbo de apocamiento que siempre se le había adjudicado, empezando por él mismo todas las mañanas, cuando al mirarse al espejo cerraba los ojos y trataba de olvidar sus propias facciones, que irremediablemente retornaban en cuanto los abría, aunque a veces alcanzara un pálido instante de la extrañeza ansiada.

Entretanto don Basi fue forjándose en Medina una vida asaz regular, estableciendo algunas relaciones y adelantando un poco en el dominio del castellano. Vivía en el Hostal de los Dos Mundos, regido por la señora Lucrecia, y cuyo nombre no se sabía muy bien a qué aludía, allí en el ombligo de Castilla, aunque probablemente no se refiriera motu propio a lo que designaba con toda derechura, que era la estricta separación que doña Lucrecia o sus predecesores habían establecido entre los sexos.

El viejo caserón se dividía en efecto en dos mundos: un Ala Norte donde se hospedaban los viajeros o pensionistas de sexo contrario, y un Ala Sur, donde se alojaban las damas. La señora Lucrecia no admitía matrimonios ni otras componendas, y ambos mundos apenas tenían en común el patio central de la casa, al que daban los corredores de los dos pabellones, con lo que fatalmente y pese a todo los habitantes de cada hemisferio hubieran tenido comunicación frecuente, al menos visual, de no existir como sin duda existía algún otro lugar de tránsito interior al mundo femenino, que dispensaba a las damas de toda exposición a los crudos aires mesetarios. (Todo ello en caso de que existiera tal tipo de huéspedes, cosa que don Basi dudó y no sin cierta complacencia hasta que la aparición de un nuevo y fortuito punto de contacto intermundos vino a disiparle, si no todas, sí alguna incertidumbre.)

Había entrado en aquel hostal por hallarse situado enfrente de una pequeña tienda de pañuelos que su intuición catalogó al punto de agradable cuando no de redentora (tal era el orden de cosas en que se debatía al poco de su llegada, y tal debió de serlo seguramente hasta el final), y decidió quedarse en él precisamente por su amplitud, por la oquedad y el frío de sus destartaladas habitaciones, que, como en alguna ocasión pensó apuntar en su libreta, daban la medida de su propia soledad.

Que sospechara o no el verdadero peso de tales decisiones poco importa. Al fin y al cabo confería a sus actos un valor relativo, pues relativo era el valor que otorgaba a la realidad de su existencia en la nueva y desventurada fase de Medina del Campo, lo que no indica que dichos actos perdieran coherencia por ello, dignidad de eslabón en la cadena de las causas y los efectos: don Basi era ético y constante hasta en sueños.

Su intuición respecto de la tienda de pañuelos fue exacta. Don Hermógenes Pelayo, en la Unión Soviética, hubiera sido jubilado años atrás por ley y sin remedio, cediendo el puesto a cualquier próximo o a cualquier desconocido, como se disponía a hacer el tío Gregorii. Claro que el tío Gregorii tampoco abandonaría la tienda por el hecho de jubilarse: entre ambos había más de una semejanza. Hermógenes era pequeño y de grandes orejas, Gregorii alto y huesudo, de aspecto poco afín al manejo de las menudas mercancías. Hermógenes era muy hablador, Gregorii sólo decía lo preciso. Pero los dos tenían la misma verruga en la nariz, y esa verruga le inspiraba a Basilii un sentimiento de ternura reconfortante. Llegó a pensar que si algún día amanecía él con un atributo parecido era incluso posible que acabara queriéndose un poco a sí mismo.

Don Basi, por temperamento, hubiera preferido que su relación con el dueño de La Elegante fuera meramente circunstancial. Le gustaba establecer fidelidades pero sin rebasar ciertos límites. Y así, del mismo modo que acudía a comer todos los días al restaurante Ideal (el más barato que encontró, y no lo hacía por ahorrar aunque de hecho ahorrase) y nunca se le ocurriría protestar por cualquier variación inopinada en el trato o en la comida, en aras siempre de la continuidad y el mutuo acomodo, había empezado a frecuentar la tienda de don Hermógenes y con ello a reunir una pequeña colección de pañuelos (tal de seda, tal de hilo, de batista, de algodón; con ribete y sin él; para doblar en pico, para doblar cuadrado; para ocasiones graves y para cumplidos) respondiendo simplemente a la necesidad animal de respirar el aire allí reinante, y sin esperar que su dueño le hiciera pasar nunca a la trastienda, como hizo un buen día, donde le invitó o forzó a beber un sedicente vodka que era puro —y excelente— orujo (de cualquier forma, a don Basi tampoco le gustaba el vodka) y le hizo entender, salvando todas las dificultades lingüísticas —mediante balidos, meneos de cabeza y torso, ojos en blanco, palabras italianas e imitaciones sonoras del tren que hubieran hecho sonreír a cualquiera menos al impávido ucraniano—, que conocía perfectamente la naturaleza de su misión —sin duda mejor que él mismo—, el porqué de su estancia misteriosa en Medina del Campo y por supuesto su atrabiliaria nacionalidad.

Agradeció muy azorado don Basi todas las deferencias, formuló algunas excusas en inglés (siempre había supuesto que los españoles hablaban todos inglés, mal que bien, y nunca llegaría a acostumbrarse a un don Hermógenes que escuchaba con menos extrañeza sus esporádicas exclamaciones rusas que las anglosajonas), y, asustado por el alud, renunciando a saber cómo diantres era pública su situación, se prometió no volver y se retiró al hostal, de donde no salió en varios días, decidido a preservar su soledad y meditar el plan que había de propiciar el retorno a casa.

El Hostal de los Dos Mundos en verano era como un cántaro de agua fresca en cuyo interior las ideas se liberaban de toda gravedad, y en invierno seguía siendo cántaro, pero de agua helada, donde las ideas cristalizaban en inmovilidad atroz.

Reclamó don Basi agua caliente para la ducha. Protestó la señora Lucrecia. Pasaron los días sin que se resolviera el asunto, y al cabo retó la señora Lucrecia a don Basilio a que arreglara él si podía la vieja caldera alemana que debía suministrar agua a las duchas. No funcionaba desde que fuera despedido el último mozo, muchos años atrás, tras la muerte del marido de la señora Lucrecia, fecha desde la cual la casa había declinado y venido a menos, no tanto por la falta de un agua caliente que nadie había reclamado hasta entonces, como porque la propia señora Lucrecia consideraba oscuramente más acorde con una viudez digna una fachada descascarillada y una miseria incipiente que el pingüe negocio que el establecimiento hubiera seguido representando, con sólo haber conservado la cuantiosa clientela de tratantes que la Feria deparaba con regularidad.

Don Basi se superó a sí mismo y arregló la caldera, que no tenía más problemas que el de su conducto principal, obturado por la momia de un gato escaldado. Una vez limpio el paso, la vieja Krupp volvió a funcionar como el primer día, y apenas hubo que restañar alguna tubería de bajada, que reventó con la sorpresa.

Gracias al episodio de la caldera don Basi estuvo a punto de entrar en el Otro Mundo. Pero falló la suerte y hubo de conformarse con pasar varias veces ante una puerta entreabierta de donde llegaba un olor diferente. Por otra parte, el hecho de que la caldera funcionara de nuevo planteaba un problema a la señora Lucrecia, como era el de tener que encenderla una hora antes si quería agua caliente para don Basi, y varias si quería agua para todo el edificio. Como no estaba dispuesta a contratar ningún mozo ni tampoco a encargar de la faena a ninguna de sus camareras (en la casa, además de la señora Lucrecia, pululaba una cohorte de fantasmagóricas y antiquísimas camareras que fregaban suelos y hacían camas, y de las que don Basi no llegaría nunca a saber ni su número ni sus nombres), ambos llegaron al acuerdo de que sería el propio huésped quien bajara a encender la caldera todas las mañanas y quien pagara la leña y el carbón consumidos, sin ningún otro recargo por el uso de la ducha ni por el gasto de agua. Ello significaba pasar una hora en ayunas auscultando el pálido amanecer, pero como Basilii no trasnochaba ni había trasnochado nunca (ni pensaba hacerlo jamás, y menos en lugar cuya dudosa consistencia aconsejaba abrazarse firmemente a la clara realidad diurna), obvió el problema y decidió emplear esa hora de privilegiada lucidez en el análisis de la situación.

Cada mañana se levantaba pues antes que nadie, salía al helado corredor envuelto en una manta, bajaba unas crujientes escaleras, cruzaba el patio, bajaba por otras escaleras, éstas de piedra, buscaba a tientas un interruptor cuyos cables pelados eran un constante peligro, encendía la luz, se estremecía ante las cavernosas y húmedas paredes del sótano, corría al fondo del antro y bregaba allí con los elementos durante un buen cuarto de hora hasta dejar asegurado el ansiado fuego, a cuyo calor y vigilancia pasaba luego otro buen rato, para regresar al fin, como un monje que volviera de su cotidiana excursión a los infiernos, retorcido dentro de la manta, con los ojos rojos de humo y los pies agarrotados en las zapatillas, muy distinto ciertamente del pulcro y severo funcionario que constituía su ideal, y a cuya minuciosa reconstrucción se dedicaba luego en su cuarto con esmero cepillando el traje gris, lustrando los zapatos negros, alisando la corbata y el cuello y los puños de la camisa, y eligiendo por último el pañuelo más apropiado: en todo el tiempo que pasó en Medina del Campo nadie pudo decir que le había visto nunca mínimamente desaliñado, desafecto al respeto público.

Llegaba por último el glorioso momento de la ducha, al fondo del corredor desierto, en un cuarto sin espejos, tan grande que el vapor no llegaba nunca a llenarlo ni a empañar los cristales.

La ducha tenía una gran alcachofa, que esperaba a llenarse para estallar por fin en generosa lluvia, con todo un recital previo de pitidos y regüeldos anunciadores del oleaje que se avecinaba: un soñado órgano hidráulico. Durante diez minutos caía un agua de temperatura constante, perfecta. Al cabo de los diez minutos disminuía el caudal, y a Basilii, que había pasado diez minutos de éxtasis, transportado a su Ucrania natal, con los ojos cerrados y la sonrisa besada por las aguas, le tocaba de pronto enjabonarse a toda prisa y aclararse antes de que el caudal se agotara definitivamente y sobreviniera, tras un horrendo eructo, una descarga de agua helada.

Gracias a la ducha, la repetición de los días, que Basilii procuraba que fuera lo más exacta posible, contaba con un elemento positivo y casi embriagador que le sacaba insensiblemente del círculo letal, haciendo del tiempo domesticado un movimiento referido a una constante de gozo, a un ritmo semejante y con un fin y una mecánica idénticos a los de una noria.

Un buen día, todo cambió. Era una mañana como otra cualquiera y el agua caía como siempre. Pero no habían pasado cinco minutos cuando la temperatura sufrió una alteración, el caudal se hizo imperceptiblemente menos denso y pudo oírse un pitido de fondo, como si un codo de tubería vibrara contra el yeso de la pared. Le robaban el agua caliente sin duda alguna; alguien se duchaba quizás a la vez que él. Cerró el grifo y el pitido cesó: el agua discurría ahora sin bolsas de aire, por otros tubos. El rumor era inequívoco, y una visita a la caldera le confirmó en ello: alguien estaba utilizando el agua caliente, y ese alguien, quienquiera que fuese, lo hacía desde el Otro Mundo.

Don Basi no era hombre de hacerse mala sangre por pequeñeces, y aunque en un principio pensó protestar ante la señora Lucrecia, decidió que se trataba de una casualidad y, ensimismado como andaba con la puesta a punto de la peliaguda estrategia para el retorno a Ucrania, olvidó lo sucedido.

Pero no había sido una casualidad, o mejor dicho no se trató de una casualidad ocasional. Al día siguiente sucedió exactamente lo mismo, y así ocurrió en días sucesivos. Basilii, aunque andaba atareado con lo suyo, no pasó nada por alto: le gustaba sorprender en su raíz esas intrusiones que, insidiosas, pretenden instalarse en nuestras vidas y tomar carta de naturaleza sin que nos enteremos.

También rondó por su cabeza la negra desazón de que fuera la propia señora Lucrecia quien le gastaba la broma, puesto que estaba en el secreto. Pero la señora Lucrecia no ofrecía lugar a dudas sobre su higiene personal, y tampoco contaba entre sus muchas virtudes con la manía de madrugar.

Con tanta sospecha y reconcomio se sintió mezquino. Enfadado consigo mismo, salió a la calle de forma intempestiva, hizo turismo puro y duro, del puente romano al Castillo de la Mota, y cuando ya le dolían los pies regresó al hostal algo más tranquilo, aunque sin haber aventado del todo el disgusto, el olor rancio que le parecía emanar ahora su quieto pasar solitario.

Fue por entonces cuando se cumplieron las previsiones de don Hermógenes y Basilii acabó cediendo a sus agasajos: aunque no pretendía luchar contra la evidencia siniestra de que aquel lugar, mirárasele por donde se le mirara, no merecía crédito cabal, tampoco pretendía poner en entredicho los inescrutables designios del Alto Comisariado para el Abastecimiento de Lana.

Razonamiento harto sinuoso pero que conducía a una conclusión: era preciso aceptar un puesto en la sociedad que lo rodeaba.

A don Hermógenes se le había muerto Paco el Galguero, su pareja de mus, y se tenía en tal alta estima como jugador que decidió formar al ruso en las lides del naipe, amamantándolo con su picardía. Poco podía imaginar que ese ruso rojo de pura cepa, soviético y papanatas, acabaría llevándolo a conquistar lo que nunca soñara con el Galguero, el Campeonato de Mus de Castilla la Vieja, lo que a su juicio era como alcanzar la corona y el cetro de la sabiduría.

Naturalmente tal cosa no sucedió al primer año: Basilio tardó un tiempo en saber manejar las fintas, señas y estados de ánimo que determinan el curso de una partida. En cualquier caso, bastante menos de lo que tardó en chapurrear el castellano, que nunca dominaría del todo. Don Hermógenes, que hacía del optimismo profesión de fe, se empeñaba en consolarlo asegurándole que «cualquier día se despertaría sabiéndolo». Don Basilio pensaba para sí que de buena gana se despertaría habiéndolo olvidado por completo, lejos por fin de la interminable pesadilla. El optimismo de don Hermógenes era en verdad extravagante, y su único rasgo antipático a ojos de Basilii, sobre todo durante las partidas. Llegaba a afirmar sin asomo de ironía, cuando quería justificar su habitual premiosidad, que él andaba tranquilo porque no tenía intención de morirse. Basilii no veía maldita la gracia a la idea de una vida eterna en Medina del Campo, pero se reservaba la opinión.

Opinión que ni siquiera confiaba a su familia las contadas veces que escribía, por no tener que explicar a nadie —y menos a sí mismo— que la diferencia esencial entre su amada Sumaskaia y Medina del Campo, lo que más profundamente le dolía, era que precisamente no había diferencia alguna, sino que era como estar al otro lado del espejo, sin voz, sin relieve, sin lengua vinculante, sin sentido pleno, en una identidad sólo aparente, estéril como un cristal.

Con la primavera el plan empezó a surtir efecto. Había ido enviando, según lo previsto, informes puntuales y perfectamente descabellados sobre el número de cabezas de ganado, los precios, las calidades de la lana, etc. Pero todos esos informes habían sido como piedras arrojadas a un pozo sin fondo. La respuesta que ahora le llegaba correspondía a una iniciativa aún más audaz: le concedían la autorización solicitada para que, aun sin haber recibido instrucciones concretas —las que el intérprete tenía que haberle comunicado—, gestionara por sí mismo directamente aquellas compras que juzgara convenientes. Y venía adjunta la correspondiente provisión de fondos, contra una cuenta corriente de la Embajada en Madrid.

Era más dc cuanto podía esperarse. Se trataba sin duda de un error administrativo, acaso la broma de un secretario resentido con su jefe. Pero le daba las riendas del asunto, esas riendas que, ¡ay!, tan pronto habían perdido, o soltado, las manos blancas y azules de Nastassia Fedorovna.

La clave estaba en suscitar una reacción fulminante del sistema central, que lo devolviera expeditivamente a Ucrania. Claro que también había que calibrar los detalles para evitar todo asidero a cualquier ulterior interpretación ociosa, ya fuera política, psiquiátrica o penal. Lo que Basilii Afanasiev pretendía con diabólica honradez era salvarse obteniendo ni más ni menos la tarjeta de «tonto pero inocente».

Fue don Hermógenes quien le suministró el compinche ideal, aunque ignoraba sus verdaderos designios. (De haberlos conocido los habría considerado absurdos y en consecuencia tampoco los habría tomado en consideración.) Rafael el Gitano era en efecto un individuo de tan horrible catadura como bellísimo corazón: don Hermógenes había contado con su apariencia fiera y ladina para apoyarlo en la dura brega que suponía la Feria, pero allí todos conocían al Gitano (que por cierto era castellano viejo) y para lo que realmente sirvió su sociedad fue para que todo le saliera a don Basi a pedir de boca. Había decidido enviar a Sumaskaia no ya un cargamento de lana sino de ovejas vivas, en cantidades desorbitadas y a un precio ridículamente alto: gracias a Rafael no hubo oveja tísica, manca o sarnosa que no emprendiera ese día viaje a Oriente.

Todo lo cual ocurría antes de que don Basilio ganara el campeonato de mus, por lo que puede decirse que fue ese notable suceso el primer cimiento de la fama que luego hubo de padecer: incluso la radio local destacó a su enviado para cubrir la información, en la salida del histórico convoy de merinas rumbo a Kiev.

Mientras tanto, antes y después del evento famoso, prosiguieron las averiguaciones relativas a la misteriosa Dama que se duchaba todos los días al mismo tiempo que él. (Se trataba de una dama, pues no cabía duda de que pertenecía al Otro Mundo.)

Sencillas experiencias, como la de esperar sin dar el agua y observar que ella agotaba el depósito sin el menor reparo, o hacer lo contrario y comprobar que ella, vengativa, tenía ya abierto el grifo al día siguiente, antes de que él subiera de la caldera, fueron suministrando información, tanto más variada cuanto múltiple fuera el enfoque analítico.

Al final dedujo que lo mejor era dejar que se duchase primero, cronometrando, y a los cinco minutos avisarla mediante unos breves cortes (abriendo su propio grifo), reservándose así el resto. La Dama tardó un tiempo en aceptar el reto. Insistía en seguir hasta el final, y don Basi anduvo una temporada con un humor de perros, que le hacía arrastrar aún más las erres cuando daba los buenos días a la señora Lucrecia.

Lo ideal hubiera sido doblar la ración de leña y carbón, que él pagaría con gusto, pero temía las suspicacias de la patrona. En realidad había empezado a necesitar ese diálogo matutino, y no quería correr ningún riesgo de perderlo. Era un placer sutil que se había adueñado de él sin sentirlo, pese a estar él a la defensiva: había algo de prohibido y de secreto, de íntimo y hasta de erótico. Y además era cotidiano. Lo cotidiano es muy importante cuando se trata de vivir una existencia real en un medio irreal como el que le había tocado a él en gracia.

Si ella dejara de estar ahí de pronto, en ese momento del día, Basilii no podría bajar nunca más a la caldera con los mismos ánimos, ni acostarse cada noche con la misma paz.

Sus relaciones fueron ganando en matices y complejidad. Si el invierno inspiraba pulcro cumplimiento de las normas, la primavera desataba alegres infracciones: unos cortes brevísimos y retozones bastaban para comunicar capricho, regocijo, dando pie a dulces venganzas y risueñas regañinas. Todo hallaba, de un modo u otro, forma de expresión insospechadamente rica.

Los campos de Ucrania eternamente cuajados de margaritas y amapolas, los cielos arcangélicos y estirados como liras se desvanecían ahora al contacto con el agua, y era el cuerpo de una mujer, su aliento e incluso su risa lo que colmaba su ser en esos momentos de privilegio. Y también sus pensamientos: discernía con nitidez su callado agradecimiento al otro lado de las paredes, su enfado si le retiraba el agua demasiado pronto, la renuncia al enfado y la súplica del perdón, el comentario alegre cuando así lo exigía un día radiante, todos los ítems, en definitiva, de la felicidad humana.

No tardó en conocerla bien, y en saberse conocido. Se trataba de una mujer algo más joven que él. De espíritu decidido, la vida le había opuesto no obstante demasiados obstáculos, que por la nobleza misma de su carácter no había sabido romper. No estaba dispuesta a pisar a nadie, y tampoco a venderse. Condenada al ostracismo, mantenía sin embargo una siempre viva llama de esperanza que alegraba sus ojos y sus palabras... Palabras, ojos, sonrisas en donde Basilii podía verse retratado y donde empezó a descubrirse aspectos hasta entonces desconocidos: caballeroso, audaz, emprendedor y dotado de un fino sentido del humor, resultaba ser ese hombre con el que una mujer podría viajar sin miedo hasta el fin del mundo.

La respuesta oficial al peregrino envío de merinas llegó pasados dos meses. Lo primero fue un telegrama de la Academia Local de las Ciencias de Sumaskaia, notificándole que había sido nombrado miembro honorario de la misma. La explicación y la felicitación personal del Jefe del Alto Comisariado vinieron poco después. Basilii había dado pruebas de una extraordinaria eficiencia, así como de un arrojo y una intuición no menos extraordinarios. Su envío de miles de ovejas había conseguido paliar notablemente los desastrosos efectos del muermo que asolaba la comarca y podía decirse que gracias a él se había salvado la industria local de calcetines militares, así como el suministro de carne de ovino para la tradicional festividad revolucionaria del Día del Cooperativista (antes San Miguel). Sendas placas conmemorativas del Sindicato de Tejedores y de la Oficina de la Carne abundaban en lo mismo. Basilii, aunque en letra pequeñita, era un héroe al servicio de la Revolución; se le otorgaba una medalla de quinta categoría y se le daban instrucciones: seguiría en su puesto con las mismas competencias durante el próximo quinquenio. (Excepción ésta a su favor tan difícil de obtener como de revocar.)

Basilii se derrumbó. Nada podía hacer. Le quedaba

sólo la dudosa venganza de que Rafael el Gitano siguiera ocupándose de todo. Pero hiciera lo que hiciera nadie osaría ya tocar un expediente sellado con la medalla de quinta categoría, a menos que cometiera un auténtico desfalco o que asesinara a alguien. De momento, tenía por delante todo un quinquenio de terrible impunidad.

Con el otoño vino la gripe. Se enojó la Dama por su prolongada ausencia, y cuando él, ya convaleciente, volvió a la ducha para informarla de lo sucedido, contrajo ella a su vez la enfermedad.

La dolencia de su amiga no hizo sino sumir a don Basi en pensamientos más negros que nunca, inculcándole una inquietud histérica. Hubiera acudido a su cabecera para cuidarla, volcándose y olvidando acaso sus propios males, pero los riesgos eran excesivos. Pese a todo se decidió, y ya bajaba las escaleras para buscar a la señora Lucrecia e interesarse por una huésped enferma cuando le detuvo un NO terminante: era un NO telepático, emitido desde el lecho de dolor. El sentir la cálida mixtura de su voz tan firme y tan dulce, confirmándole en sus más íntimas convicciones acerca de la hermosa desconocida, le produjo tal arrobo que cuando la señora Lucrecia lo encontró ahí quieto, en medio del patio, con la mirada perdida en el canto de los pájaros, no pudo menos de pensar que don Basi había envejecido mucho, y que tenían razón los del Ideal cuando comentaban que comía demasiado poco en los últimos tiempos.

En realidad aquella experiencia, primera y última que tuvieron fuera de la ducha, no era sino la floración consciente de lo que ya venía sucediendo a diario sin que lo supiesen del todo. A partir de ese momento las cosas tomaron otro rumbo. En cuanto ella pasó la gripe hicieron una serie de pruebas definitivas, con una clave muy simple: bastaba con cerrar dos veces el agua para decir *sí* y una para decir *no*. Fórmula que se hizo muy pronto innecesaria puesto que podían escucharse a la perfección mentalmente, pero que conservaron un poco con la misma función de contacto, de corroboración, que tienen los síes en las conversaciones telefónicas.

Las duchas matutinas se hacían cada vez más largas; los días, más cortos. Entre el aseo de la mañana y el mus vespertino el tiempo pasaba como un soplo, y don Basi, embebido en su amor, cavilando sueños, parecía alejarse progresivamente de la realidad.

La noticia de la muerte del tío Gregorii, a los pocos años de su llegada a Medina del Campo, y la de la boda de su primo Iván con su antigua novia, Nastassia, algo después, produjeron distintas reacciones en Basilii, pero con algo en común: ni la tristeza por la muerte de su tío era totalmente sincera ni la indignación por la traición consumada de Iván y Nastassia era del todo sentida. Eran sentimientos decolorados, idénticos en la apariencia a los sentimientos que hubiera tenido al otro lado del espejo, en un lugar interior al Universo, pero vacíos por dentro, tersos como un cristal. No, ni siquiera podían considerarse vacíos, pues carecían de cavidad, relieve o dimensión. Eran meros signos referenciales, y Basilii, que se consideraba a sí mismo otro tanto, empezaba a no experimentar tampoco angustia, a mirar las cosas con la debida frialdad.

Acaso fuera este tránsito sutil de la angustia a la indiferencia (excepción hecha de las emociones puntuales, con la compra de las ovejas, el inicio de la relación platónica, etc.) el único índice apreciable de que también por don Basi pasaba el tiempo, pues nadie, excepto la señora Lucrecia, tuvo nunca de él una visión decrépita. Atuendo, costumbres, ocupaciones, opiniones y amistades no variaron nada en los muchos años que pasó en el Hostal de los Dos Mundos. Y, como si el solo contacto con su persona tuviera la virtud de conservar cuanto le rodeara, tanto don Hermógenes como don Rafael, como Sebastián y Durango, la pareja rival en el mus, la señora Lucrecia y sus camareras permanecieron asimismo inalterables, personajes fantásticos en medio de la ciudad que se desintegraba y recomponía incesantemente, cayendo y levantándose en un vértigo estatuario.

Las relaciones con la Dama, como es natural, sufrieron vicisitudes, pero que no llegaron a pervertir la dulzura de su rutina. Los primeros tiempos abundaron en conflictos quisquillosos, caprichos y plantes, como cuando Basilio se empeñó en sorprenderla a la puerta de la iglesia, lo que originó una tensa lucha que finalmente se decantó por Dorotea. Pasados los primeros ímpetus, resuelto este contencioso, el curso del amor conocería luego fases casi levitantes, y hubo días en que ni siquiera se dirigieron la palabra, por así decirlo, y hasta se olvidaron el uno del otro.

Sólo en una ocasión pudo Basilio atisbar desde fuera la felicidad en que andaba sumergido, cuando olvidó que les tocaba celebrar el aniversario de su primer encuentro, distracción que ella no perdonó así como así. Tales fechas (con los cumpleaños, el primero de mayo y el día de Navidad) las celebraban duchándose a un tiempo, en un difícil equilibrio de caudales. La molestia que ello suponía para el cuerpo redundaba en beneficio de las almas, que se estrechaban entonces más que nunca.

El castigo fue severo, quizás porque él no tuvo la humildad de reconocer su error con suficiente presteza, y vino la separación: durante casi un mes Basilii tuvo que ducharse completamente solo.

Y fue precisamente entonces cuando le llegó la noticia más esperada de su vida: podía regresar a Ucrania. Finalizado el último quinquenio con buenos resultados (don Rafael se había convertido con el tiempo en un negociante probo pero avispado) y con una medalla de quinta categoría en su haber, Basilii tenía derecho a un ascenso, y esto no lo podía impedir Nastassia ni su padre. En Medina del Campo no había escalafón que trepar, y por lo mismo se imponía el regreso. No obstante, alguien había conseguido que en atención a sus méritos se le concediera la oportunidad de renunciar al ascenso y permanecer en su puesto si así lo deseaba.

Basilii se enfrentaba por primera vez al ineludible imperativo de elegir. No recordaba libertad semejante en su vida. La alegría del retorno había sido como un latigazo inmediato que lo sacó fuera de sí. Con la notificación en el bolsillo, a grandes zancadas, había subido a lo más alto de la ciudad, y allí respiró hondo todos los efluvios que Castilla quiso brindarle. Amaba la vida, amaba la tierra, el corazón le reventaba dentro hasta dolerle. La realidad era suya de nuevo y Medina del Campo, ahora que empezaba a convertirse en un recuerdo, cobraba súbita verdad, tomando olores y dotándose de afectos.

Pero lo que hizo renunciar a Basilii a su meta más ansiada no fue la nueva y fugitiva visión de una Medina del Campo repentinamente provista de entrañas, con un Hermógenes insustituible, una Lucrecia honesta y recta como un huso y un Rafael con trazas de sublime: lo que llenó el corazón de don Basi con negras nubes primero y amargas lluvias después fue el sentimiento del deber. La Amada Desconocida, aun enemistada con él, lo necesitaba. Como en ningún momento llegó a pensar que tampoco él podría vivir sin ella, será preciso convenir en que Basilii tuvo que hacer gala de una generosidad heroica para tomar tal decisión.

¿Quién sino él podía encender la caldera todas las mañanas? ¿Qué sería de ella sin el diario consuelo de sus atenciones, sin la renovación constante de su respeto? Abandonar a una mujer tan largamente cortejada era más propio de sátrapas que de gentes honradas. Y decididamente, ¿no era ella, a fin de cuentas, su esposa legítima, por muy peculiar que fuera la modalidad de su matrimonio?

Volver a Ucrania era dejarla sola, abandonada al frío del Otro Mundo, injustamente condenada. Nunca hubo tantas interrogaciones y exclamaciones en el corazón de Basilio como el día que renunció a su ascenso. Claro que obtuvo su recompensa. A la mañana siguiente la Dama estaba al otro lado de la ducha: el castigo había sido levantado y reanudaban sin más dilación su agradable trato. Basilio, emocionado y desafiando toda prudencia, corrió entonces a la caldera y le echó carbón como para darse cinco baños. A partir de ese día quedó instituida la fiesta de la Reconciliación, que a diferencia de las otras se celebraba con doble ración de agua.

No hubo nada más reseñable en el curso de su vida. Pasaban los lustros pero el tiempo parecía detenido, dominado por las artes de Basilii, tal como había soñado más de una vez de niño, cuando sufría el temor de la vejez y jugaba a retroceder, a no crecer, a desvincularse de los vientos cálidos que mecen la mies prometiéndole la hoz.

Tal vez reste señalar que Basilio nunca dudó de la existencia de su mujer o que, si lo hizo, no fue con mayor profundidad que la de ese marido que, al mirar a su esposa, tiene por un momento una breve ráfaga de lucidez y comprende que esa persona, de tanto verla ahí todos los días, es en realidad una perfecta desconocida: basta con un gesto para desbaratar la ilusión.

Una mañana no hubo nadie al otro lado de la ducha ni al otro lado del pensamiento. Medina del Campo amanecía de nuevo hueca, cristal sin temperatura para la carne. Por la tarde, un féretro negro salió del Hostal de los Dos Mundos seguido por una escueta comitiva de mujeres, y siguió cuesta abajo, rumbo al cementerio.

En Ucrania, un viento gris desecaba las amapolas y ennegrecía las margaritas, soplando lento e inexorable como un alud de barro.

Al entierro de Dorotea Sánchez acudió muy poca gente. Al de don Basilii Afanasiev, alguna más: Hermógenes, Paquita, Durango, Rafael... Ninguno de ellos pasó el invierno. La señora Lucrecia se esfumó un buen día, la caldera alemana fue a parar a manos de un concejal avisado, y sobre los solares del Hostal de los Dos Mundos y de La Elegante se levantó un moderno centro comercial, gloria de la nueva ciudad y olvido de la pasada.

Muy lejos y muy ajeno a todo ello, embarcado en una pulcra carpeta gris, un expediente seguía su curso.

Paloma Díaz-Mas

Paloma Díaz-Mas nació en Madrid (1954) y es, en la actualidad, profesora de literatura en la Universidad del País Vasco en Vitoria. Ha publicado los siguientes libros de creación: la novela *El rapto del Santo Grial* (1984), el libro de cuentos *Nuestro milenio* (1987) y el libro de viajes *Una ciudad llamada Eugenio* (1992). Además es autora del ensayo *Los sefardís: Historia, lengua y cultura* (1986).

El cuento es un género que, en España, se lee desgraciadamente poco. A mí me atrae no sólo por mi tendencia a escribir escaso y breve, sino porque creo que es un género que plantea un gran reto al escritor: se trata de contar algo de forma muy condensada, economizando recursos, cosa que a veces es más difícil que explayarse en una narración extensa.

En busca de un retrato

Para mi abuela adoptiva

Las baldosas coloradas de la entrada cuidadosamente bruñidas con cera, la deslumbrante escalerita de claraboya convertida en invernadero para unas plantas casi amenazadoras de puro rozagantes, la casa de largo pasillo y barnizadas maderas, con los montantes de las puertas coquetamente encortinados de una cretona de florecitas muy limpia y muy planchada.

El comedor de nobles muebles de viejo roble, con su suntuosa cancela modernista —lotos rosas y nenúfares azules de pétalos traslúcidos y esmerilados, entre retorcidos pámpanos de un verde botella— que daba a la azotea. Y en ella, de nuevo las baldosas tan brillantes que parecían pintadas con aceite y bajo el sol azaleas, petunias, alegrías, pendientes de la reina, gitanillas, geráneos, cóleos morados. Y en la sombra helecho, hiedra enana, cintas y esa planta que nosotros llamamos amor de hombre, pero que en inglés es judío errante y en francés miseria. Y en un rincón los cactus, milagrosamente floridos, y las plantas de olor: la hierbabuena, el sándalo y la albahaca.

Pero sobre todo la cocina: una cocina antigua y grande, de azulejos blancos y armarios de pino pintados de blanco, y blancas cortinas en la ventana y una pila de mármol blanco en la que la abuela María lavaba —montañas de espuma blanca— la blanca loza, para secarla después con un suave paño de algodón blanco. Fuera, sobre las cumbres de las montañas circundantes, muchas veces nevaba.

Y la abuela misma, con su pelo de un blanco nacarado y sus vestidos de dibujos pequeñitos y colores brillantes: parecía una síntesis de la cocina blanca y de las cortinas de florecitas, o tal vez fuese al revés, que el blancor de la cocina y las flores de las tapicerías emanaban precisamente de su persona; siempre tuve la impresión de que la abuela era la casa y la casa era la abuela.

Pero dije que sobre todo la cocina: largas horas de laboriosos platos —pato con peras y pollo con ciruelas, escudella y bacalao con pasas, escalivada y robellones de mil maneras, dorada crema y acariciantes profiteroles calientifríos— en los que la abuela no dejaba inmiscuirse a nadie. Siempre tan pulcra entre grasas y humos, ceñida por su mandil de cuadros blancos y rosas —para los domingos se ponía otro de piqué azul, con aplicaciones de flores blancas de guipur—, ya se dedicaba desde muy temprano a picar verduras y mazar condimentos, a deshuesar frutas y tajar carnes, a caramelizar moldes y ligar salsas, a preparar sofritos y ponderar hierbas, en un sosegado trajín de cacerolas y marmitas, de sartenes y pucheros, de escurridores y mangas de pastelero, de molinillos y ralladores, de morteros y batidores, de cuencos, tombatruitas y ensaladeras.

Sabía hacer jabón con sosa y grasas viejas, ligar el alioli sólo con el mazo del mortero; elevar montañas de espuma de una clara de huevo. Y además era bella, hermosa como ninguna mujer que yo conociese.

Pero de esto último no me di cuenta hasta el día de la foto. Y quede claro que no son recuerdos de infancia: a la abuela María la conocí siendo ella ya vieja, y yo casi tenía treinta años.

Creo que fue una mañana de verano mientras, en el primer sol de la terraza, sentada en su mecedora de cretonas, la abuela deshuesaba ciruelas pasas para un plato de fiesta. La sorprendí así, como era ella, sentada apaciblemente, en incesante actividad, en su entorno de flores y baldosas rojas. Cuando revelé aquel carrete de fotos había pasado mucho tiempo, yo estaba ya en la ciudad y lejos del pueblo montañoso y de la casita de los azulejos blancos y las baldosas brillantes, y ni siquiera recordaba haberle hecho ese retrato.

Y sin embargo ella estaba allí, y me miraba con el gesto pícaro de quien, pese a todas las precauciones por mí tomadas, no había sido sorprendida: sabía que yo disparaba la foto y había en sus ojos, en su boca, en las arruguitas de las sienes y de las comisuras de los labios un rictus irónico y pilluelo. Su pelo de nácar era casi de un azul untuoso, bajo ese primer sol de la mañana, los ojitos azules casi parecían negros de tan vivos, la oreja pulcra se recortaba sobre el cuello de manteca apenas surcado por una arruga, el escote en pico de su traje de lunares azules y amarillos se abría coquetón sobre un busto de ochenta años sorprendentemente firme, reposaban sobre los brazos de la mecedora los brazos de la mujer fuerte, y tenía el gesto enérgico y dulce de quien ha hecho frente a muchas cosas y la mayor parte de ellas despiadadas y terribles, la sonrisa burlona de quien sabe que peor las hemos pasado y hemos salido adelante. Y las enternecedoras manos, blanquísimas, de limpias y recortadas uñas, bellas y deformadas por la artrosis; una artrosis que en ellas no parecía una enfermedad ni un defecto, sino la consecuencia de una evolución de la Naturaleza: las falanges torcidas y las articulaciones hinchadas que podría tener un árbol añoso si tuviera manos blancas. Al fondo, florecía una mata de alegrías coloradas y jugaba el gato.

Desde aquel día me gustó imaginar lo hermosa que debía haber sido la abuela María de joven. Porque a una vejez tan dorada y bella, tan pulcra y perfecta, tan vivaz y venerable, sólo podía haber precedido una madurez espléndida, una juventud de belleza fascinante. ¿Cómo sería ella de niña, cuando con trenzas y bata de rayas arrastraba su cabás hacia la cercana escuela del pueblo? Me gustaba imaginármela como una deliciosa preadolescente de rodillas bruñidas y cuello muy planchado, con una trenza gruesa y pesada como una soga, una trenza de azabache que era la envidia de las niñas del pueblo. O, ya púber, almidonada y un poco rígida en su primer traje de mujer: la chica de fascinantes rasgos que no parece advertir su belleza y a quien todos los mozos miran sin atreverse a sacarla a bailar, tan aterradoramente bella les parece. Y luego de mujer casada, una radiante madre joven que pasea en los brazos a su hijo de meses, orgullosa de él y creyendo en su ceguera que es al niño a quien todas las miradas se dirigen. Y de mujer madura y fuerte, enfrentándose al trabajo duro de una recién viuda en aquellos tiempos que los viejos de hoy, cuando recuerdan, llaman aún «los tiempos difíciles» y a veces «los tiempos del hambre». No podía haber sido de otra manera.

Y de ahí mi deseo y luego mi anhelo y luego mi impaciencia, y luego mi obsesión por ver una foto de la abuela María cuando era joven. Porque deseaba ver de una vez lo que debía haber sido una belleza sin igual, sin comparación alguna con la de ninguna otra mujer que yo hubiese visto nunca. Porque una vejez tan dorada y hermosa sólo podía ser la decadencia de una belleza espléndida e incomparable.

Por desgracia, la abuela María parecía no haberse hecho nunca en su vida una fotografía. Y ni preguntando a mi madre, ni a ella misma, ni revolviendo olvidados cajones o rebuscando en viejos álbumes de fotos de familia logré dar con una sola fotografía de su juventud. Parecía como si el tiempo y sus protagonistas, con una especie de extraño pudor, hubiesen hecho lo posible por ocultar aquella imagen magnífica.

Me costó años y muchos ruegos que me dejase ver la única foto que se conservaba de sus tiempos jóvenes: la del día de su boda. Consintió en enseñármela una tarde de otoño ya un poco fría en que yo le había rogado mucho. La sacó de una carpeta de cartulina crema con cantos dorados, de entre dos hojitas de papel de seda finas como un soplo. Me preparé para ver lo que yo había imaginado como una belleza fascinante y deslumbradora.

Desde la foto en tonos sepia, entre una columna salomónica truncada y un buquet de flores de trapo, bajo un celaje digno de una aparición angélica, me miraba una pareja pueblerina: él empaquetado en su traje rígido, sentado en silla curul, con los zapatos demasiado embetunados y las manos toscas de quien trabaja en el campo; y ella en pie, no menos tosca e insulsa, una cara inexpresiva de ojos claros y cabello oscuro, de óvalo convencional y un poco burdo, dejando reposar sosamente sobre los hombros del varón sentado unas manos tan anodinas que no denotaban expresión alguna; unas manos que, por no decir, no decían ni del trabajo ni del regalo: podían ser las manos de cualquiera. Y eso era todo: una muchacha de pueblo con su vestido de boda pobre, con un rostro de muñeca de china, con un cuerpo menudo como hay millares, con una mirada en que ninguna luz se reflejaba. La dorada vejez de la abuela María no era, pues, producto de la decadencia de una hermosa juventud: su belleza se había forjado a lo largo de los años, como la belleza de algunos árboles, de algunas rocas, de algunos edificios nobles dignificados por las lluvias y los vientos que pulieron sus piedras.

Luis Mateo Díez

Luis Mateo Díez nació en Villablino (León) en 1942. Reside en Madrid y es licenciado en Derecho. Fue cofundador y responsable de la revista poética *Claraboya,* que se editó en los años 60. Su primer libro de cuentos, *Memorial de hierbas,* apareció en 1973. Posteriormente ha publicado: *Apócrifo del clavel y la espina* (1977), *Relato de Babia* (1981), *Las estaciones provinciales* (Novela, 1982), *La fuente de la edad* (Novela, Premio Nacional de la Crítica y Premio Nacional de Literatura, 1986), *Brasas de agosto* (Cuentos, 1989), *Las horas completas* (Novela, 1990) y *El expediente del náufrago* (Novela, 1992).

Una idea —muy visual por cierto— de lo que es o puede ser el cuento, de su fascinación y poder, con la que estoy completamente de acuerdo y que, desde luego, en absoluto sabría mejorar, es aquella que exponía Cortázar cuando decía que la novela y el cuento se dejan comparar analógicamente con el cine y la fotografía.

Mientras en el cine, como en la novela —decía Cortázar— la captación de una realidad más amplia y multiforme se logra mediante el desarrollo de elementos parciales, acumulativos, que no excluyen, por supuesto, una síntesis que dé el clímax de la obra, en una fotografía o un cuento de gran calidad se procede inversamente, es decir, que el fotógrafo o el cuentista se ven precisados a escoger y limitar una imagen o un acaecimiento que sean significativos, que no solamente valgan por sí mismos sino que sean capaces de actuar en el espectador o en el lector como una especie de apertura, de fermento que proyecta la inteligencia y la sensibilidad hacia algo que va mucho más allá de la anécdota visual o literaria contenida en la foto o el cuento.

La determinación de lo significativo, la administración de lo que se cuenta, sobre la base estricta y medida de lo necesario, de lo preciso, la imprescindible condensación que debe actuar siempre a favor de la intensidad, me parecen elementos sustanciales de un género en el que —como también indicaba Cortázar— todo debe conducir a una especie de fabulosa apertura de lo pequeño hacia lo grande...

Mi tío César

Si de todos mis parientes guardo yo un recuerdo bastante detallado —porque dicen que no hay memoria familiar más codiciosa que la del huérfano, tan dado a aferrarse a lo poco que tiene, pues serlo supone, entre otras cosas, estar privado de lo más importante— del que me queda más intenso es, sin duda, de mi tío César, y eso que pasó por mi vida —y no digamos por la de mi tía Eria— como una nube de verano.

En el pueblo fui yo el primero en conocerle, aquella tarde de agosto que andábamos a la hierba, y de toda la familia —incluida mi propia tía— el único en decirle adiós, la madrugada de un día de febrero en que la nieve afilaba la amenaza como una navaja abierta.

Casi lo mismo me dijo cuando le conocí y cuando se fue. Desde el primer momento me tuvo una especial confianza, y yo sentí enseguida esa admiración que comienza a fraguarse en el agradecimiento y que luego se abre sin límite, porque nada hay más generoso que la atención ajena que el huérfano recibe con la sorpresa de que alguien se fije en él.

Aquel hombre tan alto y tan delgado —un varal, diría siempre mi abuela Aurelia cuando, después de tantas suspicacias y disgustos con la precipitada boda de mi tía, se refería al yerno que ya la había ganado por completo— se me acercó mientras llenaba yo el botijo en la fuente para volver al prado con el agua fresca para los segadores.

La tarde de agosto crecía como un incendio y lo primero que vi de mi tío César fue aquella perpetua sonrisa que le nacía en los ojos, haciendo olvidar la aspereza del rostro terciado por la barba de varios días y la suciedad polvorienta de sus ropas vagabundas.

—Coño, rosio —me dijo, acariciándome la cresta pelirroja que apenas sobresalía sobre mi frente como un raro mechón en la cabeza rapada— ¿también aquí os pelan al gallo a los chavales?

Lo miré como si quisiera reconocer a algún familiar que regresa de Dios sabe dónde, porque hasta en aquel momento se me hacía difícil entender que se trataba de un extraño: su caricia y sus palabras, envueltas ya en el mote con que siempre me llamaría, tenían el brote decidido de una confianza que no se improvisa, que se ofrece y se acepta sin más alternativa que la de su propia naturalidad.

—¿Cómo son las mozas en este pueblo? —me preguntó después, cogiendo el botijo que todavía no se había llenado del todo—. Con que sean de finas como este agua, me conformo —dijo, tras un largo trago.

Medio año más tarde, en la madrugada de aquel febrero que tanta nieve trajo, esperaba yo a mi tío César en la parte trasera del corral, después de haber sacado la yegua de la cuadra y haberle puesto la montura, como él me había dicho.

Había una luz rala que se esparcía con dificultad desde el horizonte huido de los montes, y hacía estallar la helada los cristales del rocío sobre las hierbas arrecidas.

El tío saltó por la ventana de la habitación, donde mi tía Eria dormiría tranquila, se agarró al ciruelo y se descolgó por las ramas. Luego vino sigiloso a donde yo le aguardaba, le pidió calma a la yegua dándole unos golpecitos, se abotonó la pelliza, y antes de coger el ronzal que yo le ofrecía se me quedó mirando un momento y movió la cabeza al tiempo que me acariciaba la cresta.

—Coño, rosio —dijo—, tienes que negarte a que te pelen al gallo. Los chavales de este pueblo no debíais consentirlo.

Montó la yegua y, antes de emprender el leve trote con que se fue alejando, llevó la mano derecha a la sien.

—No me olvides, rosio, que nunca tuve un sobrino más bueno que tú.

El caso es que aquel hombre tan alto y tan delgado, del que nunca se supo de dónde venía, dejó muy pronto de ser un forastero en el pueblo. Desde el comienzo quedaron claras sus intenciones de afincarse allí, y apenas habían pasado unos días y todo el mundo comentaba lo mañoso y dispuesto que era, el grato y apacible carácter, la esmerada educación, sus condiciones de gran conversador. Estuvo segando hasta el final de la campaña, de una casa a otra, y echándole una mano a quien le necesitaba aunque no pudiera darle el jornal adecuado.

Ya el primer domingo —cuando yo le volví a ver— se había afeitado y con las ropas planchadas y la camisa limpia, en el atrio de la iglesia, hablaba y saludaba a todos, y era requerido por don Herminio, el párroco, para cantar al día siguiente en una misa de difuntos, porque ya se sabía también que tenía una gran voz, que tocaba el armonio y el acordeón y era un buen conocedor de todas las liturgias.

—¿Sabes que me gusta tu pueblo, rosio? —me dijo aquella mañana al salir de misa—. Las mozas son finas, nada más hay que verlas.

Por la tarde, en la era, amenizaban el baile Los Ciclones, que tenían un repertorio tan exiguo que todo acababa sonando como un mismo pasodoble, repetido del atardecer a la noche y de un domingo a otro, como si aquella música ratonera resbalara en el tiempo sin remedio. Acababan Los Ciclones y en los largos intermedios se escuchaba un suspiro de alivio. Los chavales aprovechábamos para corretear por el templete de los músicos y para hacerles alguna diablura en los instrumentos: una espiga incrustada en la boquilla del saxo, mientras ellos se iban a refrescar en la improvisada cantina.

Fue la primera vez que escuché tocar a mi tío César. Los Ciclones le dejaron subir al templete y allí se situó él solo, con el acordeón bien amarrado, sin decir una palabra, soslayando un instante aquella sonrisa que nunca perdía, alzando la mirada como para encontrar el recuerdo de alguna música. Y de pronto su estirada figura, que allí encima parecía haber crecido todavía más, empezó a cimbrearse con un leve juego de inspirados movimientos que propiciaban el ondulante y sostenido serpenteo del fuelle del acordeón.

Al principio nos quedamos todos como petrificados, vencidos por la magia de aquel asombroso virtuosismo, llevados por la rara emoción de esa música que jamás habíamos escuchado tocar así. Luego, algunos mozos y mozas se pusieron a bailar y el tío César fue variando las piezas entre los aplausos agradecidos. Cuando bajó del templete, para dejar que Los Ciclones siguieran, yo le aguardaba con mis amigos y él se acercó y me palmeó la cabeza antes de que se lo llevasen a la cantina.

—Rosio —me dijo— a ti es al que voy a enseñar yo a tocar el acordeón.

Llegué a aprenderlo, como tantas otras cosas en las que él me inició. Precisamente el día de la boda, el 18 de noviembre, a los postres del banquete que se celebraba en el salón donde se hacían en el pueblo los bailes por el invierno, estrenó el tío César el acordeón que le regalaba mi tía, que era a su lado una novia feliz, apenas preocupada por el llanto de la abuela, que iba a pasarse todo el rato recordando al abuelo Verin, fallecido tres años antes con la obsesión de ver que sus hijas quedaban solteras.

—Irse el pobre —decía la abuela, apurando los hojaldres y las lágrimas— con aquella aprensión, y luego las tres seguidas, cada año una. Sólo bodas y bautizos después de enterrarlo.

Recuerdo cómo mi tío cogió el acordeón encarnado y brillante tras besar a mi tía, lo tentó un momento después de colocárselo y antes de que se hiciera un silencio total, dejó escapar unas notas, que se derramaron presurosas por los manteles anegando el tintineo de las copas.

—Voy a dedicar esta pieza —dijo mi tío César, mirando a la abuela— a la memoria de mi suegro y en homenaje a mi suegra, porque quien se lleva el último fruto del árbol debe ser, antes que nada, agradecido.

Aquella fue la primera vez que yo le escuché tocar El

Sitio de Zaragoza. Los dedos del tío César se multiplicaban sobre el teclado y en el anular de la mano derecha el anillo de bodas emitía un fulgor fugaz de oro encendido, en el punto más álgido de la melodía heroica.

Lo cierto es que no supe que aquel hombre cortejaba a mi tía, a pesar de que aquel domingo de agosto ya les había visto bailar muchas piezas y acompañarla a casa, hasta que no muchos días después les encontré paseando solos cuando iba yo al prado a recoger las vacas. Andaban perdidos por un sendero que bajaba entre las sebes hasta la orilla del río.

—La más fina de todas, rosio —dijo él al verme, cogiendo a mi tía por la cintura, mientras ella se reía nerviosa y complacida.

Luego una vez, al oscurecer, los vi en las tapias de la huerta. Mi tía intentaba desprenderse de su abrazo, y él porfiaba agitado. Mi tía salió corriendo y él la llamó con voz suplicante. La vi pasar a mi lado con los ojos llenos de lágrimas.

Ya entonces empecé a escuchar las discusiones de mi tía y mi abuela, que con dificultad callaban cuando yo aparecía, silencio que entre ellas vaticinaba aquel disgusto que la abuela Aurelia iba royendo con creciente desesperación.

—No será un mangante —le oí decir un día— pero ni oficio ni beneficio se le conoce. Ni si en algún sitio alguien responde por él. ¿Es que los hombres pueden andar por el mundo como los perros?

Las lágrimas de la abuela flotaron en un mar de emociones incontenibles, cuando el tío César culminó El Sitio de Zaragoza entre los aplausos y los vítores de los convidados, y ella se levantó para darle un beso.

—Hijo —decía, con ese entregado reconocimiento de quien se libera y disculpa de su obstinación— hijo mío.

Mi tío César, que aquella misma mañana de la boda había traído para casa lo poco que tenía, dejó el acordeón en mi poder para sacar a bailar a la novia, y yo me quedé sentado con aquel enorme y brillante objeto sobre las rodillas, sin atreverme apenas a rozar el teclado, como si de una caja viva y mágica se tratase.

—Vas a aprender, rosio. Te lo dice tu tío. Sólo hace falta afición.

Con dificultad, pero aprendí. La paciencia de aquel hombre era tan infinita como sus conversaciones en la cantina o en el escaño de la cocina, cuando en las noches inmóviles de diciembre alargaba las copas de orujo, mientras la abuela y la tía tejían y yo seguía arrobado en el relato de tantas historias y recuerdos.

Al día siguiente de la noche de bodas la abuela andaba nerviosa, oteando por la escalera hacia la habitación de los novios.

—No van a bajar —me dijo, cuando el reloj del comedor dio las once y media.

Al cabo de un rato me llamó. En una bandeja había preparado dos tazones de chocolate, dos vasos de leche y dos platos de frisuelos y tostas.

—Toma —me ordenó—. Llamas a la puerta y les dices que es el desayuno. Tiempo de dormir ya tuvieron bastante.

Así lo hice. El tío César asomó a la puerta para coger la bandeja. Estaba en pijama.

—Dile a la abuela que nos vamos a quedar aquí metidos unos días, rosio. Y que sólo queremos esto que traes, que no nos haga otras comidas. Sólo chocolate y tostas y frisuelos. Pero en vez de dos tazones, nos subes la jícara y una buena jarra de leche fresca.

Me pasé los tres días siguientes subiendo y bajando con la bandeja. A la tía Eria nunca la vi ni la oí. El tío César asomaba sigiloso, siempre en pijama.

—Gracias, rosio —decía—. ¿Qué tiempo hace por ahí?

A la abuela se la iba viendo cada día más nerviosa, sobre todo cuando venían algunas vecinas o alguna de mis otras tías.

—Este hombre —rezongaba—y esta chica. No me digáis que es cabal esconderse de esa manera.

—A los novios hay que aguantarles los caprichos, doña Aurelia.

—Quince jícaras, que se dice bien.

Fue la misma mañana en que los novios bajaron de la habitación, mientras la abuela sólo hacía que suspirar para demostrarles lo contrariada que estaba, cuando mi tío César me llevó en bicicleta a dar una vuelta hasta el molino.

—Rosio, voy a pedirte un favor muy grande y, además, quiero que lo guardes en secreto.

El respeto y la admiración que ya le tenía se vieron como doblemente recompensados, porque para mí no había nada comparable a poder prestarle alguna ayuda.

—Tú que andas mucho por ahí, por las afueras del pueblo, y que sabes quien viene y quien va, me vas a avisar enseguida cuando veas algún forastero. Sea el que sea, con tal de que no se trate de un mendigo, ¿entiendes? Me buscas donde esté y me lo dices. La vida, rosio, le hace recelar a uno de la gente extraña. Ya te darás cuenta cuando seas mayor.

Nunca volvimos a hablar de ello. El invierno se echó encima como un animal cansado y los días se hicieron lentos sobre la harapienta soledad de los árboles y las praderas. Yo cumplía al pie de la letra lo que me había pedido mi tío César. Nunca dejé de ser un atento vigía entre las correrías y los juegos con mis amigos por los alrededores del pueblo.

—Todo el santo día andas por ahí perdido —me recriminaba siempre la abuela—. ¿Cuándo llegará la hora en que sepas y quieras hacer caso a lo que se te dice?

Muchas tardes, desde que salía de la escuela, las pasaba con mi tío, que andaba siempre entretenido arreglando alguna cosa.

—Este mocoso va todo el día detrás de ti como un faldero.

—Déjalo, que jamás tuve mejor ayudante.

Nunca vi a ningún forastero en todo aquel tiempo. La nieve vino a alargar las distancias, dejando al pueblo anclado en el extravío de la estepa. De cuando en cuando, mi tío y mi tía decidían quedarse el día entero en la habitación, y yo volvía a subirles la bandeja, entre las agrias amonestaciones de la abuela.

—Esto es que es ya el acabóse.

Y un día de febrero, cuando andaba yo tras alguna liebre de las que se atontan con el resol de la nieve, se me acercó Emilio el pastor, que volvía de El Soto de entregar unos corderos.

—Hay dos hombres —me dijo— que no me dieron buena espina. Preguntaban por alguien que bien podía ser tu tío César. Parientes no parecían y conocidos tampoco.

Encontré al tío César en el corral y se lo dije. No fue difícil adivinar el gesto preocupado que enseguida recubrió su perenne sonrisa.

—Así me gusta, rosio —me dijo, tirándome de la cresta—. Ahora sólo te queda hacerme un último favor, más secreto que ninguno. Mañana, de amanecida, me preparas la yegua y me aguardas allí.

No dormí en toda la noche. El viento levantó la nieve cernida. Bajaba del monte su aullido como un grito prolongado y famélico. Tras la ventana observé aquella rala luz que se abría con dificultad entre las sombras heladas.

Mi tío César no deja nada para nadie y yo a nadie comenté aquella secreta huida. Me guardaba la pena de saber que jamás volvería, con la amarga certeza de sentirme, otra vez, más huérfano que nunca.

Mi tía Eria cayó enferma y yo acompañé a la abuela cuando la requirieron, en los primeros días de marzo, para que se presentase en el cuartelillo de El Soto. El comandante del puesto nos recibió tan obsequioso como compungido.

—Lo que tengo que comunicarle, doña Aurelia, no es nada bueno —advirtió.

Hacía muchos días que la abuela había abandonado el llanto, como resignada en un silencio indignado y doloroso. Se dedicaba por completo a aquella hija, a la que cada vez parecía más difícil rescatar de la postración.

—Todos los datos que tenemos coinciden, doña Aurelia —dijo el comandante, repasando papeles de una carpeta—. Ese hombre que fue su yerno no se llamaba César

Frade Regueral sino Arsenio Gaitán Flórez. En los últimos años hay, al menos, noticia de siete matrimonios por él contraídos en cinco provincias.

La abuela alzó la cabeza y miró al comandante, con dos lágrimas de rabia a punto de estallarle en los ojos.

—¿No lo van a coger? —preguntó, mientras su mano temblorosa buscaba el pañuelo.

—Hay una razonable sospecha —dijo el comandante— de que ese hombre embarcó en Vigo la semana pasada. Si es así, y ha saltado el charco, va a ser muy difícil.

Javier García Sánchez

Javier García Sánchez nació en Barcelona en 1955. Ha publicado varios volúmenes de relatos, entre ellos, *Teoría de la eternidad* (1984) y *Crítica de la razón impura* (1992) y las siguientes novelas: *La dama del viento Sur* (1986), *Última carta de amor de Carolina Von Günderrode a Bettina Brentano* (1986), *Los amores secretos* (1987), *El mecanógrafo* (1989) y *La historia más triste* (Premio Herralde de novela, 1991).

En comparación a las vastas constelaciones de ideas que forman el cuerpo de la novela, los cuentos son como estrellas fugaces que pasan ante nuestros ojos sorprendiéndonos, reconciliándonos con el sentido último de la fantasía. Joyas de origen y destino desconocido, historias intensas, piezas de aliento corto pero firme latido que sin embargo pueden, deben deslumbrar como soles. Están al servicio de algo siempre sorprendente y maravilloso: el tanteo de la belleza.

El fisonomista

Cuando le conocí apenas si me prestó atención. Él era abierto y muy extrovertido, de esas personas que pronto acaparan el interés de un grupo por su locuacidad y por la brillantez con la que normalmente manifiestan aquello que quieren expresar.

Como digo, al presentarnos no me dedicó más que unas pocas palabras, algo trivial y para salir del paso. Ya no recuerdo qué fue. Con el tiempo empezaríamos a ser grandes amigos. Su rasgo característico, como ya he apuntado, era el don innato de gentes, una rara capacidad que le hacía atraerse a personas de muy diversa índole. Tendría unos treinta y cinco años, llevaba barba y el pelo corto. Su nariz era aguileña y los ojos oscuros, penetrantes. Traducía del inglés como fuente habitual de ingresos y, aun careciendo del título de periodista, se dedicaba a escribir artículos en revistas de cine. Sorprendía a muchos por su memoria para ese tema, pues era un verdadero archivo ambulante de datos. Difícilmente podía resultar pedante a causa de dicha condición, que le colocaba en franca ventaja respecto a los demás a la hora de discutir principalmente sobre cine. Su simpatía compensaba con creces ese despliegue de aparente suficiencia.

Algunas cosas más me habían contado sobre él, anécdotas o episodios sin importancia que no vienen al caso. Diré, no obstante, que el aspecto que me fascinó de tan infrecuente tipo fue algo de lo que, pese a estar más o menos al corriente, quería comprobar con mis propios ojos, averiguar si exageraban o si, por el contrario, en verdad poseía la cualidad de ser un consumado fisonomista.

Al principio no me atreví a preguntárselo de modo directo. Hablábamos mucho, sobre todo él, y creí más idóneo dejar que fuera explayándose por sí mismo. Recuerdo que una vez cogió entre sus manos una revista. Me señaló la foto de un hombre hercúleo que hacía ondear al viento su espada. Era la secuencia de una película.

—¿Ves esta cara? —dijo. Yo afirmé con la cabeza—. Pues adivina quién es —añadió sonriendo. Tuve que rendirme ante la evidencia y reconocer que pese a los esfuerzos hechos no lograba dar con la referencia que él pretendía sonsacarme—. El forzudo aquel que aparecía en la portada de un disco doble, una antología del rock de los sesenta —repuso con aire triunfal. Ahora lo recordaba, sí, pese al evidente cambio de imagen en el cabello, los abalorios y la pésima calidad de la fotografía de aquella portada.

Casi de modo involuntario conseguí que se fomentase en él esa pasión secreta por encontrar cierto parecido entre personas. Para mí fue un juego. Era algo que lo excitaba en lo más íntimo, un reto a su imaginación. Acabó por ser una manía exteriorizada con mucha más frecuencia, incluso, de la que yo deseaba. Estábamos frente a la televisión, por ejemplo, y no podía privarse de hacer comentarios al estilo de: «Esa locutora se parece al presidente de tal país», o en plena retransmisión deportiva interrumpía para decir: «Fíjate en la cara de aquel árbitro, míralo, ése: parece hermano gemelo de la esposa del panadero.» Para mi sorpresa, y también debo reconocer que para mi divertimento, solía acertar siempre. No había otro vencedor sino él en ese permanente rompecabezas de los esquemas y líneas faciales.

Algún tiempo más tarde viajamos a Nueva York en compañía de varios amigos. Allí fue donde su actividad como hábil fisonomista iba a alcanzar un punto álgido. Paseábamos por una céntrica avenida y de repente afirmaba a gritos haber visto pasar dentro de un taxi a una de las esposas de Mickey Rooney, aunque terriblemente envejecida y con gafas oscuras, matizaba. Nadie lo ponía en duda, lo mismo que cuando un día, mientras caminábamos por la Quinta Avenida, se puso serio y dijo:

—Señores, acaban ustedes de cruzarse con la mismísima hija de Gary Cooper. Tiene una cara inconfundible.

Y no podía ocultar su orgullo por el efecto causado cuando, poco después, consultábamos en una voluminosa Enciclopedia del Cine para corroborar su nuevo acierto.

Nuestra amistad, como suele ocurrir a menudo, sufrió altibajos, pero ello obedecía más a problemas externos, a circunstancias ajenas a él y a mí. Una tarde, estando en su casa, empezamos a hablar sobre cosas que, medio en broma, él consideraba «serias». La fe, la existencia, la vida. Y recuerdo que era yo quien en un momento dado discernía tranquilamente sobre tales temas cuando vi sus cejas arquearse mientras me observaba. Un extraño fulgor emanó de sus ojos, que se clavaron en los míos de manera tan intensa que casi me azoré. Sus manos transpiraban sudor y comenzó a levantarse del asiento mientras en sus mejillas nacía una pronunciada palidez. Se puso lívido, del color de la cera. Entreabrió los labios como para decir algo, pero sólo logró verbalizar un ahogado pronombre, «¿Tú?», que repetiría de forma monótona y aterrorizada al tiempo que andaba hacia atrás.

—¿Cómo has tardado tanto en darte cuenta? —le dije lo más serenamente que me fue posible.

Pero ya no me oía. Intenté tranquilizarlo diciéndole que no tenía por qué preocuparse, quitándole importancia a lo que ahora le había dejado sin habla, pegado al tabique.

—Vamos —dije—, ya verás como no pasa nada.

Y me lo llevé.

Luis Goytisolo

Luis Goytisolo nació en Barcelona en 1935. En 1958 publicó *Las afueras,* obra que ganó el Premio Biblioteca Breve. A ella le han seguido *Con las mismas palabras* (1962), *Antagonía,* tetralogía compuesta por *Recuento* (1972), *Los verdes de mayo hasta el mar* (1976), *La cólera de Aquiles* (1979) y *Teoría del conocimiento* (1981), *Estela del fuego que se aleja* (Premio de la crítica, 1984), *La paradoja del ave migratoria* (1987) y *Estatua con palomas* (1992). A su producción novelística se suman dos libros de fábulas, *Ojos, círculos, búhos* (1970) y *Devoraciones* (1976) que más tarde se recogieron con un tercer texto en *Fábulas* (1981), y una colección de relatos, *Investigaciones y conjeturas de Claudio Mendoza* (1985).

En líneas generales, el cuento es un anacronismo. Iba muy ligado a la prensa escrita y al aparecer otros medios de comunicación, sobre todo en España, lo que hace cien años se leía ahora no se lee. No le veo un porvenir especialmente bueno.

Tengo escasa confianza en el género. Frente a la novela, al cuento le falta precisión, aunque tiene a su favor la brevedad.

Hay pocos cuentos buenos. España no es un país de cuentistas. En el pasado, Clarín fue un gran escritor de cuentos. Entre los autores de lengua inglesa mencionaría a Conrad, aunque lo suyo son *short-stories,* Faulkner, y Hemingway, lo mejor de él son los cuentos.

Joyce al fin superado

Confío en que nadie vaya a interpretar el presente texto como un ataque a Stanislaw Lem, un escritor que merece todos mis respetos y al que, en definitiva, debo el descubrimiento de la obra de Hannahan. Sin su ayuda, por casual que parezca, ni siquiera estaría ahora redactando estas líneas que sólo un espíritu malintencionado o sencillamente corto de alcances, puede interpretar de manera aviesa. Mi propósito no es el de polemizar con Lem sino, muy al contrario, el de aportar mis propias consideraciones al caudal bibliográfico que gracias a Lem y a tantos otros exégetas (exégetas mejor que críticos) se ha ido desarrollando en torno a la obra de Hannahan. Si menciono a Lem en primer término es sólo porque a él debo la primera noticia relativa a la existencia de la obra del irlandés.

Hacerme con un ejemplar de la obra ya tuvo en sí mismo algo de novelesco. Inútiles resultaron todos mis intentos de conseguirlo a través de la Librería Francesa de Barcelona; al igual que en el caso de una guía del *Finnegans Wake,* el distribuidor pareció desentenderse de un pedido a su juicio extravagante. Tuvo que ser en Londres, y no precisamente en la librería a la que normalmente suelo dirigirme, debido a la amplitud de su fondo de existencias. O tal vez sí, tal vez también en Foyles la tenían, sólo que no en la sección donde yo había estado buscando. Porque, a pocos pasos y casi sin buscarla, descubrí la obra sobre el mostrador de saldos de una de tantas librerías de la zona. Y, no un ejemplar, sino toda una pila: *Gigamesh,*

Gigamesh, Gigamesh, Gigamesh, los que uno quisiera o pudiera llevarse.

La sorpresa inicial se desvanece no bien uno ha leído la novela o incluso antes, apenas iniciado el prólogo. Lo normal es que una obra de las características de *Gigamesh* corra esta suerte, lo mismo, no ya que la guía del *Finnegans Wake,* sino que el propio *Finnegans Wake,* de no ir precedido por el prestigio del autor de *Ulysses;* el mundo literario es así. Y se explica que el volumen de la bibliografía existente, aunque ya considerable, sea insignificante en relación a la magnitud de la novela: el crítico se asusta. Lo que ya encuentro menos justificado es que escritores y críticos de primera fila —el polaco Lem a la cabeza, junto con H. G. Wilson y Scott Durham, por ejemplo— hayan pasado por alto en sus magníficos trabajos tantos aspectos a mi entender fundamentales de la novela, como inhibida su pluma por el gigantesco despliegue de niveles significativos que *Gigamesh* representa. ¿Puede haber influido en ello el hecho de que el propio Hannahan, con su prólogo de 847 páginas para una novela de 395, se haya convertido en el principal exégeta de sí mismo? Yo me atrevería a responder afirmativamente. No resulta fácil atreverse a enriquecer o modificar con observaciones personales lo ya dicho exhaustivamente por el autor respecto a una obra como *Gigamesh.* Nada tiene de extraño, así pues, que yo mismo me lo haya pensado dos veces antes de desarrollar el presente trabajo, ni que Lem, como Wilson, como Durham, hayan centrado sus respectivos estudios más en el prólogo que en la novela propiamente dicha, ya que ésta no parece sino el resultado final del prólogo y no al revés, como es habitual.

Desde un punto de vista estrictamente argumental, la novela recoge los últimos momentos de G. I. J. Maesch, un gángster de temperamento primitivo que, mientras cumple su servicio militar en la base de Norfolk, es condenado a la horca por el asesinato del ginecólogo Cross B. Androids. Es decir: un hombre en capilla con la sombra de una soga como telón de fondo. Pero si el Leopold Bloom de *Ulysses* es al mismo tiempo el Odiseus homérico, Maesch es Gilgamesh, el héroe asirio-babilónico de una epopeya del 2500 a. C., curiosa mezcla —y antecedente— de Aquiles, Hércules y Adán entre otros. Bien, pero ¿por qué entonces *Gigamesh* en lugar de Gilgamesh? Porque la L es la letra omitida en la medida en que Lucifer es el principal personaje omitido del libro (y Lilith, añadiría yo). La L es además el principio (Logos) y el fin, Laocoonte estrangulado por la serpiente (la soga). Las significaciones del nombre reseñadas en el prólogo, de la palabra Gigamesh, leída así del derecho como del revés se remontan a 2.912 en las más diversas lenguas vivas y muertas; las conexiones de la L omitida son 98.

A partir de ahí, como el lector habrá comprendido, la obra nos remite a la totalidad de lo existente y, casi me atrevería a decir, de lo no existente (ver *Hora de Poesía,* núm. 34, pág. 14: «lo que significa y lo que no significa»); en palabras de Lem, «una obra que contiene todo el bagaje idiomático, histórico y cultural del universo». Pero no se trata sólo del Mal, del infierno, como parecen sugerirnos los *graffiti* de la letrinas de la cárcel. *Gigamesh* es asimismo una intrincada urdimbre de alusiones de gran trascendencia. Fausto en sus diversas versiones, Nôtre Dame (con su Quasimodo), la Pasión de Cristo, Roma (es imprescindible disponer de un plano de la Roma actual), el Juicio Final, el atentado contra Hitler en el refugio de Berchtesgaden, las Cruzadas, Giordano Bruno (Boecio, añadiría yo), Freud, el Arca de Noé, los albigenses, la quema de brujas, las danzas de la muerte de Holbein, la música, el símbolo Pi, y tantos otros que Lem —al igual que Durham y Wilson— desiste de enumerar, como si del propio interminable número Pi se tratase. Y es que, en última instancia, observa Lem (por encima de todo, diría yo), hay un gigantesco *game* (juego) inscrito ya en el título: *Gi*GAME*sh*. Un juego realizado, añade con mal disimulada amargura, con ayuda de la casa IBM y de un sistema de computadoras conectadas con los 23 millones de volúmenes de la Biblioteca del Congreso. Y aunque parezca preguntarse (siguiendo a Cherchi y a Halley) si tras todo eso no hay un problema esquizoparanoico, no puede menos que admitir que si *Finnegans,* superación de *Ulysses,* es un monumento literario, *Gigamesh,* superación de ambos, no puede ser tenido en menos.

Con lo cual vuelvo al principio: la perplejidad que me produce el que a Lem, como a Ralley, como a Cherchi, como a Wilson, por citar sólo los más importantes exégetas, se les hayan escapado tantas claves y tantos niveles significativos del libro que yo, con un bagaje crítico y lingüístico muy inferior, creo haber captado, desde luego no sin esfuerzo. Y sería un acto de falsa humildad excluir, exculpar de semejante falta a Hannahan, autor de ese prólogo de 847 páginas que en teoría lo explican *todo* acerca de las 395 del texto, ya que tampoco el prólogo del irlandés carece de lagunas.

Así, por ejemplo, el nombre de pila (bautismal) de la víctima, el ginecólogo asesinado, es *Cross,* Cruz, en su sentido cristiano (Pasión de Cristo), detalle que, naturalmente, nada tiene de casual y que el polaco subraya en su prólogo. Pero también es la cruz del protagonista que, como se dice explícitamente «he... (Maesch)... wears his cross», carga con su cruz. Más aún: es la cruz que uno dibuja al santiguarse y que se corresponde con la cruz cardinal, la cruz que uno forma con su propio cuerpo, los brazos extendidos lateralmente, a fin de orientarse sin necesidad de brújula. Arriba, al frente, el N (eje, guía). Abajo (detrás) el diafragma que separa el tórax del abdomen, el S. A la izquierda, poniente, el ocaso, O (W en inglés), mientras que el brazo derecho señala el este, E, el sol naciente, el nuevo día. ¿Y cuál es el valor de esa cruz cardinal? Pues ni más ni menos que el de ofrecernos una representación iconográfica de la estructura del libro, a la vez inmóvil y rotativa en el sentido de las agujas del reloj (N = 12; E = 3; S = 6; O = 9).

Lem y otros críticos han observado, asimismo que Gigamesh leído al revés suena Shemagig. Gig hay que vincularlo a Gog (Papini) y a GIG*olo,* que es lo que era además de gángster. Y Shema corresponde al «¡Shema Israel!» (el ¡Escucha Israel! del Pentateuco). En lo que no se había caído es en que, añadiéndole la «c» omitida, tenemos *Schema* (esquema, el esquema de la obra). La crítica tampoco parece haber caído en la cuenta de que también Israel puede y debe ser leído parcialmente al revés: *Is Lear* (Lear, el rey destronado). Algo similar podría decirse de determinados juegos de palabras y ambigüedades idiomáticas: *engravescent,* por ejemplo, adición o síntesis de *engraving* (grabado), *ingravescent* (engravescente) y *grave* (sepultura). O de *pregnant,* embarazada (la chica de Maesch que fue atendida por el ginecólogo) y, al mismo tiempo, preñado de alcohol (Maesch borracho). De ahí que, perdidos tantos matices, ni tan siquiera haya sido considerada la máxima latina *acommodare corpore vestum,* ya que, en este caso resulta obvio que el vestido es precisamente el cuerpo.

Ni que decir tiene que no todos mis descubrimientos me resultaron tan relativamente sencillos; los hay que me han traído de cabeza durante semanas y obligado a consultar bibliografía de todo tipo. Me refiero, por ejemplo, a lo que para mi buen gobierno terminé por llamar «el enigma de Lewis Elm». ¿Quién es Lewis Elm? El compinche y rival de Maesch, aunque quien lo delató fue ffiddy; el fracasado, el frustrado, el sempiterno perdedor: novillero en España, cronista taurino, piloto de carreras y de lanchas fuera-borda, aviador acrobático, navegante solitario, montañero. Un currículum rico, sí; sólo que en todo acababa fallando. Pues bien, a este *loser,* a este perdedor nato, Hannahan le dedica dos palabras en castellano a las que hasta el momento, que yo sepa, nadie ha prestado atención: «delgado carrero» *(sic).* Con lo de «carrero» —excluida la acepción «carretero»—, está claro que el irlandés se refiere a su condición de corredor automovilístico («carro» equivale a coche en diversos países hispanoamericanos), de piloto de carreras. ¿Y lo de «delgado»? Desde luego Elm es descrito como un hombre físicamente delgado, pero igualmente cabe en lo posible que Hannahan confunda el valor significativo de «delgado» con el de «fino», o mejor «finolis», otro rasgo que, como a tanto gilipollas maduro de aspecto amariconado, también caracteriza a Elm y, en este sentido, no menos válido en su aplicación. Válido, sí; pero ¿suficiente? ¿Era eso todo? Pues yo intuía unas cuantas alusiones inexplicadas a las que no podía dejar de darles vueltas y más vueltas. Hasta que opté por adoptar la interpretación que mi instinto me dictaba aunque sólo fuera como hipótesis operativa: Hannahan se estaba refiriendo *además* al asesinato del almirante Carrero Blanco. Una hipótesis que parece haber escapado a todo el mundo pese a las alusiones explícitas que el texto contiene respecto al accidente sufrido por Elm: *the car was blown up in the air* (el coche fue lanzado por los aires). Estas fueron las palabras decisivas que me pusieron sobre la pista: el navegante Elm (almirante Carrero Blanco), pilotando su coche (la nave del Estado), vuela por los aires (el atentado). ¿Eran precisas más pruebas? Pues sí, lo eran, ya que tal hipótesis interpretativa me planteaba un problema de fechas. La traducción inglesa de la obra de Lem (Penguin, 1981), el libro que me permitió seguir el rastro de la novela del irlandés, señala que la edición original polaca data de 1971. En este caso, ¿cómo era posible que un estudio relativo a una obra forzosamente anterior hiciera referencia a un hecho sucedido en 1973? Sólo el recurso a otras fuentes bibliográficas me permitió detectar la errata tipográfica existente en mi edición inglesa de la obra de Lem: la versión original polaca era del 77, no del 71 (un 7 en lugar de un 1: ésta era la errata). Y mi ejemplar de la edición de *Gigamesh* —primera y sospecho que única— está fechada en 1976. Ahora sí que todo cuadraba.

Otro aspecto en torno al «enigma Elm» al que nadie parece haber concedido especial relevancia es el de los nombres de los hampones y compinches tanto de Maesch como de Elm. Empezando por el propio Elm, cuyo nombre finge a veces olvidar Hannahan —nadie imaginará siquiera que la confusión es involuntaria— llamándole Aspen (álamo) y Linden (tilo), evidente alusión esta última a Berlín, como *aspen* a los Países Bajos. El delator Kiddy, por su parte, es llamado *fainted willow,* desmayado sauce, en el relato de su agonía. Todos nombres de árbol, en efecto; un dato que me limito a mencionar, ya que no alcanzo a encontrarle una explicación coherente. Los demás componentes de la banda también llevan nombres que parecen esconder algo, un acto, una cosa, cuyo significado alusivo debo confesar que se me escapa igualmente. Así, Hillock (altozano, lugar elevado), Rivers (ríos o del río), Belvedere, Turned, Savehome, etc. Los nombres de la pareja de proxenetas soplones —Iruam y Arreis— son sencillamente insólitos y faltos, a mi entender, de cualquier clase de resonancia. Caso distinto es el del verdugo Knot (nudo) o el del policía Natow, que lleva el nombre del dios supremo germánico Wotan escrito al revés; peregrina, en cambio —en mi opinión— la alusión a la Nato y a Occidente (W de *West*) que cierto crítico ha creído descubrir ahí. En el mismo contexto, cabe señalar la frecuencia con que se repite la palabra *lute,* laúd. Si al comienzo del libro era la jiga, la *giga* italiana (de GIGAmesh), ahora es el laúd lo que se nos propone como instrumento musical por excelencia. Pero, ¿cómo ignorar las casi explícitas referencias a Eleuterio Sánchez, alias El Lute (*melodic jailbird, lute into a cage*), modelo de delincuente que se autorregenera hasta el punto de convertirse en abogado, llegando a inspirar en su día una canción mundialmente famosa?

Las referencias musicales son constantes. Especial entidad —destacada por el propio irlandés— tiene la referencia a una tonadilla musical de dieciséis tiempos. Lo que nadie, en cambio, ha observado en relación a este detalle, es el hecho de que Joyce sitúe la acción del *Ulysses* un dieciséis de junio. Ni que el tiempo real de *Gigamesh,* el tiempo que precede a la ejecución, sea de treinta y seis minutos, esto es, un altanero doble dieciocho. Pues si *Ulysses* se compone de dieciocho capítulos que corresponden aproximadamente a las dieciocho horas que se prolonga el relato, los treinta y seis minutos de *Gigamesh* valen por esas dieciocho horas; dos minutos por hora.

Mayor entidad tiene para mí el hecho de haber logrado descifrar el sentido de dos frases que asimismo parecen haber escapado a la atención de otros analistas. Sentido, sí, mejor que significado, ya que, como en tantos otros casos, basta leerlas al revés para que tan extrañas sentencias, que en un principio uno hubiera considerado pertenecientes a una remota lengua primitiva, se vuelvan diáfanas. Así veremos que *rehtona ron fleseno rehtien si elbuod eht* se convierte en *the double is neither oneself nor another* (*double* en el sentido de la persona que dobla a un actor en determinadas escenas; referencia a la relación especular Maesch-Gilgamesh). Y que *Idnum Airolg Tisnart Cis* no es ni más ni menos que la máxima latina *Sic Transit Gloria Mundi,* alusión al carácter efímero de los triunfos que Maesch creía tener en sus manos. ¿Y Gloria? ¿Quién es Gloria sino la esposa de Kiddy y amante de Maesch, una mujer sumida en el mayor desconsuelo ante el destino inexorable de quienes para ella seguían siendo sus héroes? Dos ejemplos no mencionados por el irlandés en su prólogo de 847 páginas pese a que, como es obvio, no son precisamente fruto de la casualidad.

Como tampoco es coincidencia que el prólogo esté compuesto por treinta y seis unidades o subdivisiones interiores. Esto es; una por capítulo. El silencio del autor a este respecto es tanto más llamativo cuanto que esta correspondencia entre capítulos de la novela y subdivisiones del prólogo, propone, de hecho, tres formas de leer *Gigamesh,* cuya elección queda en manos del lector. Lectura A: siguiendo el orden natural de los números: primero el prólogo y luego la novela. Lectura B: invirtiendo ese orden: primero la novela y luego el prólogo, al que entonces habría que considerar epílogo. Lectura C: alternativamente: primer capítulo y primera subdivisión del prólogo, y así siguiendo hasta llegar al treinta y seis (¡el número exacto de minutos del tiempo real de la obra!). En este último supuesto, volveríamos a encontrarnos con el cruce (¡Cross, Cruz!) de dos ejes: diacrónico (la novela) y sincrónico (el prólogo/epílogo).

Más sorprendente aún, en razón de su importancia, es otra premeditada omisión del autor en su famoso prólogo, que afecta al conjunto de la novela desde la primera página hasta la última. Me estoy refiriendo al gigantesco acróstico que forman las primeras letras de cada página, desde la primera hasta la 395, y que no hace sino repetir interminablemente la palabra gigamesh. De izquierda a derecha, claro. Pero es que, de derecha a izquierda, las letras finales forman la misma palabra, que recorre la obra empezando por la parte baja de la última página. Así, abriendo al azar el libro, nos encontramos con una G (de *Gad/get*) y una A (de *away*) si consideramos las letras iniciales de izquierda a derecha. Y una S (de *moths*) y una E (de *trifle*), si consideramos las últimas de derecha a izquierda. Las repeticiones de la palabra gigamesh tanto en un sentido como en otro se reducen pese a su apariencia interminable, a 48, ya que de las 395 páginas solamente son útiles a este efecto 386. Un acróstico, en suma, que se hace patente se abra por donde se abra el libro. ¿Cómo explicar entonces el silencio de Hannahan a este respecto? Especialmente si tenemos en cuenta que el acróstico, de no ser advertido, se perdería irremediablemente no ya en caso de una eventual traducción a otro idioma —imposible en la práctica— sino incluso en cualquier otra nueva edición que no respetase estrictamente la paginación de la primera.

Omisiones como algunas de las señaladas y, más en general, ese prólogo que en teoría, exhaustivo, abrumador como es, lo explica todo, pero —ya lo hemos visto— sólo en teoría, son elementos que sin duda han incidido de forma más bien negativa, diría yo, en la apreciación crítica de la obra. Lo nuevo, lo inexplorado, inspira siempre recelo. A lo que más teme el crítico es al ridículo y, antes que opinar, el crítico prefiere abstenerse de opinar. Las críticas adversas —una crítica adversa es ya una toma de posición— son en realidad escasas. La mayoría de ellas, por otra parte, fueron formuladas antes de la aparición de *Gigamesh*, cuando de la novela no se conocía otra cosa que unos pocos fragmentos publicados en diversas revistas literarias: Hannahan —éste era su común veredicto— pretendía inventar lo que Joyce había ya inventado con su *Finnegans Wake*. El modelo indiscutible de este tipo de reseñas lo tenemos en el ensayo del también irlandés (del Ulster) H. G. Wilson titulado *Defensa de Joyce contra sus discípulos,* que convierte a su autor en el más encarnizado y despiadado detractor de *Gigamesh;* sospecho incluso que lo que los seguidores de Wilson han leído no es la novela sino la crítica de la novela. De ahí que casi todos repitan con Wilson el juicio que *Finnegans Wake* merecía a Vladimir Nabokov: uno de los fracasos más enormes (o grandes, cito de memoria) de la historia de la literatura. Y que, con palabras similares a las de Wilson, sus seguidores considerasen que Hannahan estaba consumiendo su vida en una empresa inane y disparatada en razón de que el experimento ya había sido hecho y, afortunado o no, volver sobre lo mismo era una tarea que carecía por completo de interés. Esta clase de ataques dejaron de producirse apenas apareció el libro, aunque aun ahora no falte quien se exclame con piadosa hipocresía ante el resultado de esa vasta labor desarrollada pacientemente, patéticamente, por ese febril creador que es Hannahan (pacientéticamente, hubiera dicho él) durante años y años. Por otra parte, tampoco han faltado críticos que criticaran desde el principio este tipo de críticas, argumentando que con tanto novelista mediocre como hay, no veían razón alguna para cebarse precisamente en alguien que se hallaba aplicado a una labor que como mínimo hay que considerar meritoria, incluso al margen del valor de los resultados obtenidos. Y si el tono de los juicios emitidos se ha ido modificando paulatinamente, las descalificaciones globales —mal que le pese al del Ulster— han cesado por entero. Ahora bien: lo decisivo no ha sido el progresivo favor de la crítica que se ha ganado Hannahan, ya que la plena aceptación de una obra de tal envergadura siempre toma tiempo. Lo realmente decisivo ha sido el hecho de que, con la publicación de *Gigamesh* la polémica ha sido obviada: la presunta copia *(Gigamesh)* supera al modelo *(Finnegans Wake),* quedando para Joyce el papel de mero precursor.

Llegados a esta conclusión, me parece no obstante imprescindible establecer una hipótesis explicativa de las numerosas omisiones y lagunas apreciables en las 847 páginas que preceden a la novela propiamente dicha. Pues si tales fallos no son premeditados, no sólo habría que poner en tela de juicio la rumoreada colaboración de IBM en el desarrollo de la obra, sino que es el propio dominio del autor sobre su escritura lo que quedaría en entredicho. Pero, ¿y si son premeditados, puesto que muchos de ellos (el acróstico, por ejemplo) necesariamente tienen que serlo? En este supuesto, si hasta las conexiones significativas no reseñadas por el autor en su prólogo y que sin embargo yo he detectado son voluntarias, la explicación que se impone es otra: el juego, el gran juego *(great game)*, varias veces mencionado en el curso de la novela, además de estar inscrito, como ya hemos visto, en el mismísimo título. Un juego que es también una gran broma *(joke*, palabra repetida asimismo con cierta frecuencia): anteponer un prólogo de 847 páginas a una novela de 395 con la pretensión de que en él se hallan contenidas *todas* las claves, cuando la realidad es que sólo contiene *algunas*, logrando así no sólo guiar al confiado lector sino también confundirle. Pues el hecho de que yo haya conseguido detectar alguno de sus triunfos ocultos significa tan sólo que existen muchos más por descubrir, en virtud del mismo principio que convierte a la pepita de oro en mero indicio del filón. Un ejercicio apasionante a cuya práctica invito a todo futuro lector de *Gigamesh*, aunque no sea más que por la fuerza creadora que es capaz de generar, de liberar, en la mente de todo aquel que acepte el juego. Una dinámica germinativa que, una vez cerrado el libro, persiste hasta el aturdimiento en las sugerencias más variadas de la vida cotidiana; algo así como ese tema musical que uno tararea inconscientemente por dentro a la salida de un concierto espléndidamente interpretado. Si ahora me resisto a decir, por ejemplo, que la musa inspiró mi afortunada lectura de *Gigamesh;* no es tanto por no caer en el tópico, cuanto por no dejarme atrapar en la dialéctica asociativa que tal palabra desencadena y que de inmediato me hace pensar en MUSA, una conocida marca de mayonesa, además de, alterando el orden de las letras, en «suma», adición. Y con sólo añadirle otra M, la *summa* latina y, en última instancia, Tomás de Aquino.

si tales fallos no son premeditados, que sólo habría que poner en tela de juicio la supuesta colaboración de [illegible] en el desarrollo de la obra, ya que es el propio [illegible] del autor sobre esa escritura lo que nos da en anecdo-tario [illegible], y si son premeditados, pues entonces muchos de ellos (el autor es, por ejemplo) necesariamente tienen que señalar [illegible] este supuesto, si habría conexiones significativas no reclamadas por el narrador en su prólogo y que sin embargo yo he detectado son verdaderas las explicaciones que se supone es cuál el juego del gran juego (great [illegible]) que se hace encarnado en el curso de la novela, además de estar inserto, como ya hemos visto, en el entusiasmo mismo. Un juego que es también una gran broma (¿de pa-labra repetida asimismo con cierta frecuencia?): anteponer un prólogo de 84 páginas a una novela de 50, con la pretensión de que en él se hallan contenidas todas las claves, cuando en realidad lo que sólo contiene algunas, [illegible] siendo justo sólo junto al [illegible] lector que no [illegible] [illegible]. Pues el hecho de que yo haya conseguido de-tectar al menos de sus triunfos ocultos significa tan sólo que existen muchos más por descubrir, en virtud de un [illegible] que convierte a la propia obra [illegible] del [illegible]. Un ejercicio apasionante a cuya práctica [illegible] a todo futuro lector de [illegible], aunque no sea más que por la [illegible] creado que en [illegible] de [illegible], de liberarse en la [illegible] de todo aquel que [illegible] el [illegible] una [illegible] que, una vez [illegible] [illegible], persiste hasta el [illegible] en las [illegible] más [illegible] de la vida cotidiana, algo así como [illegible] que [illegible] [illegible] [illegible] [illegible] dentro a [illegible] [illegible] [illegible] [illegible] [illegible] interpretación. Si [illegible] [illegible], por ejemplo, que la [illegible] [illegible] lectora de [illegible] [illegible] no [illegible] en [illegible] por [illegible] [illegible] [illegible] que [illegible] [illegible] y [illegible] [illegible] hace pensar en [illegible], una [illegible] de [illegible], además de [illegible] el [illegible] de la [illegible], en [illegible]. Y [illegible] sólo [illegible] [illegible] M, la [illegible] [illegible] en última instancia, Tomás de Aquino,

Javier Marías

Javier Marías nació en Madrid en 1951. Es autor de las novelas *Los dominios del lobo* (1971), *Travesía del horizonte* (1972), *El monarca del tiempo* (1978), *El siglo* (1983), *El hombre sentimental* (Premio Herralde de novela, 1986), *Todas las almas* (1989) y *Corazón tan blanco* (1992), y del libro de relatos *Mientras ellas duermen* (1990) y *Pasiones pasadas* (Ensayos, 1991). Entre sus muchas traducciones cabe destacar *Tristram Shandy,* de Sterne, por la que obtuvo el Premio Nacional de Traducción en 1979.

Hace ya mucho tiempo que la novela, ese género voraz e irrespetuoso para el que no hay fronteras ni nada sagrado, invadió el territorio del cuento logrando que la mayoría de los escritores que hoy lo practican hagan en realidad, más que cuentos propiamente dichos, fragmentos o episodios de novelas. El hecho de que ambos géneros sean narrativos ha favorecido la confusión y ha facilitado la tarea invasora de la novela, hasta el punto de que ha llegado a olvidarse que sus respectivas tradiciones son muy distintas y la del cuento mucho más vieja y más permanente...

...En oposición a la novela, el cuento, podríamos decir, admite ser contado *también* con otras palabras de las que se han empleado para contarlo (por ejemplo oralmente), o, dicho de otro modo, en él prevalece o sobresale la *historia,* a la que, según Isak Dinesen, el cuentista debe ser «eterna e inquebrantablemente leal»...

En el viaje de novios

Mi mujer se había sentido indispuesta y habíamos regresado apresuradamente a la habitación del hotel, donde ella se había acostado con escalofríos y un poco de náusea y un poco de fiebre. No quisimos llamar enseguida a un médico por ver si se le pasaba y porque estábamos en nuestro viaje de novios, y en ese viaje no se quiere la intromisión de un extraño, aunque sea para un reconocimiento. Debía de ser un ligero mareo, un cólico, cualquier cosa. Estábamos en Sevilla, en un hotel que quedaba resguardado del tráfico por una explanada que lo separaba de la calle. Mientras mi mujer se dormía (pareció dormirse en cuanto la acosté y la arropé), decidí mantenerme en silencio, y la mejor manera de lograrlo y no verme tentado a hacer ruido o hablarle por aburrimiento era asomarme al balcón y ver pasar a la gente, a los sevillanos, cómo caminaban y cómo vestían, cómo hablaban, aunque, por la relativa distancia de la calle y el tráfico, no oía más que un murmullo. Miré sin ver, como mira quien llega a una fiesta en la que sabe que la única persona que le interesa no estará allí porque se quedó en casa con su marido. Esa persona única estaba conmigo, a mis espaldas, velada por su marido. Yo miraba hacia el exterior y pensaba en el interior, pero de pronto individualicé a una persona, y la individualicé porque a diferencia de las demás, que pasaban un momento y desaparecían, esa persona permanecía inmóvil, en su sitio. Era un mujer de unos treinta años de lejos, vestida con una blusa azul sin apenas mangas y una falda blanca y zapatos de tacón también blancos. Estaba esperando, su actitud era de espera inequívoca, porque de vez en cuando daba dos o tres pasos a derecha e izquierda, y en el último paso arrastraba un poco el tacón afilado de un pie o del otro, un gesto de contenida impaciencia. Colgado del brazo llevaba un gran bolso, como los que en mi infancia llevaban las madres, mi madre, un gran bolso negro colgado del brazo anticuadamente, no echado al hombro como se llevan ahora. Tenía unas piernas robustas, que se clavaban sólidamente en el suelo cada vez que volvían a detenerse en el punto elegido para su espera tras el mínimo desplazamiento de dos o tres pasos y el tacón arrastrado del último paso. Eran tan robustas que anulaban o asimilaban esos tacones, eran ellas las que se hincaban sobre el pavimento, como navaja en madera mojada. A veces flexionaba una para mirarse detrás y alisarse la falda, como si temiera algún pliegue que le afeara el culo, o quizá se ajustaba las bragas rebeldes a través de la tela que las cubría.

Estaba anocheciendo, y la pérdida gradual de la luz me hizo verla cada vez más solitaria, más aislada y más condenada a esperar en vano. Su cita no llegaría. Se mantenía en medio de la calle, no se apoyaba en la pared como suelen hacer los que aguardan para no entorpecer el paso de los que no esperan y pasan, y por eso tenía problemas para esquivar a los transeúntes, alguno le dijo algo, ella le contestó con ira y le amagó con el bolso enorme.

De repente alzó la vista, hacia el tercer piso en que yo me encontraba, y me pareció que fijaba los ojos en mí por vez primera. Escrutó, como si fuera miope o llevara lentillas sucias, guiñaba un poco los ojos para ver mejor, me pareció que era a mí a quien miraba. Pero yo no conocía a nadie en Sevilla, es más, era la primera vez que estaba en Sevilla, en mi viaje de novios con mi mujer tan reciente, a mi espalda enferma, ojalá no fuera nada. Oí un murmullo procedente de la cama, pero no volví la cabeza porque era un quejido que venía del sueño, uno aprende a distinguir enseguida el sonido dormido de aquel con quien duerme. La mujer había dado unos pasos, ahora en mi dirección, estaba cruzando la calle, sorteando los coches sin buscar un semáforo, como si quisiera aproximarse rápido para comprobar, para verme mejor a mi balcón asomado. Sin embargo caminaba con dificultad y lentitud, como si los tacones le fueran desacostumbrados o sus piernas tan llamativas no estuvieran hechas para ellos, o la desequilibrara el bolso o estuviera mareada. Andaba como había andado mi mujer al sentirse indispuesta, al entrar en la habitación, yo la había ayudado a desvestirse y a meterse en la cama, la había arropado. La mujer de la calle acabó de cruzar, ahora estaba más cerca pero todavía a distancia, separada del hotel por la amplia explanada que lo alejaba del tráfico. Seguía con la vista alzada, mirando hacia mí o a mi altura, la altura del edificio a la que yo me hallaba. Y entonces hizo un gesto con el brazo, un gesto que no era de saludo ni de acercamiento, quiero decir de acercamiento a un extraño, sino de apropiación y reconocimiento, como si fuera yo la persona a quien había aguardado y su cita fuera conmigo. Era como si con aquel gesto del brazo, coronado por un remolino veloz de los dedos, quisiera asirme y dijera: «Tú ven acá», o «Eres mío». Al mismo tiempo gritó algo que no pude oír, y por el movimiento de los labios sólo comprendí la primera palabra, que era «¡Eh!», dicha con indignación, como el resto de la frase que no me alcanzaba. Siguió avanzando, ahora se tocó la falda por detrás con más motivo, porque parecía que quien debía juzgar su figura ya estaba ante ella, el esperado podía apreciar ahora la caída de aquella falda. Y entonces ya pude oír lo que estaba diciendo: «¡Eh! ¿Pero qué haces ahí?» El grito era muy audible ahora, y vi a la mujer mejor. Quizá tenía más de treinta años, los ojos aún guiñados me parecieron claros, grises o color ciruela, los labios gruesos, la nariz algo ancha, las aletas vehementes por el enfado, debía de llevar mucho tiempo esperando, mucho más tiempo del transcurrido desde que yo la había individualizado. Caminaba trastabillada y tropezó y cayó al suelo de la explanada, manchándose enseguida la falda blanca y perdiendo uno de los zapatos. Se incorporó con esfuerzo, sin querer pisar el pavimento con el pie descalzo, como si temiera ensuciarse también la planta ahora que su cita había llegado, ahora que debía tener los pies limpios por si se los veía el hombre con quien había quedado. Logró calzarse el zapato sin apoyar el pie en el suelo, se sacudió la falda y gritó: «¡Pero qué haces ahí! ¿Por qué no me has dicho que ya habías subido? ¿No ves que llevo una hora esperándote?» Y al tiempo que decía esto, volvió a hacer el gesto del asimiento, un golpe seco del brazo desnudo en el aire y el revoloteo de los dedos rápidos que lo acompañaba. Era como si me dijera «Eres mío» o «Yo te mato», y con su movimiento pudiera cogerme y luego arrastrarme, una zarpa. Esta vez gritó tanto y ya estaba tan cerca que temí que pudiera despertar a mi mujer en la cama.

—¿Qué pasa? —dijo mi mujer débilmente.

Me volví, estaba incorporada en la cama, con ojos de susto, como los de una enferma que se despierta y aún no ve nada ni sabe dónde está ni por qué se siente tan confusa. La luz estaba apagada. En aquellos momentos era una enferma.

—Nada, vuelve a dormirte —contesté yo.

Pero no me acerqué a acariciarle el pelo o tranquilizarla, como habría hecho en cualquier otra circunstancia, porque no podía apartarme del balcón, y apenas apartar la vista de aquella mujer que estaba convencida de haber quedado conmigo. Ahora me veía bien, y era indudable que yo era la persona con la que había convenido una cita importante, la persona que la había hecho sufrir en la espera y la había ofendido con mi prolongada ausencia. «¿No me has visto que te estaba esperando ahí desde hace una hora? ¡Por qué no me has dicho nada!», chillaba furiosa ahora, parada ante mi hotel y bajo mi balcón. «¡Tú me vas a oír! ¡Yo te mato!», gritó. Y de nuevo hizo el gesto con el brazo y los dedos, el gesto que me agarraba.

—¿Pero qué pasa? —volvió a preguntar mi mujer, aturdida desde la cama.

En ese momento me eché hacia atrás y entorné las puertas del balcón, pero antes de hacerlo pude ver que la mujer de la calle, con su enorme bolso anticuado y sus zapatos de tacón de aguja y sus piernas robustas y sus andares tambaleantes, desaparecía de mi campo visual porque entraba ya en el hotel, dispuesta a subir en mi busca y a que tuviera lugar la cita. Sentí un vacío al pensar en lo que podría decirle a mi mujer enferma para explicar la intromisión que estaba a punto de producirse. Estábamos en nuestro viaje de novios, y en ese viaje no se quiere la intromisión de un extraño, aunque yo no fuera un extraño, creo, para quien ya subía por las escaleras. Sentí un vacío y cerré el balcón. Me preparé para abrir la puerta.

Marina Mayoral

Marina Mayoral nació en Mondoñedo (Lugo) en septiembre de 1942. Es profesora titular de literatura de la Universidad Complutense. Autora de numerosos trabajos de investigación, entre sus obras de creación hay que mencionar las siguientes novelas: *Cándida, otra vez* (Premio de Ámbito Literario, 1979), *Al otro lado* (Premio Novelas y Cuentos, 1980), *La única libertad* (1982), *Contra muerte y amor* (1985), *Unha árbore, un adeus* (1988), *Chamábase Luis* (Premio Losada Dieguez, 1989), y *El reloj de la torre* (1991); también la colección de relatos *Morir en sus brazos y otros cuentos* (1989).

En el siglo XIX, cuando la vida del mundo empieza a acelerarse, el cuento adquiere personalidad propia. Hasta ese momento había tenido cultivadores aislados, aunque geniales. Nuestro don Juan Manuel con *El conde Lucanor,* Boccaccio con el *Decamerón* o Chaucer con los *Cuentos de Canterbury,* son antecedentes ilustres del cuento literario, pero serán las grandes figuras del siglo pasado, Hoffmann, Poe, Maupassant, Pardo Bazán, Chejov, Oscar Wilde, quienes creen las bases del cuento como género literario y lo lleven a su plenitud.

La cultura anglosajona ha mantenido la tradición iniciada en el XIX y sus autores cimentan su fama tanto en los relatos largos como en los cuentos aislados o colecciones de relatos que ven la luz en publicaciones periódicas. Por el contrario, en España el género fue cayendo en el olvido y no por falta de cultivadores, que los hubo excelentes sino por el paulatino cierre de los cauces que dan salida a este género.

En estos últimos años, coincidiendo con el auge de la narrativa corta en todo el mundo, empiezan en España a abrirse de nuevo, poco a poco, aquellos cauces que dan salida a este género: revistas ilustradas y dominicales de diarios incluyen, sobre todo en verano, cuando escasean las noticias, relatos literarios.

El cuento es el género del siglo XXI. En un mundo cada vez más acelerado el arte ha de refugiarse en formas rápidas, concisas, que transmitan de forma inmediata, sin pérdida de tiempo, aquello que el artista tiene que decir.

Entonces empezó a olvidar

Fue al intentar contarlo, al pretender convertirlo en una sucesión de hechos que sucedieron en el tiempo y de personajes que actuaron de determinada manera cuando me percaté de que había en la historia aspectos en los que no había reparado al vivirla.

Se parece a *Una historia inmortal,* dijo mi hermana. Yo también lo había pensado al comienzo, porque en los primeros momentos tuve la impresión de que era algo extraordinario, fabuloso. Pero, a medida que lo vivía, las diferencias con la película de Orson Welles y con el cuento de Dinesen se me hicieron patentes. Yo no tengo nada en común con el marinero ingenuo e ignorante. Soy joven como él y no soy feo, pero, puestos a escoger, yo no me eligiría para tal función. Habría buscado a alguien más fornido, lo que se llama un ejemplar masculino, o, acaso, a un hombre de inteligencia superior, un sabio de reconocido prestigio o un artista de indudable talento. Aunque, por otra parte, eso aumentaría las dificultades. Los famosos suelen ser recelosos y tacaños de sus bienes. Temerían quizá algún tipo de chantaje o se sentirían expoliados: a muchos les molesta incluso dar su imagen para una foto, cuanto más una parte de su persona. Tampoco es que se les pidiera un riñón o un ojo, pero, sin duda, cualquiera de ellos resultaría menos accesible que yo y los resultados quizá fueran los mismos o peores. La genialidad ya sabemos que no se hereda. Había además otros argumentos que ella utilizó para justicar mi elección: los extremos son siempre peligrosos, era preferible un término medio, un hombre equilibrado, de buena salud, con una buena situación en la vida y sin complicaciones. Y estaba, también, la cuestión de las afinidades: tenía que ser alguien por quien ella se sintiera atraída, ya que, puesta a pasar un rato desagradable, la mesa de operaciones hubiera resultado más aséptica. Me pareció muy razonable.

A mí me daría miedo, dijo mi hermana: alguien que aparece tan misteriosamente, sin saber de dónde, ni quién es, como el marinero de la leyenda: un puerto lejano al anochecer, brumas, oscuridad, una figura que le hace señas de seguirla... Pero era una mañana de sol radiante, en la playa, y no estamos en la India, ni en Hong Kong. A ella le parecía exótico y romántico, había dudado entre esto y las islas griegas, pero aquí había pasado su luna de miel y el recuerdo de aquellos días maravillosos, me dijo, la había decidido por estas tierras. Fue ella misma la que se acercó a mí, y nada de señas, hablaba correctamente inglés y francés y un poco de español.

Ella sí que era una protagonista de leyenda, pero no por misteriosa sino por su belleza: el pelo rubísimo, los ojos azul profundo, la piel de un moreno dorado, luminoso; el cuerpo esbelto, los pechos altos y firmes, las caderas redondas, las piernas largas... Una fantasía erótica, dijo mi hermano mayor, eso era «la sueca» de mis tiempos. Pero Nora era así y además no era grande, ni tenía aspecto de chico guapo travestido. Era una preciosidad y supongo que eso fue el motivo principal que me llevó a colaborar en lo que, contado por ella, me pareció algo maravilloso y al mismo tiempo muy normal. Nora quería tener un hijo, pero su marido, un hombre bastante mayor que ella, era estéril. Los dos pensaban que en lugar de someterse a la inseminación artificial se podía recurrir a un procedimiento mucho más acorde con la naturaleza. Sólo había que buscar a una persona adecuada y mantener la identidad de ellos en secreto a fin de evitar problemas posteriores. De ahí procedía su reserva, nada misteriosa, por tanto, acerca de su nacionalidad, nombre, profesión del marido y cualquier otro dato que pudiera ser utilizado por el padre material de la criatura para localizarlos, en el caso de que intentara algún chantaje en el futuro. Me pareció una postura prudente y más práctica que cualquier documento de renuncia que no serviría más que para complicar la situación, aunque, como ella me dijo, lo fundamental era mi compromiso moral de aceptar el trato, de modo que sin mi palabra de honor de respetarlo no seguiría adelante. Se la di y, consecuentemente, no intenté averiguar nada sobre ella. O sea que me comporté como un caballero español, según mi hermana. O como un orgulloso, dice mi cuñada.

Mi hermano mayor ve las cosas de otro modo. Lo de las afinidades electivas y la atracción le parece un anzuelo vulgar: Nora no me ha elegido por ser un joven más o menos talentoso y prometedor, aparte de sano y de familia acomodada, sino sobre todo por tonto. Él dijo por ingenuo, pero se notaba que quería decir por tonto. Nora podía ser una fresca y utilizar el cuento del hijo para sacarme dinero en el futuro. Sin duda se lo he contado mal, o no pensaría eso de ella. Pero es posible también que haya un poco de envidia en su comentario. Siempre ha ido de triunfador por la vida y no debe entender que Nora me escogiera a mí, estando él aquel día en la playa. Pero aún así es obvio que yo no he sabido comunicar la sensación de confianza que Nora transmitía. No es el tipo de mujer fatal ni devoradora de hombres, con una mujer así yo no me hubiera atrevido, quiero decir que seguramente no habría aceptado participar en el asunto. Nora quiere y respeta a su marido, es una buena esposa y será una buena madre para el chico: es cariñosa, alegre, tranquila. Le dará seguridad en la vida. Tiene en grado sumo la capacidad de escuchar y de provocar la confidencia. A su lado uno se siente con ganas de hablar y de contarle los problemas. Pero mi hermano sigue sin entenderlo: o sea, que para que tú no le hicieras preguntas te confesaba ella a ti, dice. Seguro que le has hablado de toda la familia... De toda no, pero casi. De su mujer sí le he hablado. Nora me preguntó por qué no me había casado; pensaba que la soltería no encajaba con mi personalidad, con mis buenas cualidades, así dijo, y por eso le hablé de mi cuñada. Al comienzo no preguntaba por su curiosidad sino por interés en conocer lo que sería la familia de su hijo; quería saber cualquier cosa que en el futuro pudiera afectarle: si había propensión a alguna enfermedad o rareza, si teníamos facultades especiales para alguna actividad o arte. Se alegró mucho de que yo fuera escritor, se congratulaba de su buena elección, de su ojo clínico, decía. Y así, poco a poco, fuimos hablando de cosas más íntimas.

Lo más difícil de entender es que se haya ido sin despedirse. La noche antes me había dicho «hasta mañana», pero cuando volví al día siguiente la casa estaba cerrada: la cancela exterior, la puerta de entrada, las ventanas; todo. Es una mujer muy cauta, dijo mi cuñada. Se dio cuenta de que te habías enamorado y puso tierra por medio. Un hombre enamorado no atiende a razones, ni respeta promesas. Un poco más y yo habría iniciado pesquisas, indagaciones para saber quién era, de dónde venía, cómo podría encontrarla de nuevo. ¿Acaso no lo había ya intentado? ¿No le había dejado ver la intensidad de mi deseo, mi amor creciente, mi melancolía ante ese hijo de los dos que iba a convertirse en hijo de otro hombre? ¿No había iniciado ya mi chantaje sentimental? No sé de dónde ha sacado mi cuñada todo eso, no sé si estaba en la historia que yo le he contado o ella lo saca de otra historia que los dos conocemos. Es posible que esté en lo cierto y que ésa sea la explicación de aquella partida repentina y sin adiós. Pero quizá haya algo más. Quizá Nora se ha enamorado de ti, dice mi hermana. No querría traicionar a su marido, aquel marido que por evitarle un mal rato accedía a que ella se entregara a otro hombre; un marido que tiene tanta confianza en su mujer, en su fidelidad, en su cariño, en el proyecto de vida en común, que es capaz de dejarle escoger para padre de su hijo al hombre que a ella le guste. Se comprende que a un hombre así no quiera defraudarlo, dice mi hermana. Un bendito, un Juan Lanas, dice mi hermano mayor. Ésa se ha venido de vacaciones y a la vuelta le hace creer que es suyo, ¡menuda pájara! Os ha manejado a los dos. Me pregunto si habrá algo de eso en lo que yo le he contado. Acaso mi sorpresa, mi decepción, mi rabia, mi dolor ante su partida inesperada se comunican a mis palabras. O acaso mi hermano mayor proyecta sobre ellas oscuras intuiciones de otra historia que no quiere saber.

Mi historia, la que yo viví, se acaba ante aquella puerta cerrada, pero cada uno le ha buscado el final que más le gusta. Es muy posible que ella vuelva, dice mi hermana. Su marido se dará cuenta de que está enamorada de otro hombre y no aceptará su sacrificio. Es un hombre bueno, sin duda, y generoso, bastante mayor que ella, muy comprensivo. Nora puede contarle todo lo que ha pasado y lo que siente, porque sabe que él la entenderá, siempre ha sido así. Él le dirá que lo importante ahora es que se tranquilice, que descanse, el niño debe nacer bien. Después habrá tiempo de resolver lo que sea, ella es libre de decidir, como siempre. Mientras, él la cuidará, la mimará, le pondrá la mano en el vientre para oír cómo se mueve la criatura, se reirán juntos y pensarán un nombre. Y a los nueve meses serás sólo un recuerdo romántico, dijo mi cuñada. Y cuando el niño crezca y las amistades empiecen a encontrarle los inevitables parecidos con el padre, ellos cruzarán una mirada cómplice y divertida. Tierna, dice mi hermana, y se acordarán con agradecimiento de ti, de manera que no se entiende esa murria, ella estaba estupenda, de momento te ha salido el ligue muy barato y el hijo vaya usted a saber de quién es, dice mi hermano mayor, o si la historia acaba así no puedo quejarme, lo que pasa es que soy escritor y me gusta hacer literatura, adornar las cosas, hacerme el interesante, seguro que acaba haciendo una novela o un cuento, dice mi cuñada. Pero se parece demasiado a *Una historia inmortal,* dijo mi hermana, tendría que buscarle un final distinto, que ella vuelva, por ejemplo, o que le robe las tarjetas de crédito, dijo mi hermano mayor, o que todo es un sueño, dijo mi cuñada. O una mentira.

Cuando acabé de contarlo era una historia distinta, no sé si más cercana a la realidad o, por el contrario, más alejada de ella. No me importa. Yo necesitaba sacarla fuera de mí, convertirla en algo objetivo, manipulable. Decir:

Yo estaba tranquilamente tomando el sol en la playa y una chica rubia se me acercó. Y seis páginas más adelante decir: La casa estaba cerrada, la cancela exterior, las ventajas, todo. Ahora ya no soy yo el que se desespera, el que intenta en vano recuperar un fantasma o entender, al menos, lo sucedido. Es mi personaje. Yo releo su historia y corrijo la estructura y detalles de estilo. Se la leo a mi hermana que dice que no le gusta el final y a mi cuñada que sonríe y dice: Ya sabía yo que todo era un cuento. ¿No será que quieres darme celos?; y a mi hermano mayor que me dice que soy un tonto por darle tantas vueltas a algo de lo que voy a sacar tan poco provecho.

El marinero también debió de darle muchas vueltas. Se lo contaría primero a sus compañeros de trabajo: era una mujer hermosísima, los ojos verdes como el mar, el pelo de oro, nunca había visto él nada igual. Después, cuando ya no navegaba, se lo contó a su mujer: la llegada al puerto, la figura misteriosa que le hace señas, la casa lujosísima; y a sus hijos cuando crecieron: el marido era un hombre muy poderoso y muy rico, pero no podía tener hijos; y también a sus nietos: hace ya muchos años, en un país lejano... Un día, en la taberna del puerto, oyó a un marinero recién llegado contar su historia; el criado que le hace señas entre las brumas del anochecer, el palacio, una mujer muy bella, de ojos de azabache y pelo largo y negro como la noche... Entonces empezó a olvidar.

José María Merino

José María Merino, leonés (1941), es licenciado en Derecho por la Universidad Complutense. Reside en Madrid. Sus libros de poesía han sido reunidos bajo el título *Cumpleaños lejos de casa* (1988). Ha publicado las siguientes novelas. *Novela de Andrés Choz* (Premio Novelas y Cuentos, 1976), *El caldero de oro* (1982), *La orilla oscura* (Premio de la Crítica, 1985), *El centro del aire* (1991) y *No soy un libro* (1992), así como la trilogía constituida por *El oro de los sueños* (1986), *La tierra del tiempo perdido* (1987), y *Las lágrimas del sol* (1987), que aparecerá reunida con el título *Las crónicas mestizas*. Entre sus libros de relatos están: *Cuentos del reino secreto* (1983), *Artrópodos y Hadanes* (1986) y *El viajero perdido* (1989).

...A mi entender, los cuentos encierran el sentido prístino del arte de narrar. La novela es una construcción plural, con elementos accesorios que van sosteniendo a los elementos principales. Conforme se avanza en su elaboración, lo sustantivo y lo adjetivo van entrelazándose y todo ello junto, si se consigue la feliz culminación del proceso, acaba sosteniendo el texto con similar capacidad de apoyo. Sin embargo, los cuentos no toleran elementos accesorios. Todos los materiales del cuento tienen una función principal: de ahí la difícil concisión a que obligan, que no está sólo en el empleo de las palabras, sino —sobre todo— en la previa selección de los motivos.

...Para la buena salud literaria de una cultura es imprescindible la presencia y vitalidad del cuento. El esplendor contemporáneo de las literaturas iberoamericanas no puede comprenderse sin recordar nombres de cuentistas como Roberto Arlt, Adolfo Bioy Casares, Juan Carlos Onetti, Horacio Quiroga o Julio Ramón Ribeyro, de obra menor por su tamaño, pero grande y sólida por su significación. Y es que la literatura —al contrario que el deporte— no es cuestión de músculos, y tampoco la mayor envergadura física mejora necesariamente la calidad de sus productos.

Tres documentos sobre la locura de J.L.B.

Documento núm. 1

Resulta una terrible paradoja que haya sido precisamente ayer cuando se inició esta situación que no debería calificar sino como pesadilla grotesca, aunque todos los datos ajenos a mí parezcan demostrar que no se trata de un sueño.

Digo que resulta paradójico que haya sido ayer, pues el día comenzó para mí bajo los auspicios más benéficos: tras casi tres meses de padecimientos —primero el accidente; luego el hospital, con todas esas intervenciones y las largas noches de asepsia y quejidos; por fin, un largo periodo postoperatorio, con mi cuerpo acribillado de agujas que me nutrían o me controlaban— había regresado a casa y despertaba envuelto en una plácida sensación de bienestar.

Abrí los ojos y, tras el desconcierto inicial ante el cambio del lugar de mi costumbre más reciente, el conjunto de mi alcoba y sus objetos —el pequeño espejo, las grandes cortinas, el icono plateado, el barómetro— ajustó sus formas, pliegues y fulgores a una familiaridad que yo reconocí de pronto con alivio: mi cuerpo estaba en paz y yo recuperaba el embeleso de similares situaciones.

Recuperé entonces una languidez como la subsiguiente a las enfermedades de la infancia; cuando, recién mudadas las sábanas que enjugaron los sudores, sin fiebre ya, permanecía absorto, escuchando entre la sombra de la habitación los sonidos que daban testimonio de la pura domesticidad: tintineo de vasos, crujido de puertas, una escoba que arrastraba su repetido vaivén en la lejanía de los pasillos.

Recuperé entonces también, sin ser todavía consciente de su origen, aquella metáfora sobre las almohadas como mejillas. *Las almohadas* son otras mejillas, musité. Luego me enredé pacíficamente, sin otra prisa que la de satisfacer mi propio gusto, en la curiosidad de recordar la procedencia de la metáfora, y la definición del tacto de las almohadas como mejillas, evocado en algún libro, hizo más sólido el recuerdo de aquellas tardes de convalecencia —eran como mucho dos o tres— en que la pringosa calentura y el malestar de las anginas, o de la gripe, ya curadas, tenían como recompensa limonadas y lecturas en la cama.

Yo le pedía a mi madre los libros que me interesaban: novelas de aventuras, las Mil y Una Noches, o aquellos grandes tomos de una enciclopedia donde, entre muchas otras, venía la historia de Sigfrido, con una ilustración, que yo no me cansaba de contemplar, en que se veía al héroe inclinado sobre un manantial, extendiendo una mano para recoger el agua, en actitud de quien quiere beber, mientras a sus espaldas, subido en una roca, el traidor alza en un brazo la lanza con que, atravesando el pequeño zurcido que señala el único punto vulnerable del héroe, va a quitarle la vida.

Por fin, y tras rechazar la remembranza de diversos libros, el lugar se encendió claramente en mi memoria: *Combray*. Es al rememorar aquellas duermevelas de la niñez cuando el autor habla de las mejillas de las almohadas, pensé; y creí recordar también que Marcel Proust llama a las almohadas *mejillas de la infancia*, pero no estaba seguro, ni puedo estarlo ya nunca.

La sospecha de que aquélla podía ser una exageración mía de la metáfora hizo que me obligase a vencer mi placentera pereza, de modo que me levanté de la cama y me dispuse a buscar el libro para disipar definitivamente mis dudas. Todo el piso se me ofrecía con la misma apariencia sosegada de la alcoba y en las librerías —que se extienden por el pasillo y casi todas las habitaciones— los libros se ordenaban unos junto a otros, sin que uno solo de sus lomos rompiese la exacta alineación de los volúmenes.

Aunque los fondos de mi biblioteca están debidamente clasificados, conservo en la memoria la colocación de casi todos los libros, de modo que me dirigí directamente al lugar donde deberían encontrarse los distintos tomos de la obra, regresé a la cama con el primero de ellos y comencé a hojearlo, seguro de que era en las páginas iniciales donde se encontraba esa imagen de las almohadas como mejillas.

En aquella búsqueda tuvo origen mi desasosiego y el horror que me rodea mientras escribo apresuradamente este testimonio, al filo del amanecer; con ella, el día más placentero que había creído tener ante mí, tras muchos meses de sufrimiento, se convirtió en el espacio perfectamente adecuado a una pesadilla. Sin embargo, nada hay de pesadilla en la apariencia de las cosas que me rodean, y me encuentro sin duda en la realidad de la vigilia: la consistencia de los objetos manifiesta una presencia que no corresponde a lo imaginario y los sonidos de la calle son certeros testimonios de que estoy bien despierto.

Digo que había regresado a la cama con el libro e intentado localizar la metáfora, pero que mis esfuerzos resultaron inútiles. Al cabo de un rato, decidí releer la primera parte de la novela, no tanto para ordenar mi búsqueda como por la extrañeza que me produjo la relectura de algunos fragmentos, mientras pasaba las páginas al azar: pues aquel libro no parecía el mismo que yo creía haber recordado.

No lo parecía, ni lo era. El libro lo tengo a la vista, sobre la mesilla. Recoge un cúmulo de recuerdos personales, no sólo privado de cualquier intención literaria, sino escrito, precisamente, con cuidado de no parecer novelesco. Lo más interesante del libro de mi recuerdo consistía en que, gracias a la maestría del autor, y por haber conseguido hacer vibrar de nuevo la sustancia temporal de unos sucesos pasados y perdidos, la evanescencia de los hechos evocados se convertía en una realidad precisa, verdadera, inmortal.

Pero aquello había desaparecido del texto. Y mi estupor descubrió luego que ni siquiera el título era exactamente el mismo, pues el libro que yo tenía en mis manos, escrito también, al parecer, por un tal Marcel Proust, no se titulaba como el libro famoso sino, escuetamente, *Memorias*. Se trata de un libro que —puedo jurarlo— no ha estado antes entre los doce mil cuatrocientos treinta y cinco que componen mi biblioteca. Sin embargo, es idéntico en todas sus características físicas al libro de mi recuerdo —formato, dibujo de la portada, tipo de letra— y aparece publicado por la misma editorial.

Mi sorpresa recibió una insidiosa confirmación cuando, tras levantarme apresuradamente y buscar el resto de los tomos, comprobé que ostentan el nuevo título y que en ellos tampoco se desarrolla un proyecto novelesco, sino una crónica plúmbea, las minucias banales de la vida social de un grupo de gentes de la alta burguesía francesa, a finales del siglo pasado.

Como puede suponerse, el sorprendente hallazgo me llevó a revisar mi biblioteca, pues súbitamente sospeché que entre mis libros —que yo creo conocer uno a uno por la vista y por el tacto— podrían encontrarse otros textos tan extraños como aquéllos. Todavía en la sugestión de mis divagaciones, busqué algunos de los libros que he amado especialmente en mi niñez, y muy especialmente *La isla del tesoro* de Robert Louis Stevenson. Y resultó que *La isla del tesoro* de mi biblioteca, conservando todas las características externas del libro de mi recuerdo, consiste en una historia árida, insufriblemente prolija, de la piratería inglesa de los siglos XVI a XVIII, con un repertorio de los puntos de encuentro y refugio de los delincuentes que la practicaban.

Era media tarde y mi bienestar se había trocado en tribulación. Devolví el libro al estante y busqué con temor los demás libros que, en aquellas horas de la niñez, me ayudaron a recorrer esos mundos hermosos que están hechos solamente de palabras. Pero toda la sustancia novelesca y fabulosa había desaparecido de ellos.

Los ejemplares son idénticos en su aspecto material y, cuando se trata de los que he conseguido conservar a través de tantos años —desde los tiempos de la infancia— presentan la misma apariencia de indeleble deterioro que produjo en ellos la sucesión de innumerables lecturas fervorosas. En ellos figuran los mismos autores y los mismos traductores, cuando no se trata de versiones originales. Los motivos de la cubierta, la clase de papel, la disposición tipográfica, son los mismos. Pero el contenido novelesco ha sido sustituido por descripciones literales de sucesos, sin duda reales, pertenecientes al campo de la historia, de la sociología o de la sicología.

En una metamorfosis que es difícil imaginar, Heidi, Tom Sawyer, Lázaro de Tormes, Robinson Crusoe, un tal Hans Pfaall, Ivanhoe y todos aquellos personajes, han dejado de vivir aventuras y peripecias dramáticas para convertirse en testimonios que pierden su significación y su interés a través de la gris fidelidad de los atestados.

Reflexioné durante bastante tiempo sobre el asunto y al fin decidí buscar la novela que podría devolverme la tranquilidad o dejarme perdido en este vago delirio, que todavía no sé hasta dónde puede conducirme. En un mundo sin novelas, sin literatura, es inútil que transcriba su título. He sido poseedor de varias versiones de ese libro, alguna valiosísima. Tomé con verdadero temor una edición de bolsillo recientemente aparecida.

La obra es aparentemente la misma. Sin embargo, ya no se titula como la novela inmortal, sino *Vida de Alonso Quijano, llamado el Bueno.* Narra, con pormenor meticuloso, áspero y frío, la vida ejemplar de un hidalgo devoto que, a finales del siglo XVI, hizo una fulgurante carrera eclesiástica y murió en olor de santidad, tras fundar un famoso hospital de locos.

El descubrimiento acabó con los últimos restos de aquella tranquilidad que había comenzado a renacer en mí tras el accidente y las interminables jornadas del hospital, llenas de pesadillas. Aunque intuía que todos mis esfuerzos darían como resultado parecida decepción, en las horas siguientes repasé centenares de libros de mi biblioteca, que han quedado desparramados por toda la casa, como pruebas de algún cataclismo. He comprobado que no hay ninguno que pueda ser considerado como novela, del mismo modo que no hay ningún libro de poemas, ni ninguna pieza teatral. Todo eso que se llama ficción literaria ha desaparecido. Se mantienen los libros, como he señalado antes, pero vaciados totalmente de su sustancia imaginaria. No he tenido tiempo de repasarlos todos, pero creo que ninguna invención fabulosa permanece en esas estanterías.

Para tranquilizarme, decidí descansar unas horas y poner en orden mis sentimientos, acosados cada vez más por la angustia. Analicé entonces la posibilidad de que se tratase de un sueño pero, como he apuntado, la solidez de todo lo que me rodea carece del fulgor engañoso de las cosas que se sueñan.

Por fin he llegado a comprender —intentando mantener el imprescindible equilibrio del juicio— que, por alguna razón que desconozco, en ninguno de mis libros se encuentra ya lo que yo he conocido bajo la forma de fabulación literaria; y eso, teniendo en cuenta que cada libro no es sino un individuo de una gran familia de seres idénticos, me hace sospechar que aquella fabulación ha desaparecido del mundo. Me he atrevido también a pensar que, por causas que no puedo imaginar, relacionadas acaso con mi accidente, he venido a dar a un mundo donde no existe la ficción literaria.

En la lógica secuencia de tal hipótesis, he venido posteriormente a temer que todo lo que yo llamo *literatura* no sea sino el producto de sueños y desvaríos de mi razón, una compleja engañifa de mi mente. Acaso he soñado que existían tales ficciones, que estaban impresas en los libros, y lo que, con toda lógica, son únicamente testimonios y documentos que reflejan la simple realidad, habían sido en mi sueño historias inventadas y narradas de un modo peculiar.

Mas he descartado al fin esa objeción, pensando en los razonables límites que, de existir, debería tener mi locura. Pues por ese camino de alucinación pudiera haber imaginado algún libro como aquellos, fabuloso y ficticio, pero no ese cúmulo que me llena la cabeza y centellea simultáneo en mi memoria. Creo inverosímil atribuir a la quimera o al desvarío, no sólo las tramas y los estilos, sino tantos y tan diversos asuntos como la denominación de los géneros o todo lo que se me ocurre de pronto en materia de historia y crítica literaria.

Si vine a despertar en un mundo sin literatura ¿cómo serán las cosas ahí fuera? En mi mundo habitual, buena parte de nuestro ser se plasmaba y guarecía en las novelas y en los poemas, y eso que yo llamo literatura había llegado a convertirse para muchos, por encima de las leyes y de las culturas, en una pacífica vía de conocimiento, en un sólido refugio. La literatura nos había acostumbrado a la imaginación y había destruido definitivamente la fatalidad de los dogmas.

Contemplo las calles. Alguna figura solitaria se apresura entre la soledad sombría del amanecer. Me parece encontrar en su ademán un gesto amedrentado. Cuando sea de día llamaré a mis amigos e intentaré encontrar la explicación de este cambio, o despertaré del sueño que me atrapa, si de eso se trata.

Mas si mi temor se confirma y la literatura no existe aquí, debo plantearme de inmediato la reconstrucción de todas las ficciones que recuerdo. Pues del mismo modo que esa imagen de Proust, cuyo sentido exacto ya nunca podré recuperar, toda la literatura que he conocido irá borrándose de mi memoria, y puede llegar un momento en que piense que nunca existió sino en la insegura frontera de mis ilusiones. Por lo menos, intentaré transcribir, con sus asuntos y una anotación de la forma que su autor les dio, una idea certera de las ficciones que conozco, todas esas que ya nunca podré releer.

Documento núm. 2

«Ciento cincuenta novelas»

Material extremadamente singular y peligroso, que debe conservarse en archivo de seguridad y con la mayor reserva.

Un conjunto de 596 folios formato Din/A/4, manuscritos en su mayor parte, otros procesados por ordenador. Se recogen en ellos hasta sesenta y nueve —no ciento cincuenta, pues la actividad fue descubierta— especulaciones de las que el autor califica bajo el neologismo *novelas*. Se trata en todos los casos de historias ficticias, sin que ninguna de ellas tenga inmediata relación con la realidad, aunque hay algunas que mantienen cierta voluntad de verosimilitud. La mayoría son francamente aberrantes, tanto en su contenido como en el desarrollo de sus figuraciones.

En el estudio que se utilizó para el análisis pericial —y que se acompaña al expediente— se describen todos los textos. Algunos pudieran relacionarse directamente con los delirios del autor, por ejemplo, el que se refiere a un caballero del siglo XVI que pierde la razón, precisamente por la lectura de tal tipo de embelecos (*novelas*), y desarrolla una contumaz actividad antisocial; del mismo modo, el que relata el caso de una dama del siglo XIX a quien semejantes lecturas sirven de estímulo para incumplir su deber de fidelidad conyugal. Otros elaboran relaciones interpersonales en que se resaltan con énfasis especial —hasta extremos patológicos— sentimientos de afección o de rencor, de lealtad o de traición. Abundan los textos en que determinados individuos se regodean de manera enfermiza entre sus propias ensoñaciones.

Las aberraciones a que se ha hecho referencia ocupan numerosos fragmentos. A título de ejemplo: seres fallecidos mucho tiempo antes, que reposan de día en sus ataúdes, salen de ellos aprovechando las sombras de la noche, para beber la sangre de los vivos; profesores enloquecidos por la soberbia hacen resucitar y revivir en un cuerpo conjuntos de restos procedentes de diversos cadáveres o consiguen sintetizar sustancias que, al ser consumidas, enardecen en ellos mismos sus pasiones bajo la forma de Otro; ciudadanos normales se convierten en monstruosos insectos o se afirma que existe un lugar donde están, sin confundirse, todos los lugares del orbe, vistos desde todos los ángulos.

Aunque ciertamente muchos fragmentos sólo trazan esquemas que pudieran reflejar modos de vida o costumbres —sin perder nunca, como se ha señalado, la morbosidad de lo falso— otros llegan a ser francamente blasfemos —existencia de dioses extraños que acecharían desde sombras, criptas y abismos— y casi todos son implícitamente disolventes, o por lo menos irreverentes, y hasta burlones, con la Religión y el Estado. Sin contar el gran número de casos en que individuos culpables de faltas y delitos no reciben el merecido castigo.

Documento núm. 3

Del Delegado del Gobierno
Al Director del Centro de Salud Mental (CESAMEN)

Al correspondiente volante de ingreso del nuevo residente acompaño todos los antecendentes del caso. Creo suficiente la lectura de los Documentos núm. 1 y núm. 2 para una comprensión inicial del asunto. Deben cumplirse estrictamente las prescripciones establecidas en cuanto a su aislamiento y al control de sus expresiones orales o textos escritos. Parece tratarse de un caso singularmente grave, que pudiera llevar implicaciones inesperadas y lamentables, sobre todo si se considera que, antes de producirse la aparición repentina de su demencia, el afectado estaba desempeñando el cargo de director de la Biblioteca del Estado. (Firma ilegible).

Juan José Millás

Juan José Millás nació en Valencia en 1946, actualmente reside en Madrid. Estudió Filosofía y Letras. Ha publicado las siguientes novelas: *Cerbero son las sombras* (Premio Sésamo, 1974), *Visión del ahogado* (1977), *El jardín vacío* (1981), *Papel mojado* (1983), *Letra muerta* (1983), *El desorden de tu nombre* (1988), *Volver a casa* (1990) y *La soledad era esto* (Premio Nadal, 1990); también la colección de relatos *Primavera de luto y otros cuentos* (1992).

Todos los géneros literarios se resisten a ser atrapados en el interior de un corsé. También el cuento, que es una unidad narrativa cuya autonomía, movilidad y capacidad de mutación desconcierta a los estudiosos. En la mayoría de los tratados sobre literatura, el cuento no pasa de ser un apéndice de la novela que se despacha en unas pocas líneas. Algunos de esos tratados, no excesivamente antiguos, llegan incluso a exigirle una función ejemplarizante.

No se puede mantener seriamente, desde ninguna posición teórica, que el cuento sea inferior a la novela, a menos que consideremos inferior lo más breve. Los rasgos específicos atribuibles al cuento son los mismos que se pueden atribuir a la literatura en general. Sin embargo, todo narrador sabe que para enfrentarse a la escritura de un cuento se requieren posiciones y armas muy diferentes a las que exige la redacción de una novela. Quizá esto se pueda resumir afirmando que la posición psicológica frente a una u otra cosa es distinta, del mismo modo que lo es un corredor de velocidad frente a un corredor de fondo. El modo en que se reparten las energías, la forma en que se administran los materiales narrativos, varía mucho en función del territorio que se ha de atravesar...

Primavera de luto

Su marido falleció en la primavera y esta muerte alimentó una huida que parecía suceder en su interior y que a veces tomaba la dirección de la felicidad y, a veces, la de la desdicha.

Se llamaba Elena, Elena Grande, pero era menuda y ligera como un suspiro; tal vez por ello, la madurez no había hecho grandes estragos en su cuerpo. Conservaba, pues, pese a su edad —cuarenta y tres años— rasgos adolescentes cuya evolución controlaba por las noches frente al mismo espejo en cuyas aguas había visto cómo se diluía la juventud. «Las mujeres envejecemos por los labios», se dijo a sí misma el día del entierro, al regresar a casa liberada del peso de la muerte, pero oprimida por un nudo que sin llegar a identificarse con la angustia guardaba con ella las relaciones de una hermana menor. Al acostarse —libre ya de parientes y amigos que expresaban con los ojos el temor a dejarla sola— comprendió que aquel nudo no desaparecería nunca de su pecho. Tendría, pues, que acostumbrarse a vivir con él, como otros se acostumbran a llevar una prótesis, un cuerpo artificial que, alojado en las vísceras, registraría las sucesivas fases de su acabamiento. Porque ese bulto que ella comparaba con un nudo era en realidad el reflejo de una certidumbre: la certidumbre de la muerte, heredada de su marido, junto a la casa, la pensión, el coche, las acciones y las ansias de vivir, más fuertes cuanto más palpable fuera la existencia de ese temor que había adoptado las maneras de un nudo. Sonrió hacia el techo, mordiendo una esquina de la sábana —como cuando era pequeña—, pensando que la seguridad de que también ella tendría que morirse constituía una especie de curioso embarazo, un embarazo de duración imprevisible (treinta, treinta y cinco años en el mejor de los casos) que daría a luz un cadáver que sin embargo ella no podría ver. En eso, al menos, había conseguido parecerse a los otros, pues Elena había pensado hasta entonces que la muerte era algo que sucedía a los demás, pero que a ella habría de arreglársele de algún modo.

Esa primera noche no durmió. Pero se levantó como si hubiera descansado, dispuesta a construir desde el primer amanecer una nueva rutina que oscuramente presentía como una forma de felicidad basada en el hecho de estar al fin libre y sola. Qué gran acierto, pensó, haber resistido durante tantos años el deseo intermitente de su marido, que anhelaba unos hijos que ella nunca quiso. Qué rara soy, pensó, todas las mujeres desean tener hijos en algún momento de su vida.

Salió de la ducha y se miró, desnuda, en el espejo. Los pechos —gracias quizá a su insignificancia— resistían aún el acoso de la gravedad. Frente a su pequeñez, destacaba la solidez de los pezones, en los que forma y color se habían ensamblado con una agresividad y una dureza, que volvía locos a los hombres. Los hombros carecían de firmeza, pero por ellos se deslizaba un resto adolescente que nacía en el triángulo formado por los ojos y la nariz y caía con suavidad en dirección al vientre, depósito de tantas ausencias deseadas. Entonces, se subió al taburete de madera y contempló el reflejo de los muslos y la mancha excesiva del pubis; se sentía orgullosa de aquella abundancia de la que en otro tiempo se había avergonzado; su experiencia con los hombres le había conducido a aceptarla con placer.

Evitó la tentación de darse la vuelta para contemplar el abanico hendido de sus nalgas, porque mantenía con ellas un desacuerdo antiguo que no le pareció conveniente ratificar en ese día. Descendió, pues, de la banqueta y jugó con el desorden de su melena mientras musitaba: «el cuerpo, el cuerpo, lo único de lo que somos propietarios; la inteligencia, el alma, es el producto de la mirada de los otros».

Tomó, maquinalmente, el cepillo de dientes, colocó la pasta sobre él y al introducirlo en la boca notó un tacto que no le era familiar. Miró el cepillo y advirtió que era el de su marido. Entonces sufrió una acometida de desamparo y lloró, sujetándose al borde del lavabo, con una violencia sentimental que había sido incapaz de desarrollar los días anteriores, frente al cadáver y frente al rostro desolado de parientes y amigos que quizá habían esperado este desahogo que sólo era capaz de ofrecer a su propio reflejo.

Cuando el llanto cesó, envolvió su cuerpo en una bata y regresó al dormitorio; se acurrucó en una esquina de la cama y con los ojos puestos en el enorme espejo del tocador esperó a que naciera dentro de ella una decisión. El sol comenzó a iluminar una esquina de la habitación como un foco plano, capaz de proyectar una franja de luz sin volumen, en cuyo interior navegaban al azar pequeñas partículas de materia con las que Elena sintió una identificación momentánea. Después cogió el teléfono de la mesilla y marcó el número de su madre.

—Hija —escuchó al otro lado, tras identificarse—, no te había llamado todavía por miedo a despertarte. Pero estamos tan preocupados por ti...

—Estoy bien, mamá, estoy bien —dijo—. Mira, voy a pasar el día fuera, tengo que arreglar muchas cosas. Quería pediros un favor.

—¿Qué necesitas?

—Que vengas con la asistenta, o con quien tú quieras y, mientras yo estoy fuera, recojáis las cosas de Luis.

—Pero —objetó la madre— deberías estar presente para ver qué quieres conservar.

—De momento no quiero conservar nada, mamá —respondió Elena con tono de impaciencia y de súplica—. Quiero que alguien se lleve sus trajes, su máquina de afeitar, sus zapatos, su..., su cepillo de dientes. Todo.

—Pero tu suegra querrá algunas cosas —insistió la madre.

—Habla tú con ella y dale lo que quieras; lo demás puedes tirarlo o guardarlo en un trastero.

—Bueno, hija, bueno, no te alteres. Ahora debes estar tranquila. Tómate las pastillas que te dio tu padre. Yo..., yo te digo todo esto porque pienso que quizá no debieras mostrar una actitud tan despegada. Ya sabes que a Luis no se le hizo la autopsia porque el médico que le atendió fue compañero de tu padre, pero...

El haz plano de luz se había desplazado en dirección al tocador y parecía haber penetrado como un cuchillo en el espejo en el que los años habían ido diluyendo la juventud de Elena. Las partículas de materia erraban de un lado a otro como buscando una salida. Ella escuchaba entre tanto las advertencias de su madre sabiendo que ése era el precio que tenía que pagar a cambio de que se ocupara de realizar las cuestiones de orden práctico que a ella le resultaban más incómodas.

Cuando colgó el auricular, sintió una fortaleza extraña que atribuyó al hecho de ser tan diferente, tan diferente de su propia madre y del resto de las mujeres de las que había dependido a lo largo de su vida. Así pues, la breve conversación telefónica sirvió al menos para constatar un hecho —el de su propia especificidad— del que quizá no fuera responsable, pero al que no estaba dispuesta a renunciar.

Cuando salió a la calle, la primavera le pareció excesiva. Vivía en un barrio caro, lleno de árboles y de sucesos atmosféricos, en el que las estaciones parecían detenerse para realizar con cierto esmero el trabajo que en otras zonas más ásperas de la ciudad pasaba inadvertido. Luego vendrá el verano, pensó, y contemplaremos el otoño antes de atravesar las puertas de nuestra verdadera casa: el invierno. Y yo estaré sola, sola y con experiencia, sola y libre, sola y feliz o desdichada, pero sola, sola, sola... Pronunció la palabra sola muchas veces hasta formar con ella una cadena de sonidos sin significado. Luego, como si hubiera olvidado algo, regresó al portal y bajó en el ascensor hasta el garaje. El anciano que cuidaba los automóviles musitó con torpeza unas palabras de pésame. Elena se acercó al coche de su marido y lo contempló durante unos instantes con un gesto en el que alguien más perspicaz que aquel anciano habría advertido un tono de nostalgia. Era un buen coche, como todo lo que ellos habían poseído —incluido el amor— y en él habían perpetrado algunas locuras sentimentales que llenó en otro tiempo la existencia de ambos. Elena conocía ese coche como se conoce la propia habitación. Desde aquellas ventanas había contemplado paisajes, calles, ciudades. En su interior había vivido momentos de gozo irrevocables, instantes de locura irrepetibles en los que su menudo cuerpo se amoldaba a las limitaciones del espacio y a las raras exigencias de Luis para obtener a cambio las mayores descargas de placer que era capaz de recordar. Y luego, cuando se arreglaba las ropas y entreabría los ojos, se encontraba con la sorpresa del afuera: un paisaje nevado, el muro sucio de un aparcamiento, la fachada de una catedral, una tormenta... El coche era una burbuja protectora, con asientos de piel y cigarrillos al alcance de la mano, en la que se deslizaban por el mundo, por la vida, con breves intervalos dedicados al vicio del amor.

—Es un buen coche —musitó detrás de ella el anciano.

—Quiero que usted se ocupe de venderlo. Cuanto antes; no importa el precio. De todos modos, le daré el diez por ciento de lo que consiga obtener.

El anciano reprimió un gesto de codicia y Elena ganó de nuevo la calle, donde tomó un taxi que la llevó hasta el centro. Había pedido hora en una peluquería diferente a la que solía ir y, aunque aún era pronto, decidió hacer tiempo paseando frente a los escaparates para sentirse dueña de sí misma y de las calles, dueña de una vida que podría parecer desolada, pero que era, al fin, una vida propia, ajena a las necesidades de los otros, ajena incluso a las necesidades de ella misma.

Experimentó diversos modos de andar, diversos modos de moverse en el interior de las tiendas; ensayó una personalidad nueva: estaba naciendo, estaba naciéndose a sí misma y aunque no había cantidades notables de placer en ese alumbramiento, intuyó que la cuestión no radicaba ahí, sino en el hecho mismo de nacerse y de verse nacer.

Al poco, advirtió que algunos transeúntes se fijaban en ella con un exceso impertinente, como si llamara la atención por algo. Se detuvo frente a un escaparate y observó su rostro, en el que se acumulaba el cansancio de las noches pasadas junto al moribundo. Le pareció un rostro en mal estado, pero recuperable con un poco de descanso y los cuidados químicos necesarios. Se tocó los labios sin pintar. Los labios, pensó, la vejez entra por los labios. Después observó los ojos y el cerco ceniciento que a su alrededor habían ido formando las ojeras. Tenía toda la zona irritada a causa del llanto; quienes la miraban veían en ella a una mujer que acababa de llorar. Una mujer bien vestida con el rostro abatido.

Entró en una perfumería y compró unas gafas de sol. No eran unas gafas de sol vulgares, eran de la mejor marca y le iban muy bien a su rostro. Se las probó varias veces y pidió consejo al dependiente.

—Parece usted una actriz, una actriz que intenta pasar inadvertida —dijo.

—Parezco una actriz —repitió ella—. ¿Qué clase de actriz?

—No sé —respondió el empleado algo sorprendido por esta respuesta—; una actriz antigua, de las misteriosas.

—¿Como Greta Garbo? —preguntó ella.

—Eso es —dijo el dependiente repentinamente iluminado—; me recuerda usted a una foto que vi de Greta Garbo en un supermercado. Llevaba unas gafas parecidas.

Elena se sorprendió al escuchar el precio. Nunca, hasta entonces, se había comprado ese complemento e ignoraba que también el diseño y la exclusividad lo hubieran llegado a encarecer tanto. De todos modos, pagó, se colocó las gafas y salió de nuevo a la calle. La realidad era muy diferente ahora. Todo —el sol, los perfiles, el tráfico— parecía más atenuado. Y ella contemplaba algunos aspectos de esa realidad rebajada desde el otro lado de algo, desde el otro lado de sus gafas. Se sonrió frente a un escaparate. La vida es rara. Elena siempre había desconfiado de la gente que llevaba gafas de sol considerando que alguien que necesitaba esconder sus ojos al resto del mundo, carecía de la destreza necesaria para ocultar sus intenciones de otro modo. Con Luis, su marido, jugaba a veces a desvelar el carácter de esta clase de personas:

—Mira ése —decía—, las lleva para mirar a gusto a las mujeres. Pero no oculta nada, excepto unos ojos de pájaro.

—Mujer —respondía Luis condescendiente—, hay gente que las lleva para protegerse del sol.

—Para eso están las cejas. Y las pestañas.

El verano pasado había llegado a clasificar a todas sus amistades en función del dato de las gafas. Colocó a los que usaban esta prótesis móvil en un mismo apartado bajo el nombre general de *los otros*.

Ahora sonreía pensando que ella se había pasado también a ese bando. Probó a mirar directamente al sol y comprobó que no le hacía daño. Sintió hambre y entró en una cafetería donde todavía estaban sirviendo desayunos. Junto a ella, en la barra, una anciana mojaba churros en una taza de chocolate con un gesto de codicia y placer que llamó la atención de Elena. Cuando se acercó al camarero, se quitó las gafas y pidió lo mismo para ella. De repente, la realidad se volvió hostil: el camarero tenía granos y, la anciana, bigote. Volvió a ponerse las gafas y los volúmenes adquirieron de nuevo un tono reposado. Miró a su alrededor, ligeramente avergonzada de tener hambre, y hambre de chocolate con churros, en una fecha tan cercana al fallecimiento de Luis. No vio ningún rostro conocido.

La anciana se volvió a mirarla y apreció el gesto de placer de Elena al llevarse a la boca el primer bocado. Dijo:

—Aquí es donde mejor los ponen.

—¿Perdón? —respondió Elena inclinándose hacia la anciana y reprimiendo el impulso instintivo de quitarse las gafas para hablar con ella.

—Que aquí es donde mejor ponen los churros, con su azúcar glasé y todo por encima. Y el chocolate no es de máquina, como en otras cafeterías.

—Ya —dijo Elena.

Pasaron unos instantes y la anciana volvió a hablar:

—Me alegra ver que usted disfruta con lo mismo que yo. Tengo una hija de su edad que no entiende que para mí lo más importante de la vida sea este momento; me da mucho gusto comer chocolate con churros.

Elena se interesó por este placer y suavizó su gesto para que la anciana se confiara, pero no llegó, sin embargo, a quitarse las gafas para mostrar sus ojos.

—La gente joven, por lo general —añadió la anciana—, se cree que los viejos no tenemos placeres, que lo nuestro es la muerte y se acabó. Pero yo vivo pensando en este momento. Los churros y la radio son mi perdición. Si no estoy escuchando la radio, estoy comiendo churros. Y al revés. La gente piensa que no hay más gusto que el de uno. Y no, hay otros.

Elena miró desde las gafas a la anciana y pensó unos instantes en el modo de prolongar la conversación. Aquella mujer parecía tener algunas claves importantes de la vida. Tal vez la vida, desde la madurez, no consistiera en otra cosa que en el desarrollo de placeres pequeños y accesibles. Con el tiempo y los cuidados precisos, estos placeres podrían constituir el núcleo de una existencia repleta de sentido. Dijo:

—¿Viene usted aquí todos los días?

—Qué más quisiera yo —replicó la anciana—; cuando vivía mi marido, sí. Veníamos todos los días, por la mañana y por la tarde. Pero ahora, con la pensión que me ha quedado, sólo puedo venir tres días a la semana. Pero vivo pensando en esos días, en ese momento de entrar en la cafetería y pedir mi chocolate con churros. ¿Usted me entiende?

—Creo que sí —respondió, desconcertada, Elena.

—Pues mi hija, no.

—Yo también soy viuda —dijo Elena considerando que con esta confesión realizaba un acto de honestidad gratuito y liberador. Era la primera vez que se refería a sí misma con este término —viuda— y consideró que se estaba naciendo muy deprisa.

—Soy viuda —repitió y pensó en el significado de esa palabra oscura: una mujer que ha sobrevivido a su marido; una mujer que de súbito está sola, aunque gozando de los privilegios que produce el cadáver de un marido acomodado: seguro de vida, pensión alta, casa, ahorros, posesiones diversas. «Soy una viuda acomodada y joven, una viuda que se puede gastar mucho dinero en comprar gafas de sol.»

—Qué pena —dijo la anciana rebañando el chocolate de la taza—, debe ser usted una viuda reciente.

—De dos días —respondió Elena desolada, con ganas de llorar, y pensó que había comenzado a madurar como viuda al mismo tiempo que Luis empezaba a madurar como cadáver—. Qué raro —añadió.

—A ver, enséñeme los ojos —dijo la anciana.

Elena se quitó las gafas con torpeza y mostró unos ojos fatigados, pero secos.

—Mucho han llorado esas dos perlas —añadió la anciana—. Pero come, hijita, no te dé vergüenza comer.

Elena volvió a ponerse las gafas y endureció el rostro. No le había gustado que la anciana descendiera al tuteo por vía de la lástima. «Sólo quiere que la invite», pensó.

Pagó su consumición y salió a la calle. No podía dejar de ser consciente de que llevaba gafas de sol. Ese dato parecía capaz de transformar su vida. Las llevaré también por la tarde y por la noche, se dijo, y veré con ellas la televisión.

En la peluquería confesó de nuevo que era viuda, pero en otro tono. El peluquero que la atendía era capaz de frivolizar estos aspectos turbios de la vida y animó a Elena a persistir en ese estado mucho tiempo.

—Una viuda joven —dijo— sugiere muchas cosas.

—¿Qué clase de cosas? —preguntó Elena divertida.

—Cosas negras, con encajes y rincones sin explorar, si me permite expresarlo así —replicó el peluquero.

—Lo ha dicho usted muy bien —contestó Elena.

—Y ropa interior oscura, quizá morada, que certifica la existencia de un dolor que desde algún punto de vista podría resultar excitante.

—Es usted un poeta —dijo Elena sonriendo abiertamente. Se encontraba muy cómoda.

—Soy un artista —concluyó el peluquero—. Ahora no va a tener más remedio que quitarse usted las gafas.

Elena obedeció, pero la realidad no le resultó agresiva. El local parecía una casa de muñecas o un útero, dentro del cual todo discurría con la tranquilidad que sugerían los colores de las paredes y los uniformes limpísimos de los empleados. Mientras recibía un inteligente masaje en la cabeza, evocó su ropa interior, que, gracias al tamaño de su cuerpo, adquiría siempre en establecimientos para adolescentes. Recordó que para el entierro de Luis se había comprado un conjunto negro que podría haber llevado una joven de quince años y con el que se sentía realmente muy seductora. Su buen humor comenzaba a dirigirse al sexo, pero sabía que aún era pronto. Unos dedos delicadísimos tocaban ahora con método su rostro y el olor de las cremas la aturdió dulcemente, casi hasta el sueño. Pero no se durmió porque quería sentir el placer de saberse tocada, y de pagar por ello. Entonces pidió que le hicieran también las manos.

«Tengo que hacer frente a Jorge», pensó con los ojos cerrados: «mejor hoy que mañana». Jorge era un amante con el que había mantenido una relación tan intensa y duradera que había llegado a convertirse «en el amante». Su relación con él había fortalecido su matrimonio con Luis. Le gustaba ir del uno al otro y pensaba que el mantenimiento simultáneo de las dos relaciones producía una suma de experiencia de la que se beneficiaban ambos. Sin embargo, el peso de Jorge en su vida había comenzado a resultar excesivo en los últimos tiempos y ello había provocado en Elena las primeras fantasías acerca de la muerte de Luis, como si su existencia comenzara a interponerse entre ella y Jorge. Ahora —apenas pasadas cuarenta y ocho horas desde el fallecimiento de Luis— la relación con Jorge había perdido todo interés. Es mejor afrontarlo, pensó.

—Se acabó —dijo el peluquero con una sonrisa de satisfacción.

Elena regresó del sueño atenuado en el que había permanecido y se contempló en el espejo. Era otra, al fin, era otra. Le habían cortado la melena —que llevaba consigo desde la niñez—, dejándole el pelo muy corto por los lados y por la nuca. Sobre la frente caía, como sin artificio, un mechón de pelo veteado que otorgaba a su rostro un aire de muchacho inquieto con el que se sintió identificada. La cara, gracias a los masajes y a las cremas, había perdido las señales del agotamiento. En cuanto a los ojos, unas gotas oportunas habían eliminado las señales del llanto. Se acercó al espejo. Dijo:

—Los labios, se me notan los años en los labios.

—Debe usted cuidárselos —contestó el peluquero. Y le dio una crema con «poderes mágicos» para que se aplicara por las noches.

—Todas las noches —insistió—; y no se le ocurra tomar el sol sin protegérselos con un papel de fumar. Recuerde esto y la próxima vez que venga a vernos tendrá tres años menos. Ah, y no se maquille hasta mañana o pasado, conviene que la piel respire.

Elena se puso las gafas de sol y volvió a mirarse en el espejo. Era otra. Pidió un teléfono y llamó al despacho de Jorge. Quedaron en comer juntos.

Jorge no reconoció a Elena hasta que ésta le hizo una seña desde la mesa. El restaurante estaba lleno de hombres de negocios, pero a ellos les habían puesto en un rincón algo apartado.

—¿Qué te has hecho? —preguntó mientras se sentaba.

—He cambiado, soy otra —repuso Elena con una tranquilidad inquietante.

Jorge parecía desconcertado. Musitó unas palabras torpes y escasas que pretendían ser una muestra de solidaridad por el fallecimiento de Luis y le rogó que se quitara las gafas de sol.

—No, no —respondió ella—, tengo los ojos enrojecidos de llorar.

La conversación resultó curiosa. Elena advirtió en seguida que Jorge tenía miedo a la nueva situación. Sin duda, pensaba que el hecho de que ella estuviera libre podría modificar sus relaciones; temía, pues, que Elena intentara forzarle a abandonar a su mujer. Este temor le condujo a perpetrar algunas mezquindades verbales que a Elena, desde su posición, le parecieron divertidas. Sin embargo, cuando comprendió que ella, más que aferrarse a él, pretendía eliminarlo de su vida, cambió de actitud. La distancia puesta por Elena disparó de nuevo su deseo.

—¿Quieres que vayamos a un hotel? —preguntó en los postres.

—No quiero que vayamos a ningún sitio, Jorge. Olvidas que acaba de morir mi marido.

—Pues no lo parece —respondió con crueldad observando el nuevo peinado de Elena—. Quítate las gafas, por favor.

Elena se quitó las gafas con gesto de paciencia y las dejó sobre la mesa. No fue, sin embargo, un acto mecánico, porque había notado cómo su brazo se elevaba y luego había sentido en los dedos el tacto de la patilla y el peso de las gafas de sol; escuchó también el golpe suave de éstas sobre el mantel.

—Dame un cigarro —dijo.

—No tienes los ojos irritados —respondió él.

—Me han puesto un colirio en la peluquería. Dame un cigarro, por favor.

Fumaron en silencio, como a la espera de que la situación encontrara un cauce definitivo, satisfactorio para ambos. Elena, en realidad, pensaba en las gafas y en esta nueva utilidad recién descubierta: la de quitárselas o ponérselas en determinados momentos de una conversación, pero también la de jugar con sus articulaciones mientras permanecían sobre la mesa. Intuyó que había todo un lenguaje en esos gestos y decidió que en sus relaciones con este nuevo objeto nunca entraría la rutina.

Jorge debió advertir que la atención de Elena no estaba puesta en él. Dijo:

—Nunca has usado gafas de sol y ahora parece que son lo más importante de tu vida.

—Es el primer objeto que he descubierto por mí misma —respondió ella con gesto sombrío.

—Mira, Elena —añadió él—, es natural que estés nerviosa y rara. Has sufrido una pérdida importante y has pasado varios días junto a un moribundo. Sé que eso es duro porque yo soporté la agonía de mi padre y salí de la experiencia bastante tocado. No sabes cómo he sentido no poder estar junto a ti en esos momentos tan difíciles. Pero ahora puedo ayudarte. Si quieres, dejamos pasar unos días y te llamo. Ahora ya podré llamarte a cualquier hora.

Elena se puso las gafas y preguntó:

—¿Te casarías conmigo?

—Sabes que eso no es posible —repuso él volviendo a la situación de inseguridad del principio—; en nuestras relaciones nunca ha estado presente esa posibilidad.

—Pero ahora soy viuda.

—Quítate las gafas, por favor.

—No quiero quitarme las gafas. Ahora soy viuda. Alguna vez has dicho que si yo estuviera libre dejarías a tu familia. Ahora estoy libre. ¿Vas a dejar a tu familia?

Jorge parecía desconcertado por la agresividad de tales planteamientos. Quería huir, pero también quería quedarse, excitado, sin duda, por las novedades que presentaba aquella mujer. Elena advirtió su excitación. Se quitó, ensayando un nuevo gesto, las gafas. Dijo:

—¿Verdad que una viuda sugiere muchas cosas?

—¿Qué quieres decir? —preguntó él.

—Mira —añadió ella mostrándole las gafas de sol—, son oscuras como una viuda, pero las patillas, cuando se abren y se cierran, parecen dos largas piernas de mujer.

Donde acaban las piernas, siempre hay una sorpresa; en este caso, una sorpresa de oro.

Abrió despacio una de las patillas y le mostró en las profundidades la articulación dorada que unía las partes del objeto.

—Estás loca —dijo Jorge sin poder ocultar la excitación que le producía aquel juego.

—Yo soy como estas gafas —dijo ella—, pero mi zona dorada es menos accesible.

—Te llamaré un día de estos, Elena.

—No lo hagas, me voy fuera una temporada —mintió.

La despedida fue rara y desigual, como el propio encuentro, pero Elena se sintió liberada de aquel peso que ya no le producía placer.

Al regresar a casa, en el taxi, pensó que le vendría bien irse a la costa una temporada. En la ciudad estaría expuesta a llamadas inoportunas, a insoportables visitas de consuelo y al acoso de sus padres. En los próximos días, todos la perseguirían para hacerla feliz. Pero ella, por el momento al menos, no pretendía ser feliz. Quería observarse, mirarse, ver hasta dónde era capaz de soportar la soledad y qué partido podía sacar de ella. Anhelaba observar el paso de los meses, el paso de la vida, frente a una mirada protegida por cristales oscuros y desprovista ya de pasiones inmediatas, de deseos impuros, de lazos afectivos que conducían siempre a depender de otros.

Durante los dos días siguientes, resolvió algunas cuestiones prácticas, firmó papeles, se hizo con el control de sus cuentas bancarias y reservó habitación en un hotel de la costa mediterránea. El coche se había vendido el mismo día de ponerlo a la venta, de manera que encargó a su abogado la tramitación de la transferencia, dejándole firmadas las autorizaciones oportunas. No quiso verlo, no quiso despedirse del coche, en el que aún habían quedado cosas personales de ella y de Luis que el portero recogió y guardó en una caja que fue directamente al trastero de la casa.

Se despidió de sus padres por teléfono. Su madre todavía realizó un último intento. Dijo:

—Hija, tu padre y yo somos partidarios de que te internes hasta que hayas encajado todo esto. Recuerda que tus crisis han coincidido siempre con momentos de tensión excepcionales.

Elena respondió con cierta grosería a la propuesta de su madre y advirtió que a ésta no le disgustaba demasiado tener a su hija bien lejos. O internada o lejos, pensó.

—¿Tienes bastantes pastillas o le digo a tu padre que te envíe una receta? —preguntó finalmente.

—Tengo pastillas, mamá, es lo único que me habéis dado toda la vida. He ahorrado pastillas para pasar tranquila el resto de mis días. No te preocupes.

Permaneció un mes en la costa, cerca de un pequeño pueblo de pescadores al que solía ir a merendar todas las tardes. Dada la fecha —finales de mayo y primeros de junio— el turismo era escaso y la tranquilidad absoluta. Elena practicó un tipo de vida sencillo. La cercanía del mar y las pastillas recetadas por su padre le bajaban la tensión y la obligaban a dormir muchas horas. Se levantaba, pues, bastante tarde, siempre excitada por la presencia segura de las gafas de sol en la mesilla. El primer movimiento del día estaba destinado a las gafas. Se metía con ellas en la ducha y dejaba que el agua discurriera por la montura y por los cristales. Luego las secaba con un pañuelo de papel y ya no se las quitaba en todo el día, excepto para jugar con ellas ejercitando movimientos dirigidos a seducirse a sí misma. Llegó a manejarlas con soltura, tanto si utilizaba la mano derecha como la izquierda, pero cada mano tenía un significado distinto. Cuando se las quitaba con la izquierda, algo no iba bien en su estado de ánimo. Aunque evitaba ponerse sombría, algunas tardes le atacaba una especie de mal humor, que combatía con un tranquilizante disuelto en una copa de coñac.

Por las mañanas tomaba el sol en la piscina del hotel. No le gustaba bajar a la playa. Dedicaba esas horas previas a la comida, a la siesta y a leer. Leyó algunas novelas policiacas que no le dejaron un recuerdo especial. Lo que más le gustó fue un cuento de una autora inglesa que le recomendaron en la librería del hotel. Contaba la historia de una mujer aficionada a ir al bosque y a cerrar los ojos frente a los árboles sin dejar por eso de caminar; esperaba que algún día los árboles desaparecerían, como piensa el avestruz que desaparece el enemigo al esconder el rostro en un agujero. Naturalmente, la mujer se pasa la vida golpeándose contra los troncos, por lo que anda siempre con el cuerpo y la cara magullados. Sin embargo, no ceja su empeño investigador, añadiendo nuevas formas de andar y nuevas actitudes mentales frente al bosque, que a su vez se traducen en heridas nuevas y en magulladuras que van adquiriendo poco a poco el color oscuro de la corteza de los árboles. Un día, finalmente, cierra los ojos con todas sus fuerzas y emprende una loca carrera en dirección a un grupo de pinos centenarios. Sorprendentemente, cuando la mujer calcula que ha superado la distancia que la separaba de los pinos, no encuentra ningún obstáculo. Sigue corriendo, pues, sin tropezar con nada y observa también que no se cansa. Entonces, abre los ojos y observa que ha penetrado al fin en un espacio diferente, luminoso y sin árboles, por el que puede correr eternamente sin sentir cansancio ni dolor.

Unas páginas después de esta descripción el lector advierte que la mujer ha muerto al golpearse, en su loca carrera, con un árbol y que, por consiguiente, el nuevo espacio en el que ha conseguido penetrar es el de la muerte. Este final decepcionó un poco a Elena, pero el relato, en líneas generales, le gustó y le proporcionó algunas ideas con las que se entretuvo durante la siesta, antes de dormirse.

El placer de leer al sol constituyó también una novedad en su existencia, pero no ignoraba que se lo debía a las gafas con cuyos magníficos cristales podía mirar al cielo en pleno mediodía sin sentir ningún daño. Tal como le recomendó el peluquero, se protegía los labios con papel de fumar. Gracias a ello y al cuidado de las cremas mejoraron bastante durante estos días.

Dedicaba las tardes a la ensoñación y al recuerdo. Se

sentaba en la terraza de un bar, frente al pequeño puerto, y pedía algún pescado ligero que acompañaba con sorbos de cerveza. Entonces repasaba la agonía de Luis, su marido, y efectuaba algunos juicios estimativos sobre su propia actitud frente a aquel proceso mortal. Sonreía al pensar que había sorprendido a propios y extraños por la fortaleza que mostró durante aquellos días difíciles. Luis permaneció en coma tres días antes de morir. Para entonces, desde el punto de vista de Elena, la enfermedad había perdido grandeza porque era una enfermedad que no producía dolor. El cuerpo de Luis se convirtió, en esas jornadas previas a su acabamiento, en un mero recipiente de productos químicos que ocasionalmente alteraban el ruido y el ritmo de su respiración. Tendría que olvidar aquellos ruidos, capaces aún de producir alguna culpa, y borrar de su memoria el estertor final. Tenía la impresión de que aquellos estertores constituían un modo de revelarse, una manera de decir que no.

Curiosamente, siempre que retomaba este recuerdo, lo hacía desde el punto en el que Luis fue internado. Nunca antes. Otras veces, perdía la vista en el aire y mientras contemplaba la evolución de las gaviotas, excitadas por la llegada de los barcos, se acordaba del coche, ya vendido a otro, en el que Luis y ella pasaron tantas horas felices. Pero en estos casos no evocaba a Luis, sino al objeto, al automóvil, como si éste fuera el intermediario entre ella y el placer, del mismo modo que las gafas eran las intermediarias entre ella y el mundo.

Una tarde, después de haber bebido tres cervezas (dos más de lo habitual) imaginó que era una mujer de cuarenta y tres años que vivía en un pueblo de la costa. Por las mañanas, se ocupaba de la casa y de los animales que tenía a su cuidado, y por las tardes se iba a pescar hasta que el sol caía. Luego, sentada en el porche de su casa, pelaba verduras para la cena mientras veía jugar en las calles a los hijos de los vecinos y saludaba a los transeúntes que se afanaban en una u otra dirección. La vida discurría ajena a su secreto: era eterna.

La idea de la eternidad, o quizá las cervezas (ese día había tomado también dos pastillas más de lo habitual), le produjeron un punto de angustia que fue a instalarse en el pecho, junto a aquel nudo que crecía de forma insensible en su interior y que era el germen de su propio final. Miró al cielo, al objeto de defenderse de este pequeño ataque de angustia, y contempló la evolución desordenada de las gaviotas. Pero la angustia siguió creciendo como en círculos concéntricos en el interior de su pecho. Imaginó entonces que era una gaviota. Las gafas de sol le facilitaron mucho esta maniobra, pues sintió que su rostro se quedaba oculto tras los cristales, mientras ella —sin que nadie lo advirtiera— se elevaba hasta alcanzar una altura sorprendente. Desde esa altura contempló la mesa frente a la cual estaba sentada ella, sin espíritu, pero disimulando su ausencia con la ayuda de las gafas de sol. «Nadie se ha dado cuenta», pensó, y continuó planeando en dirección a un grupo de gaviotas que iba a posarse en la cubierta de un pequeño barco. Cuando se acercó a ellas, advirtió que la angustia no había desaparecido, sino que se había transformado. Padecía ahora una angustia de gaviota, por decirlo así, y no sabía cuál de las dos era peor. Notó en el grupo, a medida que ella se acercaba, un movimiento de rechazo expresado con un raro batir de alas que desde luego no era amistoso. Pese a ello, se posó en el barco, junto a las otras aves, y comenzó a picotear los restos de un pescado roto. Las manifestaciones de rechazo aumentaron, pero Elena siguió allí, para ver hasta dónde podían llegar. En esto, una de las aves se acercó adonde ella comía, y le profirió un picotazo rapidísimo que le hirió en el cuello. Entonces, presa de una furia terrible y novedosa, se lanzó contra la agresora y con dos picotazos habilísimos le sacó los ojos. Después, la apresó entre sus patas y comenzó a abrirse camino hacia el corazón de su enemiga que —ahora lo advirtió— era mucho más vieja que ella. La eficacia del pico superior era sorprendente: penetraba entre las plumas y en la carne con la destreza de un cuchillo preparado para tal fin. Cuando su rabia quedó colmada, se separó del pájaro, que quedó muerto en medio de un desorden de plumas. Entonces observó que el resto de las gaviotas huía de su furia vengadora y también ella emprendió el vuelo —atenazada aún por aquella angustia de ave que no sabía controlar— en dirección a la vertical de la mesa en la que merendaba. Vio su figura en la misma postura en la que la había dejado, y descendió hacia ella con suavidad. Una vez dentro de su cuerpo, miró hacia el barco y vio un amasijo de sangre y plumas. Un camarero comentó cerca de ella:

—Jamás había visto pelear de ese modo a dos gaviotas y nunca que llegaran a matarse. Ha sido horrible.

Elena pidió un vaso de agua. La angustia había desaparecido.

Esa noche llegó al hotel algo aturdida. Intentó ver la televisión con y sin gafas, pero se le cerraban los párpados, aunque —una vez cerrados— volvía a despertarse sobresaltada por una suerte de extrañeza que carecía de dirección precisa. Finalmente, decidió ir al baño y prepararse para dormir. Al cepillarse los dientes, notó en la encía un tacto que no era familiar; miró el cepillo y no advirtió nada extraño en él. De todos modos, desde que tomara por equivocación el de su marido muerto, la hora de la higiene bucal representaba siempre una pequeña amenaza que no había logrado conjurar. «La memoria —dijo— donde residirá esa capacidad maldita de evocar sin descanso.»

Y como si de este modo hubiera puesto en marcha la invisible maquinaria del recuerdo, le vino a la cabeza la imagen del entierro de Luis, pues en su transcurso había sucedido una rareza de la que no había vuelto a acordarse hasta ese día. Hacía mucho sol, aunque el calor no era excesivo gracias a una brisa constante de aire fresco que procedía de la sierra, donde había nevado en los primeros días de mayo. Ella estaba en uno de los lados de la tumba, flanqueada por sus padres y sus suegros, observando, atónita, los preparativos para hacer descender el ataúd. El resto de los familiares y amigos permanecían distribuidos en grupos detrás de ellos, guardando una discreta distancia en relación al grupo familiar. Parecía haberse establecido de manera espontánea una jerarquía que marcaba el dolor. Así, la proximidad a la tumba guardaba una relación directamente proporcional con la proximidad familiar del fallecido. Elena llevaba una falda negra y una chaqueta, también negra, que aunque pertenecía a un juego diferente al de la falda encajaba con ésta. La chaqueta era cruzada y formaba un escote en pico que, ante determinados movimientos, se abría ligeramente dejando ver los bordes de la ropa interior. Por eso, se había puesto un pañuelo con el que protegía la uve del escote. Recordó que se había comprado, en la zona joven de unos grandes almacenes, un conjunto negro de sujetador y braga que llevaba ese día. Ambas piezas eran ligerísimas, pero, como estaban recién estrenadas hacían sentir su presencia en el cuerpo de Elena con la fuerza de todo lo que es nuevo. La etiqueta del sujetador, por ejemplo, se clavaba dulcemente en un punto de su espalda y entonces ella recordaba que llevaba un conjunto adolescente que, sin embargo, encajaba a la perfección con su cuerpo. Le habría gustado no ponerse medias, pero su madre le había dicho que no era propio.

Entre tanto, los obreros habían hecho descender el ataúd y el sacerdote se había colocado en el lado opuesto de la tumba al ocupado por los familiares. A su lado, había un sacristán, vestido también con ropas talares, que sujetaba entre sus manos algún objeto dorado necesario para la ceremonia. Elena mantenía la mirada baja, en dirección al ataúd, mientras el cura recitaba sus oraciones. Los obreros, discretamente alejados de la ceremonia, se protegían del sol utilizando la mano a modo de visera. En esto, Elena levantó los ojos y vio frente a ella al sacristán y al cura, pero el cuerpo del sacristán no producía sombra. Le pareció raro.

Ahora, mientras se dormía en la habitación del hotel después de un día tan agitado, lamentó no haberse fijado con más detenimiento en ese detalle para comprobar si se trataba de una ilusión óptica o de algo más misterioso. «Cuestiones de este calibre —pensó— suceden todos los días, pero nuestros sentidos no las ven.»

En cualquier caso, el balance de aquellos días era muy positivo. Elena regresó a la ciudad fortalecida, morena y reconciliada con sus nalgas. No había cedido en ningún momento a la tentación de entablar nuevas relaciones, aunque oportunidades no le habían faltado. En realidad, se habían dado las oportunidades, pero no había aparecido la tentación, de manera que no hubo lucha interior en ese sentido.

Se sentía lista, pues, para envejecer sola, abierta a posibilidades nuevas, pero sin correr detrás de ellas. Eso era lo que esperaba de la vida: una paz alejada de viejas dependencias que producían sufrimiento y dicha a partes iguales. En el futuro, todo sería dicha, exceptuando lo que pudiera venir de aquellas zonas de la existencia cuyo comportamiento no podía dominar. Pero para defenderse de esas partes desagradables de la realidad tenía las gafas de sol y contaba también con una serie de hábitos, de pequeñas rutinas adquiridas durante su estancia en la costa, que ahora habría de perfeccionar, adaptándolas al paisaje de la ciudad y al interior de su piso de viuda.

Lo primero que hizo el día de su llegada fue revisar la correspondencia que el portero le entregó con gesto solidario, al tiempo que le preguntaba si deseaba alquilar o vender la plaza de garaje. Elena sintió una pequeña punzada de dolor en la zona del nudo al recordar que tendría que enfrentarse a la ausencia del coche. «El coche, cuánto significado tienen los objetos», pensó. Ordenó que se pusiera en venta la plaza del garaje, pues sabía que ésta representaba en su existencia un agujero, una llaga con la que tendría que acostumbrarse a vivir, pero que se negaba a estimular.

Entre la correspondencia —dominada por saldos bancarios y notas de pésame que habían llegado durante su ausencia—, encontró siete u ocho sobres escritos a mano, con torpeza por lo general, remitidos por profesionales del mármol y el granito. Todos ellos le ofrecían sus servicios lapidarios para cubrir adecuadamente la tumba del que fue su marido. Uno de ellos le hizo gracia por la contradicción interna de su rótulo: se llamaba *Mármoles Hie-*

rro. Otro le enviaba una lista de precios para inscripciones sobre mármol; de este modo, se enteró de la existencia de «letras prismáticas de bronce negro» y de «letras grabadas en novelda», así como «letras corrientes de bronce negro». La limpieza del sarcófago de novelda costaba siete mil pesetas. Se preguntó qué sería la novelda, mientras caía en la cuenta de que había olvidado por completo la obligación de cubrir adecuadamente la tumba de su marido, donde también habrían de descansar sus propios restos algún día. Comprobó que todos estos marmolistas tenían sus establecimientos en una calle cercana al cementerio, de manera que no se decidió por ninguno en particular.

Al día siguiente, por la mañana, tomó un taxi y se dirigió a la calle de los mármoles. Había un establecimiento detrás de otro, pero para llegar a las oficinas de cualquiera de ellos había que atravesar un patio lleno de lápidas y polvo, en el que generalmente ladraba un perro. Finalmente, se decidió por uno, cuyo dueño debía ser un experto en técnicas comerciales, que era diferente a todos. En efecto, se trataba de un establecimiento con escaparate a la calle, en el que no se advertían signos de trabajo. El taller debía estar en otro lado. Elena se asomó al escaparate y a través del cristal contempló una notable variedad de panteones, sarcófagos, lápidas de nicho, cruces de mármol y de piedra. Entró en la tienda y se dejó aconsejar por el empleado, que resultó ser hijo del dueño.

—Mi padre ha modernizado mucho este negocio— respondió a una pregunta de Elena—; los demás siguen aún en la edad de piedra.

La última frase —a la vista de los materiales que allí se mostraban— provocó en Elena una sonrisa que el muchacho recogió agradecido. Por fin, llegaron a un acuerdo y Elena le entregó un talón a cambio de una factura esmeradamente redactada.

Al abandonar el establecimiento, sintió un movimiento de gratitud dirigido a sí misma por haber cumplido con este deber moral que todavía guardaba con el muerto. Se colocó en el borde de la acera para detener un taxi y su corazón sintió un golpe, producido por lo que veían sus ojos, que casi da con ella en el suelo: por la calle se acercaba el coche de su marido conducido por una figura confusa que el reflejo del sol le impedía apreciar. Se quitó las gafas y siguió, perpleja, el curso del coche que se detuvo a su lado. De su interior salió un hombre corpulento, de unos cincuenta años, que entró en el mismo establecimiento del que ella había salido.

Elena permaneció en la acera unos instantes, como a la espera de una decisión que no dependía de ella. Entre tanto, los golpes de su corazón se acompasaban poco a poco y su respiración entrecortada por el horror adquiría el ritmo habitual. Al objeto de no llamar la atención, comenzó a pasear de un lado a otro sin perder de vista el automóvil y a la espera de ver salir a su dueño del establecimiento. No sabía por qué esperaba, pero se trataba de una de esas decisiones que están más allá de lo que uno puede razonar y frente a las que es mejor plegarse con idénticas dosis de humildad y extrañeza.

Sin embargo, el tiempo transcurría sin que el sujeto abandonara la tienda y la espera comenzaba a resultar incómoda. Finalmente, entró indecisa en el establecimiento, sin haber elaborado previamente ningún plan, esperando que la realidad jugara a favor de sus intereses, aunque ignoraba en qué podían consistir.

El muchacho se acercó al verla entrar.

—¿Se le ha olvidado algo? —preguntó.

—No —respondió ella sin poder añadir nada más.

El muchacho titubeó unos instantes. Después dijo:

—¿Se encuentra mal? Tiene mala cara.

—Sí —añadió ella—, he sufrido un pequeño desvanecimiento.

El muchacho fue detrás del mostrador y volvió con una silla.

Elena se sentó con una sonrisa de agradecimiento y miró en torno a ella. El sujeto del coche no estaba a la vista.

—Voy a avisar a mi padre —dijo el chico.

Al poco, salió acompañado del sujeto corpulento que

conducía el coche. Resultó ser un hombre comunicativo y cordial.

—No se apure, señora —dijo con una sonrisa protectora—, a veces el cumplimiento de estos penosos deberes trae amargos recuerdos a la memoria. ¿Era su padre el fallecido?

—No, era mi marido —dijo Elena desprendiéndose de las gafas para ofrecer sus ojos al desconocido.

—Lo siento, lo siento —dijo con un gesto de dolor que parecía sincero y añadió en un tono más jovial—: pero la vida sigue. Permítame que la invite aquí al lado a un té; eso la pondrá bien.

Salieron y la condujo a un bar donde departieron brevemente. El sujeto dijo llamarse Luis, lo que obligó a Elena a ponerse de nuevo las gafas para ocultar la emoción de esta nueva coincidencia. Finalmente, él insistió en llevarla a casa en su coche y ella se dejó hacer.

Cuando Elena entró en el coche, percibió un olor familiar, sintiéndose invadida de súbito por todo aquello que es capaz de evocar el olfato cuando percibe un aroma esencial, en torno al cual se ha nucleado una existencia.

Miró a Luis, el hombre corpulento y apacible que conducía el coche, y no pudo evitar un gesto de afecto que en el transcurso de la conversación fue transformándose en una actitud seductora que el hombre aceptó con naturalidad.

Quedaron en verse otro día y, en efecto, él la invitó a comer un par de veces sin que ello hiciera progresar la relación en ninguna dirección precisa. A Elena le gustaba permanecer dentro del coche la mayor parte del tiempo.

—Conduces muy bien —argumentaba.

Y él se sentía halagado y confeccionaba itinerarios nuevos que alargaban el momento de dejarla en su casa.

—Usas las gafas —decía él— como otras mujeres usan el vestido. Cada vez que te las quitas tengo la impresión de que te has desnudado.

—Eso no es muy original —respondía ella.

—La frase no, pero el hecho que señala la frase sí lo es.

—¿Y te gusta?
—Sí, me gusta mucho, Elena.
Así, los días pasaban y se iban seduciendo sin prisa, sin preguntas, sin horizonte, como si cualquier cosa que pudieran recibir de aquella relación intermitente, por pequeña que fuera, resultara excesiva en relación al destino de ambos.

El carácter apacible de él, no dado a urgencias de ninguna especie, fue transformando algunas actitudes de Elena. Porque en los primeros días ella sólo tenía ojos para el coche y, si él le interesaba, no era por otra cosa que por el coche. Pero a medida que los días pasaban, comprendía que Luis y el automóvil conformaban una unidad deseable. Su obsesión llegó al punto de que empezó a advertir en él actitudes, gestos y expresiones de su marido. «¿O no era una obsesión?», se preguntaba. ¿Tendrían realmente otros rasgos comunes —aparte del nombre y el coche— el Luis muerto y el Luis vivo? ¿Se manifiestan los muertos en los vivos?

Un día, a principios de julio, Luis le explicó que iba a mandar a su familia fuera de la ciudad, a una casa que poseía en el sur.

—Tendremos más tiempo para nosotros —dijo—, si tú quieres.

Elena le miró a través de las gafas y respondió con solemnidad pintoresca:

—Sí, quiero —e inmediatamente añadió—: pero tendrás que llevarme de excursión con el coche a sitios apartados, a lugares difíciles donde no hayas estado antes con nadie.

Aquel domingo, Elena se puso una falda corta y ancha y una blusa ligera, de algún tejido que se escurría entre los dedos y que se movía sobre la superficie de su cuerpo como el agua sobre una superficie plástica. Debajo llevaba un conjunto blanco adolescente igualmente sensible y delicado. La excitación que sentía le hizo recordar otros momentos de su vida y ello la ensombreció brevemente.

Tomó dos pastillas para tranquilizarse y bajó a la calle, recorrió dos manzanas, y vio el coche aparcado en el lugar en el que se había dado cita con Luis. Al entrar en el automóvil, se quitó las gafas y las colocó en la guantera:

—¿A dónde vamos? —preguntó.

—Es una sorpresa. Cierra los ojos y disfruta.

Eran las doce del mediodía y la ciudad estaba más desierta que una espalda desnuda. Elena cerró los ojos, inclinó el respaldo del asiento y, al poco, se quedó dormida por efecto de las pastillas y de una noche algo agitada que le había impedido descansar.

La despertó Luis dos horas más tarde mostrando ante sus ojos un raro paisaje. Se encontraban en un alto, cerca de un precipicio que dejaba ver, a una profundidad notable, una llanura inmensa y desierta. En la lejanía, un río ancho marcaba una amplia curva y se perdía luego hacia el horizonte. Detrás de ellos, un grupo de árboles suavizaba el paisaje y servía de parapeto a una corriente de aire que, a juzgar por el movimiento de las ramas, debía ser fuerte.

—¿De dónde lo has sacado? —preguntó Elena.

—¿El qué?

—El paisaje.

—De una guía de turismo.

—Es impresionante.

—Es como tú, Elena, como tú.

Entonces se inclinó sobre ella y la besó sin pasión aparente. Elena buscó una postura cómoda y esperó que el volumen de Luis se inclinara otra vez sobre su cuerpo.

—No me quites las gafas —dijo.

Él levantó la leve falda y la acarició sin torpeza al tiempo que la besaba en los labios.

—¿Por qué hacéis esto los hombres? —preguntó Elena.

—¿Por qué hacemos qué? —preguntó él.

—El amor. ¿Por qué hacéis el amor?

—Por miedo —dijo él—. ¿Y vosotras?

—Nosotras, por amistad, sólo por amistad.

Mientras permanecían anudados, antes de la explosión

de sus cuerpos, Elena padeció algunas sensaciones raras. Primero, porque creía que era Luis, su marido, quien tan hábilmente manejaba los resortes de su cuerpo, pero también porque, cuando se encontraba cercana ya al delirio, tuvo un recuerdo breve y difuso, de cuyo registro no tenía conciencia, pero que la implicaba a ella oscuramente en el fallecimiento de su esposo.

Abandonó el coche desconcertada y ausente, colocándose mecánicamente la blusa y la falda. Luis salió a los pocos segundos con el gesto duro y sombrío.

—¿Qué ha pasado? —preguntó.

Elena corrió al automóvil y buscó las gafas, que había perdido en un abrazo. Se las puso. Miró a lo lejos, más allá del precipicio.

—¿Por qué te llamas Luis? —preguntó.

Luis iba a responder cuando advirtió que una rueda delantera del coche, posada sin duda sobre una piedra afilada, se había pinchado. Entonces descargó sobre el automóvil toda la cólera que le habría gustado descargar sobre Elena. Le dio patadas, le tiró piedras, lo aporreó con sus enormes manos de marmolista. Elena inmutable detrás de sus gafas de sol, contemplaba la escena a escasos metros, cerca del precipicio.

Cuando él pareció agotado y satisfecho, Elena dijo en un tono que parecía venir de otra mujer:

—Cambia de rueda.

Luis obedeció sin decir nada, pero maltratando al coche cada vez que algo no funcionaba bien. Cuando terminó, parecía agotado. Entonces Elena se acercó al borde del precipicio, miró hacia el horizonte y dijo con la voz quebrada:

—Anda, ven, ven aquí.

Luis, completamente entregado, se acercó a ella. Ella le tomó el rostro con las manos. Dijo:

—No me toques, que me pondrás perdida.

Él sonrió y, entonces, ella adoptó una expresión de furia parecida a la que había empleado cuando era gaviota, y le empujó al abismo con todas las fuerzas que era capaz de emplear. Las gafas no se movieron de su sitio.

Cuando regresó a la ciudad, las calles estaban desiertas. Condujo el coche hasta el establecimiento de los mármoles y lo abandonó frente a su puerta. Después tomó un taxi y regresó a su casa. Tenía hambre y sueño. Cuando calmó ambas cosas, el domingo declinaba en dirección al lunes.

En fin.

Vicente Molina Foix

Vicente Molina Foix nació en Elche (Alicante) en 1949. Ha sido profesor de literatura española en la Universidad de Oxford y de filosofía del arte en la del País Vasco (San Sebastián), siendo en la actualidad Director Literario del Centro Dramático Nacional. Entre sus publicaciones narrativas hay que mencionar *Museo provincial de los horrores, Busto* (Premio Barral, 1972), *Los padres viudos* (Premio Azorín, 1983), *La quincena soviética* (Premio Herralde, 1988), *La comunión de los atletas* (1989) y el libro de relatos *El niño con orejas* (1991). En 1993 está prevista la aparición de su libro de relatos *El duque distinto* (título provisional).

En el momento actual el cuento ya no vive del cuento como en los tiempos de Maricastaña. Pasada la época de su florecimiento, de su exclusiva, de su marchitamiento y de su entierro, el cuento hoy vuelve a contar.

Y su normalidad permite los extremos: el de los escritores que suben con sus cuentos la escalera de un aprendizaje narrativo (caso de los «grandes cuentistas»), y el de los que bajan con mucha modestia, lentamente, a tientas, la rampa de los pisos altos y más vistosos para buscar en el mínimo cuarto subterráneo la llave de una luz inesperadamente intensa (caso que me gustaría, con modestia, a tientas, ponerme).

Cuento de la peluca

Llegó por la mañana, en el primer correo: lo supo, antes de abrirlo, porque el paquete azul despedía el mismo aroma —genciana, alcohol y mirra, creyó adivinar— que impregnaba el salón del posticero Alonso, allá en la capital. Había en su ciudad dos o tres peluqueros que también anunciaban bisoñés y postizos, y más de una vez se había detenido ante el escaparate, mirando con recelo a derecha e izquierda, antes de enfrascarse en la visión culpable del *antes* y el *después:* un hombre con arrugas, ojeroso, sin dientes, desde luego sin pelo, pasaba a convertirse en la foto contigua en un rostro risueño, bronceado y terso, sólo porque su calva la ocupaba ahora toda una plantación de espesísimo pelo. En las vueltas a casa desde el escaparate, muchas en muchos años pero todas tortuosas, trataba de pensarse y no sólo de verse agraciado él mismo con un postizo igual; pese a sus treinta y ocho años, el pelo devastado, surcado de canales que hacían su cabeza una gran red fluvial en la que los meandros día a día crecían, le avejentaba el rostro, alterando, creía, no sólo su apariencia sino hasta su carácter. Todas sus energías Adolfo las sentía yendo a confluir en ese solar yermo comido por la grasa, y estaba convencido de que aquél era el punto de fuga por el que se esfumaban su buen humor e ingenio, su ilusión y su empuje.

Pero al mismo tiempo, nunca —se lo decía, sin pronunciar palabra, a esa parte de sí pinturera y ufana que le ponía a prueba con el plan de cosmética—, nunca entraría él en un local de ésos donde, desde pequeño, había ido perdiendo, corte a corte, su hermosa cabellera. Y regresar ahora, al cabo de los años, podría, además, mover a la sonrisa a los viejos maestros autores del ultraje.

Todo se aceleró por el súbito viaje —una estancia de un mes— a esa capital que él conocía bien del tiempo de estudiante. La primera quincena, enfrascado en las pesadas pruebas que había ido a calificar, sólo pudo rumiar, y un día exploró, sin llegar a subir, un centro capilar cercano a su pensión. Las dos semanas últimas le dejaron ya tiempo de pasar a la acción: el número de los opositores menguaba, y había intervalos entre prueba y prueba. Al posticero Alonso llegó por convicción; en la grosera lista de las páginas rosa del listín telefónico, era Alonso el único que no hacía en el suelto promesas de mal gusto, y también era el único en anunciar su tienda como *posticería,* una palabra nueva que evocó en él la lengua de su querida Italia.

La duda en decidirse trajo un inconveniente: fijado ya el precio y elegido el color, la calidad del pelo, la longitud exacta y el lugar estratégico de las canas precisas, el atildado Alonso le dijo, por desgracia, que antes de diez días no la tendría lista. A Adolfo le quedaba tan sólo una semana, y no había, por tanto, más remedio que el envío postal. Pero, por otro lado, él estaba dispuesto a lucir la peluca —tras esos treinta días, suficientes, pensaba, para que el recuerdo de su total calvicie se hubiese emborronado en colegas y amigos— la primera jornada después de su regreso. Como quedarse en la pensión a aguardar la entrega hubiese encarecido el costoso capricho, Adolfo optó en volver, como estaba previsto, al terminar el mes, pero con una treta. Llegó a la estación en un correo nocturno, y esa misma mañana llamó al oficial mayor, hablando, con la nariz pinzada, de un fuerte resfriado cogido en el trayecto. Así esperó en casa, y al cabo de seis días, puntual y aromada, llegó la caja azul.

Fue quitando el papel con un cierto temor: no sabía en qué capa estaría el pelo, y un daño al peluquín podría ya sentirlo en su propia cabeza. Envuelto en una seda y encajado en un mástil, lo vio por fin entero, y lo vio muy igual a como él, en seis noches de sueños, lo había imaginado. Gran labor la de Alonso. Desencajó el postizo y se lo fue a poner; pero no, no era tiempo aún de renovar su cara sin antes prepararse como estaba mandado para ocasión así. Lo colocó en la cómoda y *sólo* lo miró: era cabello auténtico, que le trajo el recuerdo de su pelo perdido por tantos sumideros y en almohadas y vientos. La mano de Alonso también la percibía en el matiz exacto encontrado al color: un negro natural, mate pero de aspecto sano, y aquellas pocas canas al lado de las sienes para no escamar.

Satisfecho del todo, Adolfo decidió custodiar la peluca en el armario-luna, y después se sentó a ordenar su tarea. Era martes, y estaba ya resuelto a acudir al trabajo el mismo día siguiente, con ella, por supuesto. Le quedaba un día para esa labor preparatoria que centró en dos frentes: se trataba, de un lado, de recibirla a tono, halagarla, obsequiarla, y así lucirla bien, pero también tenía que despedir con honra a su cabeza calva tanto tiempo *con él*. Dividiría el día en dos partes distintas, de duración igual, y las dos muy activas, vividas hasta el tope. Ya tenía pensado que esa noche —un día es un día— no se iría a la cama, y no perder así unas horas preciosas de conmemoración.

La mañana, hasta el frugal almuerzo, y parte de la tarde, la dedicó a limpiezas, llevadas a conciencia, de lencería y ropa. Fundas, sábanas, mantas, toallas, y la capucha, claro, del albornoz de felpa, tenían que perder cualquier resto de trato con la *otra* cabeza. Cepillaba la caspa, limpiaba con alcohol la copa del sombrero (¿tendré que usarlo ahora?; sólo quizá de viaje o si sopla el Levante), y no dudó en tirar redes, loción y cremas que en sus años de joven había utilizado contra la seborrea. Puesto ya a la higiene, aprovechó el empuje y pasó a la casa; mejoró el dormitorio apartando la cama y haciendo que la luz, un día su enemiga, ahora diera de lleno sobre el cabezal: sus lecturas nocturnas serían ya más largas. Cuando miró el reloj pasaban de las nueve, y era ya, pues, la hora de la segunda parte.

Embozado y hasta con antiparras descendió al portal,

y, no viendo mirones, anduvo y anduvo, pegado a las paredes, con la mirada gacha. Muy cerca ya del puerto, en una zona oscura, se metió en un taxi y respiró tranquilo. Se sentía de incógnito, y así iba a vivir una noche entera. Qué gracia descubrir los barrios periféricos de nombre familiar pero nunca pisados, y hacerlo despidiéndose de su ciudad de siempre y de su antiguo yo.

La animación de la Ciudad Polígono le llenó de sorpresa. Bloques altos y parque no parecían ser promesa de bullicio. Pero allí lo encontró. Bajadas las solapas y sin las gafas ya, se dedicó a *mirar,* él que nunca lo hacía al caminar, por prisa. Andaba ahora despacio y parándose a todo. Escaparates pobres con ropita de niños y zapatos en saldo llamaban su atención, y llegó a anotar una o dos direcciones pensando en regresar en su siguiente vida a comprar algo de eso. En un chaflán, un cine lo animó a entrar; desde los diecisiete no veía películas, y ese gran cartelón de colores chillones le pareció el anuncio de un placer prohibido. Luego, una vez dentro, molesto por el ruido y el olor a ozopino, no aguantó hasta el final: la acción era muy rápida, y no entendía por qué el resto de la sala se reía al unísono con frases que a él le parecían serias. Salió: daban las doce.

La noche, tan odiada de siempre, en esta ocasión le daba confianza. Se aventuró, y andando, hasta el lejano barrio de la Cruz de Madera. Allí estaban, aun él lo sabía, los bares de peor fama y hasta un local —decían— donde no era raro morir de un culatazo. Se cruzó en su paseo con un coche-patrulla, y, por primera vez en su vida de adulto, sintió el vago temor de lo inescrutable. Pero lo que él hacía no iba contra la ley.

Entraba en uno y otro, sin dejar al azar ni sótano ni barra. Y, abstemio como era, en todos consumía; estaba hecho a la idea de que por ese alcohol fuera a pagar su hígado, y en el riñón las piedras se hinchasen aún más; y tenía su lógica que hasta incluso las vísceras se sumaran con cólicos a la festividad. Y así bebió y mezcló, pagando en ocasiones una, dos o más rondas a los torvos clientes que no decían palabra a sus fanfarronadas. Ahora bien:

para alguien como él, que desde su tropiezo marital, y de eso hacía años, no se había acercado a ninguna mujer, la prueba más difícil era hablarles ahora y hasta pegar su boca al escote de una. Se llamaba Marina, pero le daba igual. Marina, Luisa, Gladys, a todas dijo algo, y era tal su alegría y su seguridad previéndose distinto al cabo de unas horas, cubierto con el pelo que le esperaba en casa, que no dudó en lanzarles un pellizco conjunto. Se olvidaba que él, en esta madrugada, *aún* tenía el cogote puntiagudo y pelado.

Salió de «Le Moulin» finalmente con otra, extranjera, le dijo, un nombre con dos «úes». Con ella aún acudió, en un coche de lujo que la chica tenía, al último garito —ya en las estribaciones de la autopista al mar—, que abría a esas horas: casi las cinco y media. Allí jugó Adolfo e invitó a la rubia a perder a las cartas. Los amigos de ella le trataron muy bien: no les chocaba nada ver a un desconocido, y entre el humo espeso acabó por perderla. Mostraría prudencia: un regreso sin prisas, en el que aún le cupo un encuentro en la playa con la Gladys de antes, que corría desnuda y le obligó a bañarse.

* * *

A las ocho, y no estaba seguro si traído en un coche por sus amigos nuevos o pagándole a alguien, entró en el portal, y lo hizo con suerte: la portera torcía, en el momento justo, la esquina de la calle, retrasada de misa. Una hora bastaba para ponerse a punto. Se quitó los tirantes, el pantalón a rayas, la camisa manchada, y todo lo enrolló con la idea de un fuego. Tomó una ducha fría, se bebió dos cafés y fue a picar la fruta. Mientras se afeitaba se miró a los ojos, y así fue el recordar lo cansado que estaba: le caían los párpados, ocupándole el ojo, las ojeras llegaban casi hasta la mejilla, y creyó advertir unas arrugas nuevas en mitad de la frente. No importa: dormiría a gusto al volver del trabajo, y en los días siguientes, ya en su nuevo ser, se iría reponiendo de una noche tan larga y llena de experiencias.

Terminada la barba, pasó a lo importante. Se enjabonó patillas, la pelusa del cuello y toda la cabeza, con la idea fija de que el futuro pelo ocupase el campo sin tener que reñir con las greñas del propio que le sobrevivían. «Curioso», se dijo ante el espejo: la espuma de afeitar le formó un tupé que le poblaba el cuero, haciéndole más joven; veía el negativo de lo que iba a ser, en cosa de minutos, su negra pelambrera. Con cuidado llevaba la cuchilla por todo el cráneo y junto a las orejas. El agua arrastraba los últimos jirones de su pelo aborigen, y pronto —era seguro— se habría olvidado de que un día lo tuvo.

Se permitió el capricho de vestirse primero: ponerse la corbata, anudarse cordones, sacar brillo al charol. Llevaba lo mejor, y aunque por el pasillo notó que las rodillas no le hacían caso, y fuertes agujetas le pinchaban los brazos, llegó hasta el armario donde *ella* aguardaba.

Eran las nueve y cuarto, y allí estaba, en efecto, dispuesta a coronar una fecha festiva y a un hombre de valor. La sacó con temblor de su armazón de caña y la puso en alto para que el primer sol le diera buen color. Era, sí, su peluca, pero algo distinta; bien peinado y en forma, tal como lo dejara la mañana anterior, el pelo que Alonso tan primorosamente hiciera se había vuelto blanco, blanco como una espuma, desde el flequillo al cuello.

Antonio Muñoz Molina

Antonio Muñoz Molina nació en Úbeda (Jaén) en 1956. Estudió Periodismo y se licenció en Historia del Arte. Ha publicado sus artículos periodísticos en dos volúmenes: *El Robinson urbano* (1984) y *Diario del Nautilus* (1985). Entre sus novelas están: *Beatus ille* (Premio Ícaro, 1986), *El invierno en Lisboa* (Premio de la Crítica y Premio Nacional de Literatura, 1987), *Beltenebros* (1989) y *El jinete polaco* (Premio Planeta y Premio Nacional de Literatura, 1991); también tiene la colección de relatos titulada *Las otras vidas* (1988).

Tal vez el cuento sea a la narrativa lo que el soneto a la poesía: la concentración absoluta y casi químicamente pura de sus normas, sus tareas y sus artificios. El cuento tiene más o menos las medidas de una narración oral, y también el énfasis de un comienzo indudable y de un final definitivo, el érase una vez y el este cuento se ha acabado. Apenas culminado el despegue hay que prepararse para el aterrizaje: el cuento es un sprint, una rápida aventura, y por eso decía Cortázar que en él hay que ganar por K.O., y no por los puntos, como en la novela. En el cuento los fracasos son fulminantes, pero el éxito casi siempre carece de énfasis, de manera que no es un género muy adecuado para la soberbia o la impaciencia de los escritores españoles, que tienden a desdeñar los saberes de la artesanía. Durante mucho tiempo me apasionaron los cuentos con sorpresa final. Ahora, tal vez por influencia de Chejov, de Carver o de la relectura de *Dubliners,* me gustan más los cuentos que trazan una suave línea recta que se interrumpe sin aviso, o que fluyen con una apariencia de instantaneidad o de azar.

Poe, Borges, Joyce, Bioy, Salinger, Carver, Cheever, Rulfo, Onetti, Aldecoa, Juan Eduardo Zúñiga, son los narradores de cuentos que prefiero. El que más me ha gustado en mi vida es «La cara de la desgracia», de Juan Carlos Onetti. Cuando tengo que escribir alguno, procuro imitar a esos maestros.

Las otras vidas

¿Quién puede atreverse a decir que conoce Marrakesh si no ha presenciado la lentitud de sus crepúsculos desde la terraza del Hotel Savoy? La historia que ahora debo contar tiene allí su comienzo, una tarde de septiembre, bajo los apacibles toldos del verano, en aquel lugar que parece la cubierta de primera clase de un privilegiado transatlántico. Los toldos semejan recamadas tiendas berberiscas. El exotismo y la higiene, factores tantas veces en discordia en los parajes magrebíes, se alían a satisfacción del más exigente turista europeo. Consumiendo en breves tazas de plata rondas de té con hierbabuena, los miembros de la expedición soslayábamos la diversidad de nacionalidades gracias a la similitud de nuestros gustos y oficios. Nos había reunido en aquel viaje la munificiencia de la casa Fujisutmi & Sons, que tan enérgicamente ha sabido abrirse paso en el difícil *ranking* de la fabricación de pianos de cola. Casi todos los presentes regíamos salas de conciertos en Sudamérica y Europa, y todos nosotros, sin excepción, nos habíamos inclinado en los últimos tiempos —al principio con renuencia, luego con satisfecho entusiasmo— por los pianos Fujisutmi, obteniendo así lo que Mr. Urara, anfitrión y guía del viaje, llamaba un merecido reconocimiento, es decir, en términos estrictamente materiales, una gira *full credit* por los mejores hoteles del norte de África. Tiempo habría, cuando el verano terminara, de regresar al ejercicio de nuestras responsabilidades. Pasábamos las indolentes tardes de septiembre conversando en la terraza del Savoy, y elaborábamos vagas estrategias comunes que redundarían en beneficio de nuestros programas de conciertos; giras transoceánicas, grabaciones rotatorias de discos, estrechamiento de lazos entre los teatros españoles y los de la América hispana. Solíamos contrastar experiencias y referirnos a nuestra plural intimidad con artistas de fama y a los molestos percances que suele siempre deparar la visita de una gran orquesta sinfónica. Un lugar común de todas las confidencias era nuestra indefensión ante las extravagancias y los vanos antojos de soberbia de algunos concertistas: llegan tarde, son salvajemente antipáticos, reprueban la mejor *suite* de un hotel porque les molesta el ruido de los grifos, algunos son esclavos del alcohol o de la cocainomanía...

Era inevitable, pues, que apareciese en la conversación el nombre venerado y temible de Milton Oliveira, y que todos nosotros, con insistencia unánime, nos lamentáramos del contraste entre la suprema altura de su música y la zafiedad incivil de su comportamiento. ¿Quién no ha deseado culminar su temporada de conciertos obteniendo un contrato con Oliveira? ¿Quién, al firmarlo, no ha temblado de miedo, pensando en sus insoportables manías, en sus perversidades de misántropo, en la aterradora posibilidad de recibir un telegrama y un falso certificado médico cinco minutos antes de que se apaguen las luces de sala?

Según recuerdo, predominaba aquella tarde en la conversación el vehemente comodoro Hoffmann Goicoechea, gerente del Nacional de Paraguay, que tenía voz y corpulencia de barítono. Lo escuchábamos, con nuestras respectivas esposas, el director del Liceo Académico de Parma, *onorevole* Gelli, el segundo regente del Auditorium de Valladolid, el activo concejal Gómez Ochoa y el autor de estas líneas, que por aquellos años dirigía —tácitamente, es verdad, sin sueldo fijo y casi sin reconocimiento oficial— los acontecimientos musicales de una ciudad levantina cuyo nombre, por ahora, creo preferible omitir. Pero ya me olvidaba de otro miembro del grupo que constituyó desde el principio del viaje una verdadera pesadilla para el señor Urara, quien más de una vez, por culpa suya, a punto estuvo de trocar en furia de guerrero samurai su imperturbable, su japonesa *politesse*. Me refiero, por supuesto, al huraño afinador y técnico de sonido Armando Cadafells, joven de pelambre encrespada e indumentaria de *clochard,* así como de una eficaz antipatía catalana. Era, según me consta, una eminencia en su trabajo, y fue discípulo en Salzburgo del proverbial Blumstein. Pero ostentaba diversos hábitos irritantes que convertían su proximidad en una mortificación: señaladamente, el de no limpiarse nunca el luto de las uñas, y el de comer con la boca abierta haciendo con la lengua y los dientes extraños ruidos de succión. Pasó el viaje fumando haschish sin el menor recato y emborrachándose con toda clase de licores, circunstancia especialmente onerosa para la casa Fujisutmi, pues ya es sabido el precio de las bebidas alcohólicas en los países del Islam. Lo acompañaba una joven sucia y melenuda que poseía una peculiar habilidad para exhibir unas bragas azules. Como nos hizo notar la encantadora esposa del concejal Gómez Ochoa, dichas bragas debían ser el único ejemplar de esa prenda con que contaba en su vestuario, porque nunca advertimos que cambiara su color. Ambos concluían las comidas con notorios eructos. Cadafells se reía y se limpiaba la boca con la mano explicándonos que ésa era una norma de cortesía entre los árabes.

Nunca se levantaban antes de mediodía ni participaban en las visitas a los lugares pintorescos que traía programadas desde Tokio el implacable Urara. Si los demás, por ejemplo, después de levantarnos al amanecer, regresábamos muertos de calor y embadurnados en el polvo del desierto tras una excursión a las deprimentes ruinas de un anfiteatro romano —con las consiguientes secuelas de picaduras de insectos y asedios de buhoneros nativos— encontrábamos a Cadafells y a su novia frescos y recién duchados, bebiendo espumosas cervezas en el bar del hotel, indiferentes a todo atractivo local que no fuera el del aire acondicionado. En Egipto no vieron las pirámides, que a mi esposa le costaron una insolación y al *onorevole* Gelli la torcedura de un tobillo, en Argel omitieron la extenuante gira por la Kasbah, en Túnez soslayaron con desdén cierta llanura sofocante en la que, según nos dijo el señor Urara, estuvo la ciudad de Cartago, información que la señora de Hoffmann Goicoechea atribuyó al instinto de mentira que caracteriza a las razas orientales, singularmente a los chinos. (Diré de paso que la señora de Hoffmann Goicoechea, durante todo el viaje, se obstinó en creer chino a nuestro guía.)

Añadiré algo más para completar el retrato del afinador Cadafells: era un pianista excelente, dotado de una versátil facilidad para la parodia. Cualquier tarde, en el piano del hotel, ejecutaba a petición del auditorio rápidas imitaciones de concertistas célebres, o bien comenzaba a tocar y nos proponía que adivináramos a qué maestro estaba parodiando. Sabía hacer un Beethoven de Daniel Barenboim, un Schumann de Weissenberg, un Chopin de Rubinstein o de Britten, y lo hacía todo medio en broma, como si pensara en otra cosa, como si nada de aquello tuviera la menor importancia. Tocaba una fuga de Bach muriéndose de risa, con su deforme cigarrillo de haschish en la boca, y al cabo de unos pocos compases, sin que advirtiéramos ninguna transición, había puesto cara de luto y estaba imitando la *Patética* de Beethoven interpretada tristemente por Claudio Arrau...

Una última precisión, que tal vez ya habrá sido adivinada: en secreto, casi vergonzosamente, yo me pasé el viaje envidiando al execrable Cadafells, hecho que no dejó de notar la vigilante reprobación de mi esposa. ¿Puede algo permanecer oculto al cabo de veinte años de matrimonio? Una noche, en el Carlton de Trípoli, minutos antes de acostarme preví que se aproximaba una de esas turbulencias conyugales que uno discierne en la tensión del silencio igual que un meteorólogo vaticina, por la forma casual de una nube rosada, la proximidad ineludible de un temporal de lluvias. Durante la cena, en rencorosos apartes, exacerbada por el vino y la profusión de las especias, mi mujer se había empeñado en repetir una ya gastada enumeración de las pruebas que certifican mi falta de carácter: gano poco dinero, abusan de mi buena fe, soy un imbécil, a mi edad, y ya no soy un niño, no me he labrado una posición comparable a la del comodoro Hoffmann o el *onorevole* Gelli, cuya esposa va siempre decorada con pulseras de plata y largos pendientes de amatista. Toda una vida trabajando y no he llegado a nada, y es probable que ya no llegue nunca, porque la vida, asegura mi esposa, es como una estación en la que el tren del éxito sólo se detiene unos pocos minutos, y el que no corre vuela, y camarón que no nada se lo lleva la corriente, y había que ver las camisas de seda cruda que gastaba el concejal Gómez Ochoa, que por no tener no tenía ni terminada la carrera... Con el sigilo de un ladrón de guante blanco me deslicé desde el cuarto de baño hasta el pasillo ya en penumbra, escuchando con lejanía creciente el monólogo de mi mujer. Me fatigaban doblemente el sentimiento de culpa y un apetito inmoderado de bebidas alcohólicas. Pero cada vez que resuelvo lanzarme a la mala vida se acentúa en mí una congénita capacidad de infortunio: nada más doblar el corredor se abrió una puerta y apareció en ella, con una bata de dibujos florales y y dos zapatos en la mano, el inquisitivo señor Urara, que no llevaba gafas y parecía más pequeño (recordé que la señora de Hoffmann Goicoechea lo llamaba siempre «el chinito»). Hizo una profunda reverencia oriental, o tal vez fue tan sólo que se inclinó para dejar los zapatos junto a la puerta, y me dijo severa y suavemente que ya era casi medianoche y que cinco horas después saldría nuestro microbús hacia no sé que mercado de artesanía beduina. Con la abyección inherente a mi absoluta falta de carácter le aseguré que iba a recepción en busca de aspirinas, y hasta mostré mi vehemencia por conocer *in situ* las maravillas en cuero repujado y en costumbres vernáculas que nos auguraba la excursión. Luego bajé al vestíbulo y descubrí que no había bar, sólo una melancólica vitrina con gaseosas de colores que tenían, escritas torpemente a mano, etiquetas en árabe. Cadafells estaba allí, bostezando, con las manos en los bolsillos.

—Nada de alcohol —me dijo—. Prohibición absoluta. ¿Creerá que el camarero me ha amenazado con llamar a la policía cuando he querido sobornarlo? Pero todavía me queda una botella de escocés en la maleta. Suba conmigo, hombre. Se le ve mala cara.

—Pero su novia estará durmiendo...

—La despertamos.

Conmovido por la inesperada hospitalidad de Cadafells —cuando estoy triste todo me conmueve— subí con él a su habitación, y en las brumosas horas que pasaron hasta que sonó el timbrazo inmisericorde que nos reclutaba para la expedición al desierto no hice nada que no fuera censurable. Bebí whisky, primero en circunspectos vasos de papel, luego directamente en la botella, fumé haschish y marihuana, apurando con avaricia compartida las últimas colillas, me desplomé de tanta embriaguez y tanta risa sobre la cama deshecha, entre los muslos tibios de la amiga de Cadafells, que también reía mucho y me acariciaba el pelo, improvisé barbaridades insultantes sobre el perímetro de la señora de Hoffmann Goicoechea, bruscamente caí enfermo de melancolía y de náuseas a los pies de la cama, y lo único que recuerdo a partir de ese instante es que la pierna desnuda de la chica pendía o se columpiaba despacio ante mí y que yo le acariciaba el tobillo hablándole de mi mala suerte en la vida y de mi habilidad para los masajes tranquilizadores. Luego salí corriendo hacia el cuarto de baño, y llegué tarde, y oí los timbrazos furibundos de Urara.

Mi salud, mi armonía conyugal y mi respeto hacia mí mismo tardaron varios días en restablecerse. Rehuía las miradas de Urara y la presencia de Cadafells y de su novia como un ex convicto que lucha solitariamente por forjarse una nueva vida y no quiere saber nada de sus antiguos secuaces. En Marrakesh, en la terraza del Savoy, aquella tarde en la que estuvimos conversando sobre Milton Oliveira, sentí por fin que había obtenido la rehabilitación. El comodoro Hoffman y el *onorevole* Gelli me sonreían como a uno de los suyos. En el grupo de las señoras, mi mujer ponderaba en voz alta los méritos de mi gestión y refería las pruebas de amistad con que me ha distinguido siempre que visita España el maestro Abbado. Fue entonces cuando Cadafells, sentándose al piano, comenzó a improvisar unas divagaciones que el *onorevole* Gelli identificó enseguida con un suspiro de pesar.

—Oliveira —dijo—. El concierto de Berna. El del 77.

—Lástima que ese piano no sea un Fujisutmi —se apresuró a decir el concejal Gómez Ochoa, que era un risueño ignorante educado en el ramo de la peluquería.

—Cada vez que oigo esa música se me eriza el pelo —dijo el segundo regente del Auditorium de Valladolid—. Si yo les contara el calvario que me hizo pasar Oliveira hace tres años...

—¿A eso lo llama usted música? —rugió el comodoro Hoffmann Goicoechea—. El tipo llega y se sienta sin partitura ni nada, con esas gafas, con esas zapatillas de deporte. Me dio un sofoco cuando lo vi aparecer así en el escenario del Nacional. Imagínense que mi señora lo tomaba por un electricista. ¿Y lo han visto cómo toca? Parece un miope que está aprendiendo mecanografía. Con dos horas de retraso empezó el concierto. Y lo peor fue que luego estuvo tocando casi cuatro horas. El presidente de la República se marchó de su palco y me dio una orden terminante: «Hoffmann, que ese indeseable no vuelva a poner los pies en el Paraguay».

—Tuvo usted suerte, comodoro —dijo el *onorevole* Gelli—. En Parma no tocó ni veinticinco minutos.

—Qué alivio —murmuró el concejal Gómez Ochoa.

—¿Alivio? —dijo Gelli—. ¿Con el *cachet* de *prima donna* que cobra? El teatro estaba lleno. Tuve que llamar a los *carabinieri* para que contuvieran el tumulto.

—No estaría bien afinado el piano —Cadafells se había acercado a nosotros—. Ahí nunca transije.

—No me hable de afinación —dijo Gelli—. Oliveira atormentó durante un día entero al mejor afinador de Parma, y ya sabe usted que allí los tenemos magníficos. El pobre hombre se fue llorando a su casa aquella noche, presa de un ataque de nervios. No. Ése no fue el problema.

—Estaría muy fuerte la calefacción —apuntó el segundo regente de Valladolid—. Si hace calor dice que le sale un sarpullido.

—Un caramelo —dijo Gelli, suspirando—. El papel de un caramelo. Había alguien en la tercera fila que tomaba caramelos para la tos. Ya conocen la acústica del Liceo de Parma. Cuando oí por segunda vez el ruido del envoltorio me dio un sudor frío. Ese hombre, Oliveira, tiene un oído sobrehumano. Levantó la cabeza y puso cara de dolor o de rabia, ya saben, con los ojos cerrados, mostrando los dientes. A la tercera vez ya supe que se avecinaba la catástrofe. Oliveira se levantó, miró al hombre de la tercera fila y lo insultó en inglés. Luego dio media vuelta y se fue del escenario tan tranquilamente como si saliera de su casa. Imaginen los gritos.

Por momentos la conversación se acaloraba, rozando ese estado colectivo de ánimo que preludia las apelaciones a la ley de Lynch. El comodoro Hoffmann Goicoechea contó el rumor de que en Cochabamba, Bolivia, Oliveira fue arrestado en 1979, y lamentó que una llamada telefónica de la embajada estadounidense lo salvara *in extremis* de recibir una sesión de picana. Disgustado por ciertas colgaduras que decoraban el teatro, se había negado a tocar si no las retiraban, y no lo hicieron, porque era la fiesta de la Raza, y Oliveira no tocó. En Valladolid, dijo el segundo regente del Auditorium, Oliveira notó minutos antes del concierto que el escenario tenía una ligera inclinación hacia el público, lo cual es muy común en los teatros antiguos. Urgentemente hubo que evacuar la sala y pasaron tres horas hasta que los carpinteros municipales instalaron una tarima de dos centímetros de espesor que corregía la pendiente. Pero Oliveira, aburrido, no tocó ni una hora, limitándose a una serie de desganados ejercicios, y luego, cuando salía del teatro, le dio una certera patada en la espinilla al fotógrafo de un periódico local, y trató con una frialdad rayana en el desprecio al alcalde de Valladolid, diciéndole —mediante intérprete, aunque es bien sabido que habla español— que no podía asistir a la recepción organizada en su honor porque tenía sueño.

—Gente rara, los artistas —concluyó el *onorevole* Gelli.

—Bobadas —dijo el comodoro—. Gente desordenada. Drogadictos. ¿Qué me dicen de esos negros que nos factura el Departamento de Estado? ¿Conocen a uno que toca una trompeta torcida hinchando mucho los carrillos?

—*Mil* Davis —dijo rápidamente Gómez Ochoa, como si respondiera a una adivinanza. Me sonrió con vanidad y yo procuré mirar hacia otra parte. Entonces, armándome de valor, porque me sobrecogía el tamaño del comodoro, me atreví a decir:

—Pero no me negarán que Oliveira es uno de los mejores pianistas del mundo.

En la otra esquina del sofá mi mujer se estremecía, mirándome como si hubiera vuelto dolorosamente a recordar que yo era un imbécil. Busqué el apoyo de Cadafells y de su novia, pero en ese momento estaban culminando un cigarrillo de marihuana y no debieron oírme. Obtuve al menos el abatido asentimiento del *onorevole* Gelli, que movió la cabeza limpiándose con un pañuelo el sudor que había renovado en su frente el recuerdo de Oliveira. Inmutable como un monolito, el comodoro Hoffmann Goicoechea me dedicó una fría mirada.

—Oiga —me dijo—. Le cambio todas las extravagancias de ese embaucador por cinco minutos de arpa paraguaya.

—A condición de que la pulse Cholo Mendizábal —precisó su mujer. Constituían un matrimonio sumamente unido—. Qué sentimiento, qué dulzura.

Al oír el nombre del arpista Mendizábal, presunta gloria del folklore paraguayo, los miembros europeos de la expedición nos apresuramos a difuminarnos en ocupaciones urgentes, entre ellas la de acudir al comedor, donde ya estaría esperándonos para la cena el diligente Urara, que si nos retrasábamos hacía sonar un curioso gong portátil. Desde el principio del viaje, el matrimonio Hoffmann Goicoechea había emprendido una cruzada contumaz en beneficio del arpista, con la intención de promoverle una gira europea, regalándonos innumerables discos y cassettes y folletos biográficos, y hasta un póster desplegable, de tamaño natural, en el que sonreía con tristeza, flanqueado por su arpa, un hombre de mediana edad vestido con un poncho. Se rumoreaba que muy pronto viajaría al Japón invitado por la casa Fujisutmi, que estudiaba en secreto la posibilidad de introducirse —de manera experimental, desde luego— en el mercado del arpa paraguaya, igual que se había introducido ya no sólo en el del piano, sino también, aunque con prudente sigilo, en el de la guitarra española...

Durante la cena me fui sumiendo suavemente en la desdicha y en el vino blanco, con tal éxito que a la llegada de los postres ya era víctima de una halagüeña y silenciosa embriaguez. El nombre de Milton Oliveira no volvió a pronunciarse. La caída fortuita de un tenedor me dio ocasión de vislumbrar unos segundos bajo los manteles las piernas de la novia de Cadafells, que se había quitado el tacón izquierdo e introducía su pie desnudo bajo el pantalón del afinador. Al recobrar la vertical un arrebato de calor me encendió la cara. «Estás bebiendo demasiado», me dijo en voz baja mi mujer, sin dejar de sonreírle al concejal Gómez Ochoa, que le contaba, con entusiasmo abominable, el resurgimiento de la inquietud cultural en las barriadas periféricas. Frente a mí, Cadafells iba notando la tibieza ascendente de las caricias de su novia y sorbía la sopa de marisco con una especie de escandaloso gorgoteo. Yo procuraba no mirarlo para eludir un impulso de culpabilidad y de náuseas, y hacía como que me interesaba en el rumor de las conversaciones de los otros, pero era inútil, porque los efectos del vino me impedían discernir el tono de las voces y el sentido de las palabras, y me sentía impúdicamente desamparado y solo y volvía a llenar mi copa y mi mujer me miraba de soslayo pisándome el pie, y yo, para no perderme del todo en los pantanos del infortunio, pensaba en el pie desnudo de la novia de Cadafells y en el modo en que Milton Oliveira se inclina sobre el piano, y en que soy, con diferencia, uno de los hombres más desgraciados de este mundo.

Seguí pensándolo más tarde, en la habitación, mientras mi mujer, enconada y firme ante el espejo, se aplicaba una crema hidratante que huele de una manera peculiar. Huele, para decirlo todo, igual que mi desdicha, y expande, como ella, un efecto somnífero. Bostezando me quitaba la pajarita del smoking cuando llamaron a la puerta. Cadafells. Vi su cara y volví a cerrar como si se me hubiera aparecido un fantasma. «Quién llama», dijo mi mujer. «Nadie.» Abrí de nuevo. Con la uña del dedo índice Cadafells se escarbaba los dientes, limpiándose luego en el faldón de una menesterosa chaqueta.

—¿Tiene cinco minutos?

—Estaba a punto de acostarme.

—Baje conmigo al bar. Quiero hablar con usted.

—¿Y si hablamos mañana?

—Sería tarde. Mañana nos vamos de aquí. A las seis. El japonés me va a quitar la vida.

Cadafells parecía urgido por la necesidad de revelarme un secreto, o de pedirme ayuda. ¿Quería recabar la experiencia de un hombre maduro en algún delicado trance entre él y su novia? Poniéndome el dedo índice en los labios me volví hacia el interior de la habitación. Con la luz ya apagada, removiéndose en la cama, mi mujer murmuraba algo, seguramente contra mí. Busqué a tientas la pajarita del smoking y me reuní con Cadafells.

—Sólo cinco minutos —le dije, mientras cerraba la puerta silenciosamente.

Cadafells asintió. Pasamos sin novedad ante la puerta de la habitación de Urara, oyendo sus ronquidos. Pensé con reverencia que ser japonés es una forma impoluta de felicidad. Pero ya he dicho que había bebido demasiado. La novia de Cadafells nos estaba esperando ante una bandeja de *gin-tonics*. Cuando cruzó las piernas pude corroborar la persistencia de las bragas azules. Me senté en un blando taburete con bordados geométricos sobre el que era imposible mantener la dignidad y crucé gravemente las manos sobre las rodillas, procurando, con un gesto severo, que se dieran cuenta de que no los seguiría a otra noche de disolución.

—¿Cree usted en el azar? —me dijo sin previo aviso Cadafells.

—Claro que sí —le contesté—. Actúa siempre en contra mía.

—Yo no —Cadafells, que era muy joven, no entendió mi lamento—. Yo no creo en la casualidad.

—Ni yo tampoco —declaró la novia, con una sonrisa como de ceguera angélica—. Todo está escrito en las líneas de la mano.

—Tonterías —de vez en cuando Cadafells la miraba como un cantor de tangos—. Me refiero a otra clase de azar. Por ejemplo, el que nos reunió a nosotros tres hace unas pocas noches...

—Un azar lamentable —murmuré, pero no me oyeron.

—O el que nos trajo aquí, a Marrakesh, precisamente ahora, en septiembre. O el que esta tarde nos ha hecho hablar de Milton Oliveira.

—Usted tocó una pieza suya al piano. Por eso hablamos de él.

—¿Y por qué toqué yo esa música, y no otra cualquiera? —de un trago vigoroso Cadafells apuró la mitad de un *gin-tonic,* con los consiguientes episodios sonoros de fontanería—. Sólo usted lo sabrá. Y ésta. Anoche, cuando bajé a la ciudad, descubrí algo. Quiero que lo vea usted. Pero prométame que no les dirá nada a esos paquidermos.

Se pusieron en pie. Decidí resueltamente que me negaría a seguirlos, imaginando antros insalubres llenos de humo de haschish y vapores de lámparas de keroseno. Pero ya dije que no tengo carácter, y a mi edad es probable que no llegue a adquirirlo nunca. Mientras esperábamos a un taxi, la novia de Cadafells me tendió con naturalidad de cómplice un pitillo de marihuana. Bastó el olor dulce y resinoso del humo para que la cabeza terminara de írseme. En el taxi repetí con éxito una broma indecente sobre los cuartos traseros de la señora de Hoffmann Goicoechea, y a la novia de Cadafells le dio un ataque de risa, y dijo que tenía sueño y puso su cabeza en mi pecho y una mano en mis rodillas. En la penumbra Cadafells sonreía aprobadoramente y daba instrucciones al taxista en un francés casi del todo imaginario. Supuse con alivio que no podía ver lo cerca que estaba de mis ingles la mano de la chica ni el efecto ostensible, aunque involuntario, que esa proximidad me provocaba.

Dando tumbos de camello insumiso el taxi se adentró en lo que llaman las guías un intrincado dédalo de callejuelas pintorescas. Cada vez que los neumáticos sucumbían a una irregularidad del empedrado, la novia de Cadafells se acercaba un poco más a mí. En un par de ocasiones el roce casual de una mano o de un muslo me cortó la respiración, ya de antemano trastornada por el abuso de marihuana y de alcohol. Me han dicho que el espectáculo nocturno de Marrakesh es admirable: yo no vi nada y no recuerdo nada. La noche de Marrakesh se resume en mi memoria en la sensación de estar rozando una piel desnuda en la oscuridad y en el olor a gasolina y plástico caliente que me aturdía en el taxi.

Con desconsoladora rapidez llegó a su fin aquel viaje, que en mi recuerdo es tan largo. Nos detuvimos ante una señal que prohibía el paso de automóviles. Pagué al conductor, dejándole una propina insensata, motivada en gran parte por mi escasa familiaridad con la moneda marroquí, pero que tuvo la halagadora consecuencia de que la novia de Cadafells admirase mi rumbo de caballero generoso. Tomados del brazo, como borrachos fraternales, nos extraviamos entre la multitud de una plaza iluminada por faroles de carburo. El aire olía espesamente a grasa de cordero quemada, a especias y a sudor. Yo caminaba como un ciego al que guían de la mano por una ciudad desconocida. Tenía la sensación de andar cabeza abajo por una noche vuelta del revés cuyas constelaciones fueron las blancas llamas del carburo. Vi a un fakir que fumaba con la boca atravesada por una aguja de punto. Vi con espanto sucesivo una hilera de cinco encantadores de serpientes. Vi a un hombre partido por la cintura que nos pasó entre las piernas haciendo sonar una bocina de goma. Vi, de pronto, a alguien que se parecía extraordinariamente al *onorevole* Gelli, pero que iba vestido con un pantalón rojo y una camisa de palmeras y pájaros y se reía, con grititos agudos y gestos de melindre, junto a un muchacho de piel muy oscura. Cuando ya no lo veía supe que era de verdad el *onorevole,* y recordé, sin entender nada, lo temprano que se acostaba cada noche y la cara tan lívida y casi verdosa que tenía por las mañanas.

Cadafells iba explicándonos algo, pero su voz se perdía como si nos hablara junto al mar. Salimos de la plaza, pero no del agobio pegajoso de la muchedumbre, porque la calle que ahora cruzábamos era muy estrecha y estaba llena de cafetines y de pequeñas casas con las fachadas pintadas en azul y las puertas en rojo. «Ya estamos llegando», me gritó Cadafells, señalándome, unos metros más arriba, el portal de una taberna de la que provenía un humo denso y agrio de frituras. Temí que pretendiera mostrarme alguna extravagancia de la cocina local, uno de esos platos grasientos de aspecto indefinido que en diez minutos le excavan a quien los prueba una úlcera de estómago. Entonces, mientras nos abríamos paso a empujones tenaces, oí entre la discordancia de las voces una nítida frase musical, y la perdí enseguida, y cuando la recobré ya habíamos entrado en la taberna y era como si increíblemente sonara en aquel lugar un disco maltratado de Milton Oliveira, uno que yo no conocía. Extenuados, sudando, ganamos un breve espacio ante la barra. No había ni una sola superficie donde los dedos no quedasen adheridos por la suciedad y la grasa. Del techo colgaban largas tiras de papel matamoscas que algunas veces nos rozaban la cara. Mujeres gordas y bruñidas de sudor y de aceite repartían a gritos hediondas bandejas de calamares. Y por encima del escándalo y de los olores la música sonaba y volvía a perderse, y Cadafells me miraba sonriendo, como retándome a averiguar de dónde procedía. Bajo la amplia melena despeinada su novia se mordía los labios con expresión de ultraje.

—Venga conmigo —me dijo Cadafells. Actuaba como si la chica no existiera.

—¿Cómo descubrió este lugar?

—El azar, ya se lo dije. El azar que no existe.

A medida que íbamos hacia el fondo sombrío del bar la música se escuchaba más claramente. Pero no era un disco de Oliveira. Era alguien que imitaba su música en un piano de deshecho, que tocaba, como él, en rápidas alternancias de furia y de ternura, que se quedaba en silencio y luego repetía una sola nota y viajaba en décimas de segundo por todas las edades de la música y después volvía no al presente, sino a un porvenir que ningún oído que no sea el de Oliveira ha logrado aún conocer. Había contra la pared desconchada un piano vertical, y un hombre ajeno a todo se inclinaba sobre él, la espalda recta, el cuello dolorosamente torcido, como si padeciera alguna clase de parálisis, de espaldas a nosotros, al mundo. A un paso de mí yo estaba viendo —pero aquella noche no sucedió nada que no fuera imposible— a Milton Oliveira. Quise acercarme a él. Cadafells me retuvo.

—Viene todas las noches —me dijo—. Desde hace una semana. Viene y toca durante cuatro o cinco horas y no habla con nadie. Me lo contó anoche el dueño. Cree que es uno de esos americanos que se quedan colgados en Marruecos y tienen que vivir de limosna.

Pero yo no oía a Cadafells. Miraba a Oliveira, lo espiaba, lo reconocía, escuchaba aquella música que no habría sido más pura en el silencio de una sala de conciertos, que era invulnerable al ruido y a la mugre del bar y a la infamia del piano. Entre la sucia muchedumbre sólo Cadafells y yo la escuchábamos, pero yo sabía que también nosotros le éramos innecesarios. No recuerdo cuánto tiempo pasó. Hubo un momento en que se me humedecieron de desconsuelo y felicidad los ojos y vi las cosas como a través de un cristal escarchado.

Cadafells me tocó el hombro, me señaló el reloj. Eran casi las cuatro de la madrugada y el bar estaba quedándose vacío. Enajenado y solo, Oliveira no había dejado de tocar. Acodada en la barra, más pálida, sin atractivo, la novia de Cadafells bebía amargamente un zumo de naranja. Oliveira apoyaba los codos en el teclado y se cubría la cara con las manos, y tras la opacidad de las ventanas se anunciaba un amanecer azulado y rojizo. Dejé sobre la barra un puñado de billetes de banco. El dueño se inclinó ante mí y dijo unas palabras en árabe, tocándose la frente, la barbilla y el pecho. Me llevaron a un taxi. La chica me apretaba la mano y me decía al oído cosas memorables que tardé media hora en olvidar. Sólo recuerdo su voz y el perfumado roce de su pelo en mis labios, y la mirada fija y perdida de Cadafells, que espiaba el alba tras la ventanilla del taxi. Nos despedimos en el vestíbulo del Savoy adivinando que nunca más volveríamos a vernos. Pedí la llave de mi habitación, mientras caminaba por los corredores alfombrados fui despojándome de la pajarita del smoking. Cuando me deslicé en la cama, acogido a la oscuridad y al silencio, oí la lenta respiración de mi mujer, que parecía dormida, que tenía cerrados los ojos. Pero yo sabía que estaba despierta y que cuando nos levantáramos no me haría ni una sola pregunta.

Ana María Navales

Ana María Navales nació en Zaragoza, en cuya Universidad se doctoró en Filosofía y Letras y fue profesora de literatura hispanoamericana. Ha publicado ocho libros de poesía, entre ellos *Mester de amor* (accésit del Adonais), *Nueva, vieja estancia* (Premio José Luis Hidalgo) y *Los labios de la luna* (en su segunda edición); entre varias colecciones de relatos, destacamos *Paseo por la íntima ciudad y otros encuentros* (1987), *Cuentos de Bloomsbury* (1991) y su recientemente publicado *Zacarías, rey* (1992). Es también autora de tres novelas: *El regreso de Julieta Always* (1981), *La tarde de las gaviotas* (Beca Juan March de creación literaria, 1981) y *El laberinto de quetzal* (Premio Antonio Camuñas, 1985). En la actualidad trabaja en su cuarta novela, *La amante del mandarín.*

El cuento es un género literario específico, como lo ha sido siempre, que muestra síntomas de revitalización tras una etapa en que no había gozado de mucha atención por parte de los editores ni de la crítica o los estudiosos de la literatura. El cuento literario moderno, en su despegue del costumbrismo, del realismo crítico, dentro de su natural evolución, paralela a la de la novela, capaz de asimilar todas las nuevas conquistas expresivas y de propiciar hallazgos propios, está en la vanguardia de la narrativa actual. Como ha dicho F. Umbral, es «el género que mejor se corresponde con el estado de conciencia del hombre de hoy».

Walter no ha muerto

Against you I will fling myself,
unvanquished and unyielding, o death
(V. W.)

Hace una semana que comenzó la primavera, aunque sólo tímidamente ha asomado su rostro y todavía en la chimenea del salón arden los leños. Me gusta acercar mis manos casi transparentes al fuego, extasiada con el baile de las llamas, y creer que en la diminuta hoguera algún brujo maligno expía su culpa. Esos demonios que, sin previo aviso, se instalan cómodamente en mi cerebro.

La mañana es casi fría, pero el ambiente en el estudio del jardín es cálido, de abandono y dulce bienestar. Quisiera correr hacia ti, sentarme a tus pies, y hablarte no de la felicidad que me has dado cada día, a lo largo de tantos años, sino de esa atmósfera confusa y compleja en la que floto en todo instante y que me ha impedido atrapar esa dicha que, acaso generosamente, me entregabas.

Una mujer es todo lo que guarda su silencio. Recuerdo ahora aquel relato de David en el que la protagonista se convertía en raposa, tendría que decir zorra, pero suena poco delicado, y las discusiones en que nos enzarzábamos sobre lo innecesario de esa transformación para que la historia mantuviese su interés. Ninguno de vosotros, los hombres que con amor o amistad me habéis cercado, entendíais aquel progresivo cambio de la heroína en un animal constantemente perseguido.

Enciendo un cigarrillo. Las campanas de la iglesia, tan próxima que casi podría tocar la piedra de sus muros, ahogan la música de Beethoven que suena en el gramófono. El reverendo Webber debe estar preparándose para el oficio divino. En la cima de Rodmell Hill, el sol juega con las nubes.

Quisiera ahora dominar mi mente, su incontrolable facilidad para dispersarse o distraerse de sí misma ante cualquier signo de vida a mi alrededor. La hoja que mueve el viento, el vuelo del pájaro, la voz del granjero a lo lejos, o el casi imperceptible ruido del insecto que se detiene, haciendo chocar sus antenas a la puerta del cobertizo.

Tú odias mis distracciones y esas oleadas de imágenes inconexas, preservadas en algún lugar de mi interior, que me asaltan poblando los instantes vacíos y que me llevan, de un lado a otro, con un vértigo que, a veces, produce dolor y fiebre, un cansancio infinito. Ahora las acepto como algo placentero. Vita, entre sus perros, caminando majestuosa por el parque de Knole, los paseos hasta la orilla del Ouse con Pinker, la inocente diversión de sacarles a las personas cuanto encierran de caricatura, la extrañeza de algunas palabras, eglantinas, por ejemplo, la poesía de Frances Cirnfold, la aleta negra del tiburón emergiendo de las olas y el raro sentimiento de escribir con gran paz y deleite.

Ante esa mezcla insospechada de *flashes* del pasado, una intermitente descarga de luz que llega a paralizarme, tú siempre diagnosticas locura.

Cuando empiezo a dar vueltas por la casa, como si hubiese perdido algo que ni siquiera busco, torpe, acorralada, tropezando con los muebles y las paredes, siento tus ojos vigilantes, la mirada azul y severa siempre al acecho, llena de oscuros presagios. Adivino en ti que estoy al borde de un hondo precipicio y me alejo aterrorizada, a campo traviesa, hacia los pantanos, sabiendo que no intentarás seguirme, que mientras corro contra el viento tú buscarás apresurado el cuaderno donde, en claves secretas, anotas los síntomas, trazas el diagrama de la crisis nerviosa que se avecina, larga y patética, o breve y aguda, según tu dictamen, porque, al fin, todo sucederá como tú lo ordenes.

Te veo ahora entrar en el invernadero para mimar las plantas que proteges de cualquier inclemencia, especies exóticas que crecen hasta el techo, aprisionadas en su enorme jaula de cristal.

Yo adoro los rosales trepadores, las enredaderas, porque brotan de la tierra con ansias de vuelo y extienden sus ramas al amparo del sol que les da vida.

Intento decirte que hemos habitado mundos distintos. El mío es un desierto cubierto de nieve que una luz ilumina desde lejos. Es muy extraño caminar por esa llanura espectral, pisando la nieve intacta, sin huella de otros seres. La experiencia y la realidad me parecen tan pobres aquí, encerrada frente al terror de la cuartilla en blanco, que debo alimentarme de sueños y de memoria, de ardiente imaginación para poblar mi desierto, acaso de esas figuras fantasmales que, como abejorros, zumban en mi cabeza, de noche, en la oscuridad de mi alcoba. Un dormitorio solitario, de sombrío silencio, que invaden las voces de los muertos.

Walter me visita al alba. No, no es el Walter que tú conoces, capaz de elegir no un Matisse ni un Picasso sino un Marchand Chabans y un Lhote para decorar su salón principal. No es nuestro Watt de brillante y marfileña calvicie, acurrucado en su butaca durante los conciertos —siempre parecía haber entrado furtivamente por alguna puerta inadvertida—, escuchando a Bach como si fuera Mozart, continuamente perseguido por las mujeres que buscan un hombre de éxito.

El entrañable y repulsivo Watt, que almacena la mayor dosis de egoísmo que uno puede concebir. Antes de hacerme su firme y desangelada propuesta de matrimonio, no sé si alguna vez te lo he contado, me preguntó si pensaba mantener aventuras sentimentales después de casada.

—No, si estuviera enamorada de mi marido —contesté como una perfecta imbécil.

La respuesta no debió de ajustarse a las expectativas de Watt, porque ahí terminó nuestra posibilidad de matrimonio.

La duda de Walter nacía quizá de mi absurdo *flirt* con Edward, que había desembocado en una anterior propuesta de matrimonio que corrió de boca en boca por todo Londres. Una cadena de cotilleos iniciada sin duda por Olivia, desgarradoramente enamorada de Edward, que acudió a todo tipo de maniobras para que nuestra historia íntima, breve y cortés, no tuviera un final feliz.

Con Edward yo hubiera podido ir de fiesta en fiesta, navegando por los mares de la aristocracia, donde mujeres ricas, hermosas y arrogantes se permiten el lujo de ser frívolas y excéntricas de una manera natural.

Si hubiera aceptado a Edward, ahora sería la esposa de un lord que mantiene su sonrisa indiferente ante los numerosos amoríos de su marido. Tal vez habría escrito menos libros y habría bebido más champán. Mi cerebro estaría lleno de burbujas y no de fantasmas. Creo que el bueno de Edward hizo bien en elegir una mujer más estable, menos difícil. No perdí gran cosa. Viejos tapices, candelabros, el brillo de la plata, alfombras, cuadros y un magnífico coche de caballos, porque me hubiera negado a cruzar Londres en automóvil.

Sidney, un prodigio en Eton y Trinity College, vino a mí, recién liberado de un matrimonio opresivo, con los ojos llenos de la vida que parecía ver por vez primera. No sabía disfrutar la soledad y estaba dispuesto a caer en los brazos de la primera dama que se cruzase en su camino. Con Sidney hubiera peregrinado por el mundo, Bangkok, Sofía, Addis Abeba, para acabar en Cambridge, curada de exotismo, escribiendo libros, acaso sofisticados, mientras él traducía a Eurípides para llenar elegantemente su ocio. No me convenía aquel eunuco de piel rosada como la de un tierno niño, capaz de herir en lo más profundo con toda amabilidad. Yo nunca he sido una mujer fuerte.

Sigo el vuelo de una mariposa blanca vagando sobre

las flores, entre los dos olmos que custodian la alberca, y pienso que la ironía, Horacio la llamaba la alegría de los tristes, me salva a veces del diabólico romanticismo. Eso y algún arañazo despectivo a la realidad, cuando me desconcierta la belleza.

Busco con la mirada a Walter, que también hoy me visitó al amanecer y aún permanece conmigo, silencioso, mientras yo me hundo en la fatiga y el desorden de esta carta. Mi Walter nada tiene que ver con nuestro Watt, el de la brillante calvicie, incomprensiblemente adorado por las mujeres. Quizá más tarde me atreva a hablarte de él, quizá.

De niña yo tocaba la pianola y la sombra de mi padre se proyectaba en el suelo, como un piano gigante e irreal. La primera vez que vi a Lytton, sus larguísimas piernas, aquellas manos que podían abarcarlo todo, una voz estridente y metálica que parecía venir de otro mundo, creí que la sombra de mi padre había tomado cuerpo y se burlaba así de todos nosotros.

Recuerdo a Lytton en Arcadia Manor, acariciando gatos y leyendo sus poemas indecentes, casi obscenos. Era un compañero alegre, algo histriónico, capaz de escuchar las dramáticas historias de cualquiera, los problemas grandes y pequeños, con una intensa curiosidad por conocer las múltiples maneras que tiene el hombre de complicar absurda e inevitablemente su existencia. Toda desesperación, por ridícula que fuese, él la disolvía con humor y ternura, como un dios que estuviese por encima de toda flaqueza humana.

No era físicamente atractivo y yo odiaba mi cuerpo, así que su pasión por los hombres, sus amores oscuros, me parecían una liberación más que un horror. Con Lytton uno podía calentar su espíritu en el fuego de la vida, avivar la inteligencia, recuperar al padre hasta que la muerte nos separe. Hoy sería una viuda virgen que pasea su nostalgia por Wells, Bath o Southampton, que contempla los viejos edificios neoclásicos, traspasados los ojos con su entusiasmo por la arquitectura, y se encierra después con sus libros en una gran casa de la época de la Regencia.

Una viuda que dejaría morir la tarde bebiendo a pequeños sorbos un vaso de leche malteada, como le gustaba a Lytton, o un Dom Perignon con viejo coñac, servido en gran copa, donde se ahogaban las fresas. Un cóctel de los muchos que inventaba y no había probado jamás.

Así que, cuando me lo propuso, le dije a Lytton que sí, que me casaría con él. Juro que no fue una broma. Acepté porque suponía que, al igual que yo, había previsto ya los riesgos de esa unión y era lo bastante astuto como para evitar cualquier grave peligro en el futuro.

Desde el huerto, Louie me grita:

—La doctora, al teléfono.

Cree que no la oigo y repite:

—Al teléfono, señora.

Un exagerado gesto despectivo y una mano imperiosa la hacen desaparecer hacia el interior de la casa.

El compromiso con Lytton duró sólo unas horas. Aquella noche no pudo dormir, invadido por el terror de que yo pudiera besarle. Muy temprano, por la mañana, a esas horas en que me visita Walter, llamó a mi puerta, ojeroso y consternado. Habló con sumo tacto de pasiones y deslealtad, convivencia y locura, dolorosamente arrepentido de haber empeñado su palabra. La sola idea del matrimonio, no importaba con quién, le ponía enfermo, al borde del abismo. Yo no pude sino dejarle libre sin recriminaciones.

A las palabras *venado, zarza, rondar,* mis preferidas en aquel momento, añadí *ofensa* con una tranquila sonrisa, convencida de que no le amaba.

El sol invade despacio el jardín y entra ahora al estudio por un ángulo de la ventana. Dejo que mi cara brille un instante con su luz.

Sé que Lytton, con un amago de culpabilidad, y sintiéndose responsable de mí en alguna medida, te escribió a Ceilán para sugerirte que te casaras conmigo en su lugar. Apenas nos conocíamos. Quizá tú guardabas la imagen sentimental de nuestro primer encuentro en Cambridge, yo toda vestida de blanco, con una sombrilla igualmente inmaculada, la mirada huidiza y melancólica, a veces encendida por una risa silbante e inesperada. No sé si recuerdo bien la imagen de mí misma en una juventud tan lejana. Cuando llegaste a mí, yo estaba sola y deprimida, preocupada seriamente por mi frialdad ante los hombres. Había sido rechazada y me creía excluida del amor. Tenía treinta años, vivos deseos de una casa propia, y tú eras un hombre a quien yo podía respetar. Sin grandes alharacas románticas o pasionales, empezó nuestra larga unión, nuestro matrimonio inventado cada día. Hasta hoy. La locura siempre agazapada en los rincones de la casa.

—Llama la doctora —grita otra vez Louie, haciendo con sus manos un remedo de altavoz—. ¡Al teléfono!

Ya no mira hacia la puerta abierta de mi estudio en el jardín. Da el aviso y desaparece hacia la cocina. Y tú sales del invernadero, tras ella, con la podadora en la mano.

Desde aqui imagino tu rostro, los labios caídos en amarga mueca, ese gesto que inicia tus brotes de ira que yo detesto. A veces tu boca se dulcifica en una sonrisa que llega a los ojos y puede ser juguetona y alegre, como la de un cachorro perdido en la selva que inesperadamente encuentra a alguien de su camada.

Ni siquiera has dudado de que fuera a cruzar el jardín para atender esa llamada. Tú sabes que jamás volveré a hablar con esa doctora, que no cambiaré de idea. Mis escasas decisiones son siempre firmes, aunque aparezca ante los demás como imprevisible y excéntrica.

Aún más escondido que Walter, o mi malvado idilio con Clive, permanece en mi corazón el amor de las mujeres, ante el que fingías ser tolerante si se reducía a íntima comunicación, al disfrute de alguna inteligencia excepcional, para que te fuese más fácil perdonar el que yo quedase atrapada por su magnetismo. Siempre escrutando mi rostro para desvelar secretos en mis ojos, huellas de alguna relación privada y cómplice, que debía nadar en las tranquilas aguas del espíritu, sin hundirse en las mareas del desenfreno.

Tú nunca supiste hallar los pasadizos que conducen a

los tesoros ocultos del alma de una mujer. Seguro que piensas que allí sólo hay silencio, oscuridad y vacío. Te asombraría ver cuán poblada está de seres vivos, qué derroche de luz, qué griterío, como en una lujosa y concurridísima fiesta animada por espíritus diabólicos.

Esa contradicción del desierto y de la fiesta, de los fantasmas y los seres que cubren su rostro de alegría como una máscara conveniente, de la nieve y el sol que quema hasta fundirnos, o, lo que es lo mismo, ese pasar de la plenitud a la nada, del vacío al éxtasis, nunca, mi amor, podrás comprenderlo.

Las mujeres también traicionan, pero mezclan con miel su flecha envenenada. No sé por qué me acuerdo ahora de tu absurdo mono, aquel bichejo con la piel a franjas. Me gustaba creer que era un mono araña, tejedor de afectos, y no un tití de apenas un palmo, chato y ceniciento, con blancos mechones en las orejas anunciando su vejez. Vivió más de cuatro años y murió una Navidad. De haber sido el día de Pascua, te hubiera adornado con él un enorme pastel de chocolate y lo hubiera servido a pedazos, a la hora del té, en platitos de porcelana. Para soportarlo yo le atribuía fabulosos poderes, como si fuera un genio del bosque capaz de traer enorme felicidad a nuestra casa. El lenguaje infantil del amor, nuestro guirigay de animales selváticos, se redujo esa temporada a simple imitación de los sonidos de aquel enano que se rascaba sin compasión y se lavaba la cara cien veces al día.

Oigo sus chillidos y oigo voces de personas que hace mucho tiempo que no veo. Mi padre, quejumbroso y avaro en su viudedad. Thoby, en medio de un ejército griego, junto a Héctor, a las puertas de Troya. Los susurros de Vita, desplegando su violenta ternura que enciende fuegos, mientras los leños de la chimenea se apagan y el salón queda en esa suave tiniebla que precede al alba. Las voces de Violet, Katherine y de la anciana Ethel, que ahora me devoran sin piedad. Estas mujeres que sucesivamente tomaron el lugar de la madre y a las que yo dejaba el espacio suficiente para que volasen a su antojo, como frágiles cometas, por mi espíritu. Aquel dulce atolondramiento de sentirme niña en su regazo, de atreverme a ser amada, con imprudencia y temeridad, para arrojarlas después, cuando ya no hay sensaciones, cuando la brisa se detiene, de mi isla de belleza. Y era hermoso quedarse a la orilla y ver cómo se ahogaban lentamente y desaparecían en las tranquilas aguas de la amistad.

Ahora se muestran tiránicas, gritan, y Walter acude para poner orden en este indisciplinado gallinero. No, no es verdad lo que Louie dijo esta mañana o leyó en alta voz, no es cierto que los muertos nada saben... y que no hay pensamiento, obra y sabiduría en el sepulcro donde yacen. ¡Están tan vivos! El reverendo Webber censuraría esta creencia. Si yo fuera de otra manera, menos exasperante, habría acudido esta mañana a la iglesia para complacer a Webber, para darme una sorpresa a mí misma, aunque sólo fuera eso. Después, me habría mezclado entre la gente que ahora sale, camino de la vieja rectoría, y habría emprendido tranquila mi largo, larguísimo, paseo hasta el río.

Louie se asoma otra vez a la puerta de la casa.

—¡Al diablo tú y la doctora y el mundo entero! —grito como un energúmeno, por encima de las voces que cruzan ahora mi cerebro en todas las direcciones.

Louie desaparece como un rayo sin haber dicho ni una palabra. Walter pasea su mirada por mis ojos desorbitados y hay un instante de calma.

Walter nunca tuvo tu semblante severo, tu airada apariencia. Era para mí más que un hermano en el sentido ideal de la palabra. Admiraba mi mente audaz, mi carácter voluble, mi mundana inclinación a asistir a esas fiestas de la alta sociedad donde los hombres y las mujeres se comportan de una manera exquisitamente distante.

Cuando las voces callan, cuando logro salir de ese lugar misterioso y desolador de mis muertos, que sólo yo recorro a la luz de la luna, me gusta mezclarme con la gente, comprobar que cada voz que oigo pertenece a una persona viva.

No es verdad que sólo me atraigan las conversaciones inteligentes, el brillo de los grandes salones, la ácida ironía de los talentos privilegiados; me encuentro también muy a gusto entre la gente sencilla. Pero a ti hay que arrastrarte a esas reuniones en que mujeres poco cultivadas, que quieren ser amables con sus huéspedes, salpican el almuerzo de sonrisas bobas y charlas insípidas para que no flote sobre los platos el silencio. Eres capaz de estar sentado a la mesa sin decir durante horas ni una palabra y, al salir, te burlarás de todo, inevitablemente. Walter se acomodaba con alegría a toda situación.

Fue el primero que creyó en mi talento, o acaso fue Clive. Los dos pensaron que yo podía ser una gran escritora. De algún modo tú me obligaste a ello. A Walter no le importaban mis absurdas contradicciones, el que yo me desviviera, por ejemplo, por asistir a esas fiestas de sociedad y después me quedara languideciendo en un rincón, lamentándome de ser un maldito fracaso si el champán no venía en mi ayuda, despertaba mi ingenio, y me hacía olvidar el condenado vestido por cuyo escote asomaban mis huesos y con el que yo me sentía un auténtico adefesio. Una flor en la cintura o tapando el escuálido pecho, cualquier adorno con el que me sintiese incómoda, podía arruinarme toda una velada si Walter no estaba allí, tan lleno de dignidad, con su extraña y afable sonrisa que hacía que todas las demás cosas se desvanecieran como por encanto.

Deberías mirar los colores que nos rodean, este verde húmedo del césped y el púrpura de las anémonas japonesas y esas flores con pétalos de un azul brillante que ni el mar ni el cielo pueden igualar. Imagino una lluvia triste y suave y el fuego extinguiéndose en la chimenea, tú y yo leyendo a Shakespeare o escuchando música. Pero los fantasmas se golpean entre sí en mi cerebro, estallan a pedazos, todo grita dentro de mí, sin que yo pueda detenerme más que un breve instante en la belleza.

—Esto es el fin, debes comprenderlo.

—Hace tiempo que no me das besos de antílope.

—Hemos compartido viajes, libros, casas, música, amigos, coche, perros y jardín. ¿Crees que es bastante?

—¿De verdad piensas que estoy loca?

Ninguna de estas frases tiene la fuerza suficiente como para hacerme cruzar el jardín y que yo me eche en tus brazos llorando, y a duras penas consiga pedirte ayuda, decirte lo que aúlla en mi cabeza, todo lo que ha destrozado mi vida, incluso la literatura, también eso, el esfuerzo sobrehumano de estar por encima de la medida de mi talento. Día tras día, cien, doscientas, mil palabras, seres inventados o reales, el alma en tensión a cada instante, el miedo al fracaso, el descontento, un sufrir continuo del que nada compensa, ni siquiera la naturaleza ilusoria del éxito que al tocarlo se destruye. Cara a cara, frente a tu mente sombría y tu tez amarillenta, no sabría por dónde empezar.

No debo olvidar escribir también a Nessa, la santa libertina, mi adorada. Jamás me perdonaré aquel juego de amor y vanidades que me indujo a arrebatarle su felicidad, a mantener un duelo fratricida como en las viejas novelas románticas, a enamorar a su esposo más allá de las escasas capacidades de seducción que yo me había otorgado a mí misma. Aunque ella se mantuvo indiferente, inescrutable, sin dejar escapar ni un reproche, yo sé que la misma daga nos hirió a las dos mientras duró esa locura.

Leo esto, tan enfático y excesivo, y me río. Yo debería haber escrito novelas convencionales, de ambiente terrorífico en viejos castillos ingleses. Ya no hay tiempo.

Una estrecha zona de mi mente está aún libre de la invasión de los terrores. Por ella circula Walter y yo voy de su brazo.

Con Walter juego al críquet y a los bolos en un campo imaginario. Me lleva a la Ópera y sigue siendo el primero que lee todos mis manuscritos. Nuestra casa tiene leopardos heráldicos y vidrieras con escudos de armas y, en el inmenso parque, niñas rubias y morenas, alegres y maliciosas, toman el sol dejando al aire sus sedosas piernas que Walter acaricia con patético deseo. Yo soy su niña más preciada. No olvides que tradujo a Agamenón sólo por que yo gozase de sus palabras.

Walter no discute, no intenta que la gente se mueva a

sus órdenes por el paraíso o el infierno, no dice «absurdo, absurdo», cuando alguien piensa o actúa de un modo poco razonable, no habla de mi frialdad, no es iracundo, no me encierra en habitaciones oscuras cuando me duele la cabeza. Walter me permite hablar días y noches con mis amigos muertos, con mi madre, con un príncipe veneciano, con el rey Eduardo paseando por los alrededores de nuestra casa una noche cualquiera. Walter atraviesa los caminos de mi fantasía con una afectiva y sorprendente complicidad. No escribe listas y listas de palabras, ni anota cada chelín que gastamos, no es un mandril, ni una mangosta, es *fellow* del King's, un erudito en griego, que está de acuerdo en que el canto de los pájaros se parece al idioma de los dioses del Olimpo. A Walter no le molesta que vagabundee desnuda por alguna playa desierta, ni que me ría abiertamente, echando mi cabeza hacia atrás con soberbia, cuando he vencido a un pobre diablo con el solo poder de mi talento.

Walter jamás me ha obligado a visitar a un médico, ni me ha tratado como a un ser enfermo y desvalido. Walter tiene unos labios gruesos y una imaginación apasionada. Walter... quiso morirse un día de repente, y yo tuve ese dolor que uno cree eterno. Pero su muerte sólo fue una broma triste, y enseguida apareció a mi lado para no irse ya nunca, nunca. Así es Walter.

No, no veré a esa doctora. No volveré a escribir un libro, no sufriré página tras página ni días enteros en la oscuridad de una habitación sólo visitada por fantasmas. Oiré tranquila mis voces como un pez submarino en el fondo de las aguas.

Vuelvo a leer esta carta que no es nada. Necesitaría todos mis años para volver a contarte mi vida desde dentro. Necesitaría todos los hijos que no he tenido como mensajeros de esta historia.

Tú sabes que si leo una carta, si pienso en lo que he escrito, la destruyo. Se intenta explorar en lo profundo y el resultado es sólo un temblor ligero del espíritu. ¿A quién interesan estas verdades que no pueden salir enteras a la superficie?

Ahora escribiré la carta breve que desde el principio había pensado. ¿O no era breve? Otra para Nessa. Tu carta deberá terminar más o menos así: «No creo que dos personas pudieran haber sido más felices de lo que nosotros hemos sido», o empezar «Quiero decirte que me has procurado una felicidad total». No sé. Las voces que oigo confunden mi mente. ¿Sabías ya que Walter no ha muerto?

Lourdes Ortiz

Lourdes Ortiz nació en Madrid en 1943. Licenciada en Filosofía y Letras, en la actualidad es Directora de la Real Escuela Superior de Arte Dramático. Su tarea como autora abarca el campo poético, el ensayo y la novela. De sus publicaciones hay que destacar: *Escritos políticos de Larra* (1967), *Luz de la memoria* (Novela, 1976), *Comunicación crítica* (1977), *Picadura mortal* (Novela, 1979), *Conocer Rimbaud y su obra* (1979), *Las murallas de Jericó* (Poema escénico, 1980), *En días como éstos* (Novela, 1981), *Urraca* (Novela, 1982), *Arcángeles* (Novela, 1986), *Los motivos de Circe* (Novela, 1988), *Camas* (1989) y *Antes de la batalla* (Novela, 1992).

El espejo de las sombras

Una mañana se perdió en el espejo. Tenía que encontrarse porque esa noche era Navidad y, si no, no iba a llegar a la cena. Y predecía la cara agria de tía Marta: «Lo peor de este chico es que no respeta las tradiciones.» Lo malo del interior del espejo es que los ruidos llegan hasta allí amortiguados, hasta los de la zambomba y los villancicos. Mientras caminaba apartando a su paso una especie de telarañas de cristal, que daban a aquel pasillo estrecho un aire de criptonita de Hollywood, de gran desierto helado, le parecía escuchar entre las brumas de una nieve ficticia la tabarra machacona del «Ande, ande, la marimorena, ande, ande, ande...», y comenzó a ponerse nervioso porque era Nochebuena y el interior de aquel espejo era un laberinto de feria, en cuyas paredes veía reflejado su rostro algo deformado, como en los espejos del Callejón del Gato, y a su alrededor comenzaban a tomar forma otros rostros, que abrían la boca cantando machaconamente: «En el portal de Belén hay estrellas, sol y luna...» Tal vez si marchara hacia atrás... Se trataba de encontrar la salida, aunque por otro lado empezaba a sentirse a gusto allí dentro, rodeado de caras que abrían bocas descomunales y tenía que reconocer que apenas le apetecía presentarse aquella noche en la cena familiar. Antes era otra cosa... antes: ahí estaba él con el pantaloncito corto, dándole a la zambomba junto al Nacimiento. Y podía ver la cajita de cartón con los pedacitos de turrón bien ordenados y los polvorones y los mazapanes. Había por lo menos cuatro de cada. Veía también la mueca estirada de Margarita, la vieja bruja de grandes dientes: «Es injusto, porque cuando se llega a los postres, yo ya no tengo ganas y...» Así que ella comenzó con su cajita de zapatos y pronto la fueron imitando los demás: un reparto equitativo de vacas gordas después de la postguerra. Y durante casi un mes uno volvía a aquella cajita de cartón donde el turrón de coco iba amarilleando y el de yema soltaba una grasa espesa, que tiznaba las paredes. Pero las buenas vinieron luego, varios años después. Ya nadie acudía a la cajita porque había de todo: cena pantagruélica con cascadas de jamón y langostinos cubriendo bandejas y muchos vinos diferentes, catalogados, escogidos, que a él le dejaban probar, mientras todo el mundo se iba emborrachando y hasta tía Marta perdía su compostura y le brillaban los ojitos y cantaba al final aires tristes de su tierra, mientras ellas reían y bailaban y ellos estaban ocurrentes y la velada se prolongaba y daba gusto... Les veía reflejados en el espejo, felices, comiendo, riendo y cantando y el tono de las conversaciones se iba haciendo picarón, indiscreto y la tía Marta con las mejillas coloradas ponía el dedo sobre los labios y miraba a los niños y decía: «Que hay ropa tendida» y había grandes carcajadas y ellas invitaban a sus amigos... cada año un amigo distinto: «No iba a pasar la noche solo» y se hacían juegos de prendas y se bailaban tangos y ellos cantaban boleros. Ahora el pasillo se torcía y él se veía adolescente, casi hombre y las músicas se aletargaban: «Pero mira cómo beben los peces en el río... mira cómo beben...» Varias velas que se apagaban y ellas seguían cantando, pero ya no había apenas hombres y la cena desmedida quedaba allí sobre la mesa, cubriendo los huecos, que iban creando sombras, sombras que ahora se alargaban en aquel pasillo de cristal como fantasmas que seguían asistiendo a un festín de vasos rotos y pesadumbres. «Las Nochebuenas dan tristeza», decía la tía Marta, acompañada por todos los que ya no podían estar, recordando anécdotas de momentos dichosos: «Ella hacía, él decía... ¿Os acordáis cuando...?» El pasillo laberíntico se estrechaba y él sabía que tenía que escapar, que tía Marta no iba a perdonárselo si también él faltaba esa noche. Ya no había Nacimiento, sino un árbol cada año más escuálido como si se fuera haciendo de plástico, impersonal con sus bolitas de colores y sus luces intermitentes. Ellas seguían cantando con mucha convicción, más alto todavía, concentrando en sus voces muchas voces y tía Marta movía la cabeza: «Mi madre lo decía: las hijas suman, los hijos restan... nuevas familias, otras Nochebuenas.» Y la cena copiosa se hacía obscena, fuera de tiempo, improcedente y anticuada. En el espejo Laura hermosa y nueva fruncía el ceño, mientras tiraba de la mano de Germán y explicaba que una cena de lujo es otra cosa: más contención, nueva cocina, más delicadeza en el plato y... más adorno. El pasillo de cristal se comprimía ahora con cáscaras de gambas pisoteadas, muslos de pavo, trocitos de mazapán y restos de vino en todas las copas sin beber «... y nosotros nos iremos y no volveremos más». Sabía que si seguía allí dentro iba a llorar. Se trataba sólo de hacer un esfuerzo de voluntad, romper el encantamiento y huir del espejo y de las sombras. Cerró los ojos, apretó los puños y en un instante se encontró en el baño con la maquinilla de afeitar en la mano y vio su rostro enjabonado en el espejo. Y cuando comenzó a silbar el «ande, ande, ande» supo que todos los que ya no estaban silbaban con él y creció de golpe.

Antonio Pereira

Antonio Pereira nació en Villafranca del Bierzo (León) en 1923. Escritor de poesía y narrativa, entre su extensa obra hay que citar: *El regreso* (Poesía, 1964), *Del monte y los caminos* (Poesía, 1966), *Una ventana a la carretera* (Cuentos, Premio Leopoldo Alas, 1967), *Un sitio para Soledad* (Novela, 1969), *Cancionero de Sagres* (Poesía, 1969), *Dibujo de figura* (Poesía, 1972), *Contar y seguir* (Poesía, 1972), *La costa de los fuegos tardíos* (Novela, 1973), *El ingeniero Balboa y otras historias civiles* (Cuentos, 1976), *Historias veniales de amor* (Cuentos, 1978), *País de los Losadas* (Novela, 1978), *Los brazos de la i griega* (Cuentos, 1982), *Reseñas y confidencias* (Memorias, 1985), *Antología de la seda y el hierro* (Poesía, 1986), *Cuentos para lectores cómplices* (Cuentos, 1989), *El síndrome de Estocolmo* (Cuentos, Premio Fastenrath, 1989), *Picassos en el desván* (Cuentos, 1991).

El cuento es el resultado de saber una buena historia y saber contarla con intensidad y brevedad. El cuento quiere producir un efecto y sale a ello como a dar un golpe de mano, que fracasa si se lleva exceso de impedimenta. El arte del cuento, para mí, en el momento actual es un desafío que me tiene inquieto, buscador, inconformista, crítico... O sea, joven.

La barbera alemana

¿Se pasa usted la punta de la lengua por los labios? ¿Abre y cierra los ojos de prisa y sin poderlo remediar? No hace falta que conteste. Con sólo oír o leer estas preguntas es seguro que usted ha aumentado su secreción salivar, parpadeado con fuerza.

Pues así pasa con esto otro: si uno es varón, será raro que no se toque compulsivamente la nuez de Adán al saber por qué en esta ciudad nos llevamos la mano a esa prominencia de la gorja que nos declara hombres tanto como los genitales. Las manías tienen sus causas. En el verano de las peregrinaciones, cuando riadas de jóvenes vinieron al Noroeste para abjurar de las sodomías y las camas redondas, una alemana se quedó rezagada, por culpa de unas vejigas plantares que le habían empezado al caminar por la Rioja.

En el ambulatorio tuvieron que rajarle la lona de las botas.

—Bonitos edemas de los pies —le dijo el médico de guardia, harto de aquellos días de llagas y de atajar diarreas—. Tiene los pies grandes, ¿pero sabe usted que con la hinchazón no le veo más que tres dedos? Déme sus papeles y haré que la metan en una ambulancia.

La alemana no quería separarse de la legión andariega, donde nadie sabía el nombre de nadie ni el lugar de origen, ni importaba su vida anterior. Pasaban hombres y mujeres mezclados, viviendo como hermanos, dando vivas a la Virgen y al Papa. Bastaría con descansar un tiempo y luego incorporarse al flujo incesante. El abad le puso a la alemana el sello de fechas en un papel honorífico, que sin ningún rigor se les daba a los peregrinos. La peregrina caminó como pudo hasta el albergue que habían dispuesto las cofradías en el falansterio abandonado de la calle del Aire. Estaban sonando las campanas de Santa María. Vestida y todo se echó sobre el colchón y no llegó consciente a la terminación del toque de vísperas. Dicen que deliraba. Se agarraba con fuerza a los barrotes de la cama gritando palabras que nadie entendía. Una noche de bochorno se tiró de la cama para huir, como si fuera una presa en vez de una enferma cuidada como Dios manda.

Luego resultó que traía una insolación de morirse, el sol de por esos campos se le había metido en la cabeza y de ahí la ansiedad que sólo se le rebajaba con bolsas de hielo.

Cuando la alemana salió de la fiebre, el mundo era un pozo de soledad y silencio, por la calle apenas si pasaba gente y eran vecinos que andaban a sus asuntos. Habían desmantelado el albergue, salvo la cama de la rezagada, y el cuarto aparecía desvencijado, con rendijas en el suelo de tablas y en el techo. La matrona jubilada se había ofrecido para aquella misión humanitaria. Dice la voluntaria que cuando la extranjera volvió a su ser no preguntó dónde estaba ni qué hora era, como suelen esos enfermos, sino que pidió una cerveza del tiempo. Después pidió aquel papel devoto que le tenían guardado y era la única documentación que llevaba. Y después empezó a limpiar el trozo de vivienda como si quisiera pagar las atenciones de aquellos días. Pero también llevaría ella sus miras. Preguntó, y le dijeron que ningún inconveniente, que podía quedarse el tiempo que quisiera, las casas viejas incluso están mejor con gente que las ocupe.

Entre el vecindario, mermado en número con la llegada del otoño, hubo quien se declaraba contrario a la ya pasada movida europea, sólo por unas jardineras estropeadas, por algunos preservativos de colores que hoy aquí, mañana en el atrio de los franciscanos menores, venían apareciendo en la limpieza que nunca se acababa del todo.

Pero no se puede juzgar por diez, ni por veinte, ni siquiera por cien débiles de la carne cuando habían sido medio millón de almas. Y lo que importa: ni a los más críticos del pueblo se les ocurrió mirar con malos ojos a la alemana, que allí seguía en el falansterio, aunque advertida de que la vivienda la tenía en precario.

La alemana no es que fuese tan joven, andaría por los treinta años. El soltero Domínguez se la hubiera apropiado para su beneficio, tenía para alojarla el pabellón de caza, pero no se atrevió a intentarlo. Ahora nos parece que fue lástima no animarlo, a ver si un día encuentra la horma de su zapato.

—Ésta es una villa hospitalaria —se oía decir—, acordaos de cuando recogimos al cojo portugués.

—Que no fue mal negocio para la ciudad, el medio millón de escudos que dejó a su muerte para suavizar la cuesta del cementerio.

Pero no se pensaba en el interés. Había como una voluntad comunal hacia aquella mujer, que al recuperarse tiraba a fornida, de buenas piernas y de cara sana y colorada. Los ojos los tenía inocentes, sería porque eran claros y azules. Anduvo comiendo por los conventos, por casas particulares, y la gente se adelantaba con discreción y no le faltó dinero de bolsillo para la cerveza. Le dieron unos vaqueros nuevos. No era nada coqueta y ayudaba en las labores a poco que se lo pidieran. Se hizo querer de las mujeres, y eso es como tener un seguro.

—De Westfalia —se pudo saber un día.

La gente de aquí es orgullosa y no le pregunta directamente a los forasteros. La alemana hablaba muy poco, lo indispensable, en un español que iba aprendiendo sin libros, a fuerza de observación y de oreja.

Cuando fue afianzándose su posición se vio que prefería un trabajo que no fuese casero. Un par de domingos estuvo en el cine como interina por enfermedad del acomodador y resultó un poco autoritaria, se empeñaba en acomodar a la gente por estaturas y no por la numeración de las entradas.

—Cada nación tiene sus costumbres —la disculpábamos.

—La alemana es del corazón de Westfalia.

También estuvo en el envasado de castañas y nueces mientras duró la campaña, y después en una carnicería. Para esto último no vale cualquiera. Daba gusto la decisión con que cortaba los filetes sangrantes y los aplanaba con el hacha.

Un día, de pronto, se supo que la alemana iba a hacerse cargo de la barbería de Martín. Todos lo encontramos de lo más natural, el que una alemana de Westfalia caiga por nuestra ciudad y le guste el oficio de barbera, los de la ciudad siderúrgica cuando vienen a la feria de año de todo se asombran. Martín iba ya viejo, su negocio era el último vestigio de las seis barberías relucientes que había tenido la población y al hombre le fallaba el pulso y derrochaba el lápiz cortasangre para las cortaduras. Él mismo se sometió a un afeitado y rebaje de pelo, para probar, y sin más trámites tomó a la alemana. A nadie se le ocurrió pensar en los orígenes de aquella vocación venida de tan lejos. Ni por qué una alemana llevaba camino de plantarse aquí, un pueblo ensimismado que no se anima más que por la Virgen de agosto y en los jubileos de cada siete años.

—Ciudad bonita —confesó por casualidad un día—, gente ve pasar burro volando —ella dijo caballo— y gente no se para a mirar.

Ahora, con la imparcialidad que dan los hechos pasados, procede reconocer que en los cortes de pelo no era gran cosa. Pero en el afeitado, la barbera alemana fue una revelación.

La barbería de la plazuela dejó de ser un anacronismo. Empezó a llenarse, como en tiempos las seis barberías censadas. Y no había segundas intenciones. Los solteros en este pueblo bastan para llenar ése y cualquier negocio que se abra, si les da por ahí, pero en el establecimiento remozado, con la herramienta limpia y a punto, no sacaban otra tajada que el servicio del arte barbero. La barbera a veces tenía que arrimarse y le sentías las tetas, pero esto ella no podía remediarlo. El cepillo de la ropa se lo daba a la mano al cliente, que se cepillara él el compromiso del pantalón. Y desde el día en que estrenó la chaquetilla blanca, un arreglo de la mujer de Martín, advirtió que no admitiría propinas. Sólo algún detalle, un poco de yeso o de pintura, retales de cortinas, macetas y esquejes de plantas para su refugio.

Era algo que teníamos olvidado, la barbería. Un placer inmenso, quizá el mayor para un hombre, salvado el de acostarse con una buena mujer. Empezaba en la espera, lo mismo que pasa en el amor. Con la imaginación te adelantabas al deslizamiento de la brocha por la cara con sus montones de espuma blanca. La alemana se movía alrededor del sillón, y del sillón a la mesita de utensilios, o al grifo de agua corriente, y estaba maciza de cuerpo pero la fuerza principal vivía en su brazos que enseñaba hasta el codo, y sobre todo en sus manos. Las manos no eran ásperas, lo sentías cuando te llegaba la vez. Pero decididas. ¡El mentón arriba! ¡La mejilla para el lado contrario! Todo esto sin palabras. O te pinzaba con dos dedos la nariz, la navaja apurando lo de arriba del labio.

—Las navajas son alemanas, como ella —decía el viejo Martín, que solía estar de tertulia en la tienda—, no hay en el mundo herramientas de corte como las de allí.

—De Solingen, serán —decían el soltero de la ferretería—, de la fábrica Konejung.

La barbera estaba a lo suyo. Y es verdad que la navaja era su instrumento de solista, ella prefería entre las navajas la más grande, larga, de hoja resplandeciente y veloz. Y tan o como el propio concierto del afeitado, valía el prólogo de la afinación, aquel gesto terco y reflexivo de suavizar el acero en la correa extendida.

Con la chaqueta de Martín, parecía que la nueva hubiera heredado las costumbres. De vez en cuando pasaba a la trastienda, echaba un trago y volvía con ganas al trabajo. Sólo cambió la higiene final: del pulverizador de agua del grifo había pasado al alcohol de noventa y seis grados, un masaje duro en que ella se empleaba a fondo, se demoraba. Cuando un servicio estaba concluido, la artista le acercaba al cliente el espejo de mano. Tú mismo te pasabas la mano por las mejillas, como si no te bastara lo que estabas viendo. La piel joven o menos joven, tirante o arrugada; pero siempre viril como no lo puede lograr ninguna guillete ni máquina eléctrica. Éramos hombres nuevos. Como si nos hubieran devuelto el gusto por la obra bien hecha.

Es fácil perderse en el cálculo del tiempo. En el cine sería una música suave y hojas de calendario que pasan. Así fue llegando este febrero último, todo el mundo sabe el caso por los periódicos y revistas. La alemana era ya como del pueblo. Alguna vez se la había visto preparar monedas de veinte duros y meterse en la cabina telefónica para una conferencia muy corta, pero ya ni eso. Acudía a los entierros y a apagar los incendios, tocaba la bandurria en la rondalla, era persona con casa abierta, nadie se lo discutía, y sólo faltaba que la empadronaran.

En febrero, sobre todo, no pasa nadie, no pasa nada. A las cinco de la tarde del día de autos, la sucesora de Martín se ocupaba en hacerle un completo al registrador, como pudo cuadrarle a otro ciudadano cualquiera. Pero era el registrador. Un señor de lo más fino en el trato, exagerado de flaco, que se escapa por el cuello de la camisa. Por eso se le destacan más los relieves, la nariz, las orejas, las venas. En el sillón de rejilla se le veía como perdido, siempre con mucho paño del babero sobrándole.

La tarde estaba oscura, yo fui testigo y parece que lo estoy viviendo. Se oían algunos truenos sueltos, una de esas tormentas raras de invierno. Bajo la luz eléctrica, la barbera iba ya por los retoques de si un lunar piloso, de una hebra que sale por la nariz. Se abrió la puerta cristalera. Por fin se veía al natural en este pueblo lo que mil veces habíamos visto en el cine y la televisión. Dos tipos eran, altos, vestidos con gabardinas de cinturón igualitas y los dos con sombrero. Los desconocidos dejaron la puerta abierta a sus espaldas, y el alguacil del Juzgado venía como indicándoles. Hasta el más tonto les adivinaba la profesión.

—Erika de tal o de cual —pronunció uno de los forasteros, o sea, el nombre y el apellido de la mujer y con un tono seco como en las películas policiacas.

Ella no demostró ninguna sorpresa.

—Sólo un momento, por favor —parece que dijo en alemán. Sin volverse, pero seguro que estaba viéndolo todo en el espejo.

Hubo un relámpago de acero en el aire (se notó un movimiento en las gabardinas) y un alivio de los agentes cuando la navaja rozó apenas la nuez del registrador, limpiándole ese poco de pelusilla. Luego la barbera ofreció las muñecas y ellos le pusieron unas esposas que parecían estarle pequeñas. Así salió en las fotografías de sucesos, junto a esos horrores de Düsseldorf que cuesta trabajo creer.

ÁLVARO POMBO

Álvaro Pombo nació en Santander en 1939. Entre sus obras de creación hay que destacar: *Relatos sobre la falta de sustancia* (Cuentos, 1970), *El parecido* (Novela, 1979), *El héroe de las mansardas de Mansard* (Premio Herralde de Novela, 1983), *El hijo adoptivo* (Novela, 1984), *Los delitos insignificantes* (Novela, 1986) y *El metro de platino iridiado* (Novela, Premio de la Crítica, 1990).

...El cuento es, sin duda, un género importante. Es importante porque admite grados de condensación casi poéticos —cosa que no admite nada bien la prosa narrativa en las novelas— y, sin embargo, nunca es un poema: conserva siempre su esencial ritmo narrativo, su voz es viva voz de la prosa y, por lo tanto, natural y no artificiosa, transparente y no traslúcida, como las voces que oímos en los versos. Para que un cuento sea bueno tiene que ser perfectamente circular y tiene que contener un elemento de enseñanza, tiene que servir de ejemplo de algo...

Avatar con peripecia de la reaparecida pitillera preferida de su Alteza Imperial la Archiduquesa Olga Alejandrovna

Era una Romanoff. Siempre lo fue. Hasta cuando se hacía el *poli-soir*. Fue una Romanoff hasta el final. Impaciente, igual que todos ellos. La costó la vida y se quedó tan fresca. No hay en este mundo justiprecio capaz de hacer justicia a esta delicada, imposible, insufrible, inenarrable Romanoff: sólo mi pluma humilde y una, aún más humilde, taquimeca de mediana edad, con turbante, que viene al *appartement* los martes y los jueves, un par de horas, a pasar a limpio lo que escribo y pasar, de paso, un poco el polvo. Sí, era una Romanoff. Siempre lo fue.

Ahora yo vivo en la *banlieue*. Sí, vivo en París, en la *banlieue*. Y París, nunca dejará de ser París. Pero estación tras estación, año tras año, desde que la embajada me trajo repatriada —contra mi voluntad, por cierto; porque yo quería quedarme— todo es gris o yo lo veo desde el gris que contrapongo sin querer al azul, al oro, al blanco agigantado de nuestros inviernos en San Petesrburgo, o en Minsk o en Moscú: nuestras primaveras y veranos en cl verdear, en el enlimonar de las estepas de todas las Rusias, como agrestes espejos. París es racional. La geometría, ya se sabe. L'Ecole Normal Supérieur, de donde salieron ingenieros, mis bisabuelos, mis abuelos, mis hermanos y papá. Yo no soy *petite-bourgeoise,* nunca lo fui. Y eso la Archiduquesa lo sabía a la hora de elegirme a mí entre quince candidatas, dos de ellas inglesas, con «Right Honourable» las dos. En fin, ahora es la *banlieue* y hay que aclimatarse a la *banlieue*. Rusia era otra cosa: Rusia era la vida, el despilfarro, la totalidad, el incienso, las fortunas, el vértigo, el desastre, los jóvenes lanceros, los cosacos, las largas antecámaras, las esperas, las fiestas, los blancos y dorados uniformes, el encanto somnílocuo del Zar.

La Archiduquesa fue mi juventud. Y también Dimitri Dimitróvich, en segundo lugar. Muy en segundo. Nunca me ha gustado entretenerme en mí. Aparte de que no quedaba tiempo después de una sesión de Archiduquesa: empezaban a las seis de la mañana y acababan a las once de la noche, salvo cenas o saraos. No tenía vacación. Ni la quería. ¿Qué más vacación que estar allí, qué más vacación que atender a su Alteza Imperial de sol a sol? «¡Tú, Odile, lo que tienes es alma de mujik!» —solía decirme—. Incluso se enfadaba y entonces daba grandes gritos y se la caían las horquillas. «¡De la Santa Rusia se te ha contagiado lo peor, la sumisión irracional! ¡Tantos ingenieros bisabuelos para acabar de sierva de la gleba!». Era verdad. En parte la *liaison* que tuve con Dimitri Dimitróvich fue por eso. ¡Era tan georgiano, tan ruso, era tan de la gleba, tan campestre, que no pude menos que ceder! En noviembre de 1916 era ya del partido bolchevique y Comisario. Esto tiene, como se verá, mucho que ver con esta peripecia.

La taquimeca se molesta si me paro. Cree que lo mío es igual que tomar nota de cartas comerciales. No tiene la menor delicadeza. No es sensitiva como yo. Lo único que tiene es que me sale mejor cuenta con ella que con otras. La despidieron hace un año porque el ferretero donde estaba de contable suspendió pagos y quebró visto y no visto. Muy posiblemente era un alcohólico. Con la edad que tiene y con lo sorda que está no hay quien la coja fija. Es económica por eso. Menos mal. Siempre me puse al margen. Hubiera sido absurdo no ponerse. Era la Corte. Jamás me apeó nadie el *mademoiselle*. Se hubiera puesto como loca ella, a latigazo limpio a la más mínima falta de respeto. Me estimaba. Bien es cierto que todos estos sentimientos, todos estos afectos, la estimación, el amor, eran muy distintos en su caso. Resulta absurdo decir que me estimaba, o que justipreciaba mis servicios. Puestos a decir, casi es mejor decir que me amó que que me valoró. En aquella corte nadie tenía en cuenta las pequeñas cosas de la vida. Era muy distinto de París. En Francia todo es *tout petit, les petites choses, mon petit chou, les petits pois*. El racionalismo acaba así: todo lo que se mide acaba chiquitín. Allí no se medían las palabras, ni las acciones, ni los gestos, ni la vertiginosa altura de los cielos rasos de las casas de campo. Todos vivíamos muy alto, incluso los humildes, como yo.

A veces me distraigo y no estoy a lo que estoy. Estaba tan cansada que la taquimeca casi no me oía a la hora de dictar. Al irse ella, yo también salí. No obstante la afonía que tenía, fui andando hasta L'Étoile. Al atardecer, toda desolación concurre aquí en París. Me senté en un banco de L'Avenue des Champs Elysées. Es *le tout* París del alma que se va. Estaba tan sola, sentada en aquel banco, con mis pieles, tan raídas ya y un bufandón de lana azul que compré en las *Galeries* que me sentía un ser inmaterial. Precisamente la Archiduquesa leía eso, minutos antes de impacientarse y subirse con todos ellos al camión: *Observations pour une métaphysique des êtres immatériels*.

Cuando yo la conocí, tenía ya la pitillera. Fue la primavera de 1906.

No me hizo esperar. Estaba empapada de sudor. Llevaba un pañuelito en previsión. Se me cayó al entrar. Me lo recogieron. Aún la veo sentada al fondo del salón. Una sala de estar que daba a un jardincito y antes a una *serre*. Ella estaba de perfil. Se levantó. Al hacer la venia me temblaban tanto las rodillas que pensé que no iba a poderme levantar. Cuando me levanté me dio la mano. ¡Ah, sus manos de boyarda colosal, que tan bien llegaría a conocer después! No me miraba. Anduvo un par de pasos hacia las escaleritas que subían a la *serre*. Tres peldaños nada más. Yo no me moví. Me acerqué a ella cuando dijo: «Ven, Odile, ven a ver este naranjo que me ha mandado el embajador de España. Dice que no hay problema si no pasa frío ni calor. ¿Qué te parece a ti? ¿Tú que sientes,

Odile, ahora, me refiero, frío o calor?» «Alteza, ni frío ni calor». No era verdad: ardía: estaba congelada: los últimos extremos del envilo. Pero, como supe después, ésa era la mejor contestación que podía dar. Las temperaturas eran su pasión. Los pluviómetros, barómetros, termómetros, anemómetros, higrómetros, eran su pasión. Me miró fijamente: «Es fascinante que no sientas ni frío ni calor. A mí me pasa igual. Eso prueba que no eres una insustancial. Se ve que conoces el país. La temperatura en Rusia es esencial. Es temperamental también, como todos nosotros. En esta casa el tiempo es esencial. Precisamente ayer hice esta misma prueba con un teniente-coronel y me soltó que sentía en la *serre* una fuerte corriente de aire frío. Debo decir que me enfadé. Tengo idea de haber pegado un grito porque repentinamente se cuadró. Los artilleros, le dije, son ustedes lo peor de lo peor. Cosa que vi que le dolió. Si fuera cierto que una fuerte corriente de aire frío cruza esta *serre* de punta a punta, este naranjo no resiste de aquí a junio. ¡Es usted un insustancial!». Estaba claro que el naranjo era esencial. La verdad es que todo en casa, en el Palacio Archiducal se dividía en esencial y no esencial. Eran esenciales la colección de minerales, los mapas, los informes del Imperial Instituto de Meteorología, los diseños de uniformes del Ejército Imperial, los pitillos, una gata feroz, la yeguada, el vino tinto, el vodka, el té, las horas de los tés,... el Zar. Todo lo demás daba lo mismo, incluida la propia Archiduquesa. Incluso sus gustos más triviales dependían de los gustos de su primo. «¡A Nicolás —me dijo en una ocasión— le ha disgustado siempre el color gris. Dice que le hace pensar en hospitales!» La Archiduquesa, por lo tanto, siempre se vestía del modo más fantástico y chillón. Lo hacía por el Zar. Yo misma acabé vistiendo así, de verde, de amarillo o de azul, según su voluntad, según las ceremonias, los protocolos, las estaciones o las horas... Se cambiaba de traje tres veces al día. En fin, aquello fue la juventud, mi juventud, la Archiduquesa fue mi juventud. Ahora es la *banlieue*. Y hay que aclimatarse a la *banlieue*. El espantoso azul de la bufanda azul que compré ayer en las

Galeries Lafayette, a ella le hubiera parecido muy normal. *Stylée. Stylée:* ella lo era desde la punta de los pelos, hasta la punta de los dedos de los pies. Una pura sangre Romanoff. Soltera, igual que yo.

La soltería de Su Alteza Imperial no es, por supuesto, un tema de conversación. ***Pour faire un peu de conversation c'est le mieux parler de estratégie ou bien du religion.*** Después del tiempo, la estrategia y el Zar, la religión era su tema favorito. Aquella tarde, cuando las dos estábamos ya examinando las hojitas del naranjo, —que tenían un aire de confuso escalofrío, como yo misma—, Su Alteza Imperial sacó la pitillera, sacó un pitillo y sin hablar me pidió fuego. Una sola acción estos tres gestos. Ese mismo gesto unificado de pedirme fuego sin hablar y sin mirarme se convirtió en uno de los más familiares, íntimos, y profundos gestos de mi vida. Lo más parecido al compadreo o al tuteo de que la Archiduquesa era capaz. En aquella primera ocasión no llevaba fuego encima. Y recuerdo que ella misma, trabándose las piernas con las largas faldas, con la precipitación de buscar una cajita de cerillas por todas las mesitas de la sala, ella misma, con el pitillo sin encender entre los labios, fue a buscarlo. Jamás volvió a ocurrir porque a partir de aquel instante siempre tuve a mano cuatro veces catorce fósforos correspondientes a las cuatro veces catorce pitillos —en total cincuenta y seis— que Su Alteza Imperial fumaba al día. Fumaba más, lo sé. De sobra sé que fumaba a mis espaldas en el WC y en el jardín —tabacos negros que les encargaba a Sergei o a Vladimir—, tenientes los dos del propio regimiento de la archiduquesa. Ella era coronel y pasar revista a su regimiento la encantaba. Cada cual en su estilo, eran guapísimos. Bien que no para mí. En sus ojos eslavos, tan como de almendra, —eran verdosos—, había un puntito de fragilidad. Demasiado matrimonio consanguíneo en las grandes familias de la Rusia. Pelín felinos les encontraba yo. No es lo mío. En el amor soy muy meridional. Siempre me gustaron más los bajos y los anchos. Dimitri Dimitrovich era perfecto, un auténtico armario con un último olor a campo y a membrillos.

La taquimeca hoy estuvo horrible. La dije que se fuera y no se fue. Se cree alguien. Y cree que estas memorias son de vieja chocha. No lo dice. Pero yo la leo el labio superior, que le frunce con desdén de tanto en tanto. Hoy me preguntó que qué tenía de particular la pitillera. Y me tuve que callar. La verdad es que fue una impertinencia. Ella cumple con sólo tomar nota de todo lo que digo. Con eso es suficiente. De pronto se paró, frunció el labio superior, una especie de belfo caballar, y, con esa calma chicha de que sólo las vacas son capaces, me miró de hito en hito. ¿Cómo que qué tiene de particular? —eso fue lo que dije—. Pero no sabía qué decir. Nunca me había visto así, tan a pelo, sin nada que añadir. De pronto aquellos bobos ojos de ternera, contabilizantes, vulgares y comunes, de la taquimeca, rebrillaron. Y es que la pregunta que acababa de hacerme brillaba con luz propia, resplandecía, maligna, por sí sola, como un huevo de Pascua hecho por Fabergé. No tuve más remedio que tratar de responderla, responderme: ser exacta. No fue fácil. Y menos en presencia de una taquimeca, una perfecta *sans-coulotte*. ¿Qué tenía de particular aquella pitillera? Me levanté sin decir ni una palabra. Al salir, cerré la puerta de la sala de un portazo y fui al escondite del pasillo donde la tenía escondida, junto con otros objetos de valor, la mayoría regalos de Su Alteza Imperial. En aquel tiempo todavía conservaba casi todo. Me arreglaba con un pico del tercio de mejora del testamento de papá. Después, varios años después, tuve que rebajarme y que vender. Vendí la pitillera, pero la taquimeca no lo supo nunca. Era totalmente insensible. Sólo había lo que yo dictaba. Y eso nunca lo dicté. *Pas propre.* Recuerdo que al sacarla, mientras la contemplaba tratando de decir en qué consistía su singularidad, me chocó lo mucho que pesaba. Era espléndido el cierre. En eso está la calidad y no en la cargazón de pedrerías, que es vulgar. No era una mujer vulgar, eso sí que no, Su Alteza Imperial Olga Alejandrovna. Yo tampoco. Por eso me eligió: era una rusa intuitiva, todo lo nerviosa, absurda, imposible, intratable que se quiera, pero capaz de darse cuenta en un minuto —y eso que estaba de perfil— que yo no era vulgar. Me miró de refilón y fue de sobra: me caló hasta la propia glándula pineal. Yo tampoco soy vulgar. Viva donde viva, tenga lo que tenga o deje de tener, soy quien soy. Y eso es muy poco frecuente. Y eso al verme lo vio la Archiduquesa. Tampoco ella era frecuente. Jamás he conocido ni conoceré jamás a nadie igual. Dimitri estaba bien —los dos éramos jóvenes entonces— pero era muy vulgar. Esa es la verdad. Y también es verdad que eso a mí me daba igual: el amor es el amor. Cada sensación tiene su sitio y su momento. ¿Qué tiene de particular esta pitillera? La taquimeca había, sin fijarse, puesto un chato índice en la llaga. Recuerdo que abrí y cerré la pitillera varias veces. Contenía un único pitillo. El pitillo que la Archiduquesa iba a fumarse justo al empezar a impacientarse, cuando me dijo adiós y se bajó con todos al camión. La propiedad se imprime en lo apropiado, como un nimbo. Es de ella —dije en voz baja pero audible—. Me tranquilizó de pronto oír mi propia voz. Tuve la sensación de no estar sola. Y no me refiero, claro está, a la mema taquimeca que, sentada aún en la salita, posiblemente seguía en Babia. En voz algo más alta dije: «Ya sé que estás ahí. Es la primera vez que te tuteo, Alteza. Ahora te puedo tutear porque mi corazón es todo tuyo. Alteza Imperial, ahora soy tu sierva y te tuteo, porque te amo». Acto seguido hice la venia con la misma propiedad, con igual serenidad que hacía las venias entonces, cada vez que entraba o salía de su estancia. Hacer la venia era lo exigido por su ser, el ser Archiducal de Olga Alejandrovna. No era una costumbre, ni una obligación, ni un deber, era una exigencia del poder de lo real que estaba en ella como un topo al final de su larga topera. «Fuiste mi juventud» —añadí—. Se me saltaron las lágrimas. «Estoy hecha una tonta. Delante de ti no se lloraba. Nos cuadrábamos y en paz. Todo el mundo lo sabía en la corte. Tu corazón era tan grande que no lo justiprecia ningún llanto. Ni siquiera un llanto tan largo y tan tendido, tan triste y sin consuelo como el mío. No hay que hacer demostración. Tú lo ves aunque pongas cara de no verlo, igual que estás aunque no estés, igual que serás siempre aunque ya nunca seas, igual que sabes que estoy triste, que te echo de menos en París todos los días».

Tenía que cuadrarme y me cuadré. Ya estaba bien de moquear. Y cuadrarme fue tratar de poner en una sola frase aquello que aquella pitillera tenía de particular y único en el mundo. De pronto volví a verla. Cerré los ojos y vi a la Archiduquesa recorriendo a zancadas el inmenso cenador que da a poniente. Era que no venía el tapicero. Yo misma le había dado la orden de venir. Yo misma, anteanoche. Tenía que estar aquí en punto a las diez. Y eran las diez y diez y faltaba el tapicero. A todos los efectos fue como si faltara un equinoccio. La Archiduquesa se había puesto nerviosa nada más entrar. Con que nueve minutos después los nervios eran ya como un calambre. En la mano izquierda la pitillera sin abrir. Y tamborileaba y tamborileaba y tamborileaba a la vez que recorría el cenador envuelta en un aura de pantera y boyarda combinados. Yo misma tamborileaba con un pie de puros nervios. Su manera de ser fue siempre contagiosa. Y ahora en este pisito de París, en este bloque vulgar y gris de la *banlieue* se oía como un sirimiri el tamborileo de sus grandes, magnificentes uñas, de gran media luna, en la laca turbada. Esto no es figuración. Ni ella ni yo nos figuramos nunca tonterías, aunque de sobra sabíamos las dos quién es quién en la corte y ciertas fantasías de personas de muy altísimo rango, no hace falta dar explicaciones, de sobra se sabe y se comprende. De particular tiene la pitillera que la laca azul de ambos lados tiene como una telaraña impresos sus ataques de nervios. Eso es lo que tiene de particular. Porque, claro está, ponerse nerviosa cada vez la ponía más nerviosa. Era lo que se dice un paroxismo. De pronto ella se alzaba a la cúspide misma del ataque de nervios. Yo sabía, porque la conocía muy bien, —yo la conocí mejor que nadie—, que nada pasaría y nunca, efectivamente, pasó nada. Era imperial hasta en eso. Hasta en eso era una Romanoff. Era muy capaz de llegar a la cima del máximo Everest de impacientarse y ahí pararse en seco, sacar un pitillo de la pitillera, pedir fuego con su gesto de siempre —yo no me había movido de mi sitio en todo el rato— y fingir que le daba igual el tapicero cambiando repentinamente de conversación. En aquella ocasión recuerdo que me miró desde, aproximadamente, seis metros de distancia y dijo: «Este cenador es muy francés, Odile, ¿no encuentras? Es un Louis XV que se trajo hace cincuenta años de París mi abuela materna, la lituana, la que se mandó hacer una casita en lo más frío de Vladivostok por no separarse de un Archimandrita medio alcoholizado que tenía en alta estima, la pobre era ortodoxa en grado sumo. Pues este cenador tiene algo que le falta, algo que no tiene, y no doy en ello por más que lo analizo —y lo analizo mañana, tarde y noche—. ¿Tú, Odile, como lo ves? porque más francesa que tú, ya imposible, lo francés tú lo hueles a cincuenta verstas de distancia. ¿Qué le falta, Odile, al Louis XV de este cenador de la bisabuela Catalina?». Entre las dos había ahora un par de metros. Tuve la sensación de ser un chalecito justo en la falda del Popocatéptl. «Entro en este cenador veinte mil veces diarias y cada vez que entro digo: *Pas ici! C'est un je ne sais quoi, à rien, si vous voulez, mais absolument français* que, Odile, cada vez que miro veo que no veo. Quiero saber qué es. Quiero saberlo este minuto». Fue uno de los momentos culminantes de mi relación con la Archiduquesa. Comprendí que no podía fallar. Fuera lo que fuera, tenía que ser dicho por mí y de inmediato. Una demora de un segundo y toda la relación hecha añicos: *«Chez nous,* Alteza Imperial, todo lo Louis XV se ha puesto siempre con reposapiés». La Archiduquesa se echó atrás como quien topa con un muro. Sentí un maremágnum de sudor inundándome de golpe la frente, los sobacos y la espalda. La Archiduquesa me miraba a mí, pero miraba, sobre todo, al frente. Alzó su largo brazo. La mano inmensa parecía una pistola. «¡Fascinante —exclamó por fin— fascinante! ¡Reposapiés! ¡Todo lo Louis XV! ¡Resposapiés con todo lo Louis XV! ¡Jamás, jamás, Odile, jamás, ni en un quinquenio, hubiera caído en eso! ¡Reposapiés con todo lo Louis XV!». Así podía seguir horas y horas, sumida en el fervor de la ocurrencia. Es lo que tenía de ingenua y de chiquilla. De pronto no salía de su asombro y eso quería decir que se internaba en el asombro como en una incesante, una inmensamente futura, prehistoria. De pronto se ensombreció y pareció dudar, por fin dijo: «¿Las sillas también del comedor? ¿Ésas también?». Pensé que más valía explosionar que dejar humedecer la pólvora de mi última modestísima ocurrencia. *«Bien sûr,* Alteza. Ésas también. En Francia es la costumbre que se tiene». «O sea que debajo de lo que es la misma mesa hay un reposapiés por cada silla... ¿Es eso?». «Exactamente, Alteza, uno por silla. Algo más pequeños, *peut-être,* que los otros. Son para apoyar un solo pie, el pie derecho por lo regular». La Archiduquesa iba recobrando su asombro a gran velocidad. Era como un inmenso friso todo en mármol. Consideré que se requería dar detalles: «Es que de los pies, Alteza, se tiene en Francia ideas muy claras y distintas. Cada vez que nos sentamos, pensamos en los pies. Que reposen a la vez que reposa lo demás. Y además tiene que ser sofá por sofá, butaca por butaca, y silla por silla, incluidas las del comedor, para que todo haga *pendant.* Y es que en Francia no se piensa sólo en descansar. También se piensa —y casi más— Alteza, en coincidir. *La géométrie, vous savez, René Descartes». «O la-lá, Odile, la géometrie! René Descartes, bien sûr, René Descartes, j'aime beaucoup la géométrie moi aussi...!».* Nunca me he sentido más francesa. La Archiduquesa tenía la virtud de hacer que todo pareciera inmensamente grande. Me sentía un país, todo él *ancien régime,* con casi dos metros de estatura. Siempre me trató de igual a igual. Fue mi juventud. Y hubiera, por la edad, podido ser mi madre.

Los objetos de uso personal cobran individualidad de un modo extraño. No todos los objetos. Cada persona tiene alguno. Tal vez un reloj o un llavero. La archiduquesa tenía la pitillera. Con los años me acostumbré, como quien se acostumbra a un ritmo, al clic del cierre de la pitillera —dos clics con fonéticas distintas— al abrirse, al cerrarse, al tamborileo impaciente de las uñas en la laca azul. Y me hice a las periódicas desapariciones de la pitillera las noches de gran gala. El Zar era sumamente puntilloso. Le gustaba que todas las mujeres de su familia tuvieran un aire espléndido en sus fiestas. Satisfacer ese deseo ponía especialmente nerviosa a la Archiduquesa. Tenerse que arreglar para esas ocasiones, ocasionaba un torbellino de aderezos, tilas, y prendas de vestir en cuyo interior se hundía la pitillera, con la celeridad aterrorizada de un conejo. Entonces había que suspenderlo todo hasta encontrarla. Y eso, a su vez, daba lugar a retrasos que, a su vez, daban lugar a nervios y más nervios hasta que por fin aparecía. Solía encontrarla yo. Siempre en el sitio más insospechado, generalmente el más obvio. La Archiduquesa tuvo siempre en muy alta estima esta particular habilidad mía de encontrar la pitillera cuando la tensión nerviosa de todos los presentes estaba a punto de volverse insoportable. De algún modo, en este objeto constante se fue posando el uso como una huella dactilar.

Cuando todo empezó a ir de mal en peor. Cuando todos abandonaron a la familia Imperial, yo conseguí un salvoconducto —Dimitri Dimitróvich fue todo un caballero— para que la Archiduquesa, bajo nombre supuesto, saliera de Moscú. Aquella tarde tenía hechas ya las dos bolsas de viaje y organizado el coche y convencido al chófer. Sólo faltaba el salvoconducto, que por algún motivo incomprensible, no llegaba. La Archiduquesa, característicamente, comenzó a impacientarse. «¡Ahora o nunca, Odile, con la que está cayendo! Tiene que ser este minuto. Éste. Esperar me ha puesto siempre enferma. Y más ahora: tener que esperar para salvar la vida no es mi estilo. Prefiero irme con mis primos. Es más desenredado. Ten». Entonces me dio la pitillera. Abandonó la habitación en tres zancadas con un pitillo recién encendido entre sus largos dedos. Me quedé inmóvil, no sabiendo si seguirla o esperar un poco al mensajero que traía el salvoconducto. Decidí esperar cinco minutos. Cuando pasaron cuatro apareció el mensajero. Traía el salvoconducto. Se lo arrebaté de las manos y, sin escuchar lo que decía, corrí tras Olga Alejandrovna. Demasiado tarde, por desgracia. La Archiduquesa se desplazaba siempre a gran velocidad. Cuando llegué a la sala donde habían reunido a la familia Imperial, antes de bajarla a los camiones, me impidieron el paso.

Ni siquiera el nombre de Dimitri Dimitróvich servía ya de nada. Entonces me di cuenta realmente de lo que estaba a punto de ocurrir. No volvería a verla nunca más.

Me repatriaron como he dicho. Y me instalé en París. Solía reunirme con lo más selecto de la emigración. Era penoso verles yendo de prendería en prendería con sus joyas magníficas, apañándose con sus empleos miserables. Les ayudé todo lo que pude. Mi conocimiento del idioma, y sobre todo, mi estrecha relación con la Archiduquesa, que todos ellos conocían, me confirió una posición especial entre ellos. También yo, como ellos, acabé vendiendo los recuerdos, los pocos objetos de valor, que todavía me quedaban. La pitillera fue lo último que vendí. Recuerdo aquel atardecer de primavera y el olor a lavanda del anticuario que vino a verme a casa en persona. Tenía unos ojos turbios que no llegaban a mirar nunca de frente. Tal vez los párpados pesados que cerraba con frecuencia fuera lo más desagradable, lo reptiliano, del personaje aquel que sólo se animó al ver la pitillera. Era culón, por cierto. Y al incorporarse y quedarse en mi mejor sillón de media anqueta, temí que se le rompieran los dos brazos. «Perteneció a Su Alteza Imperial, la Archiduquesa Olga Alejandrovna. Preferiría no desprenderme de este objeto. Es un recuerdo» —declaré de un tirón todo lo secamente que pude—. Pero era un asunto concluido. Desde el principio la conclusión contagió a la pitillera y a mí misma de una especie de resbalosidad. Resbalar y vender fue todo uno. De pronto vi sus amorfas manos peludas y jugosas sobando la pitillera velozmente. Me extendió un talón... Lo acepté sin mirarlo. Se despidió precipitadamente. Eché las cortinas y me metí en la cama acto seguido. Pasó el tiempo, como pasa siempre. Al cabo, creo, de dos años me llegó un dinero y fui a su tienda para rescatar la pitillera. Pero ya no la tenía. Dijo habérsela vendido a un español. Pasaron los años. Perdí todas las pistas. Me fui quedando cada vez más sola. Y los recuerdos fueron ocupando todos los lugares del futuro hasta dejarme sin presentes, hasta quedarme sólo con atardeceres irreales en inmensas estancias de las casas de campo o del Palacio de Moscú donde pasé, con Olga Alejandrovna la mejor parte de mi vida. Era una Romanoff. Siempre lo fue. Y no se justipreció su pitillera.

Soledad Puértolas

Soledad Puértolas nació en Zaragoza en 1947. Estudió Literatura y Periodismo. Entre sus novelas están: *El bandido doblemente armado* (Premio Sésamo, 1979), *Burdeos* (1986), *Todos mienten* (1988), *Queda la noche* (Premio Planeta, 1989) y *Días del Arenal* (1992); también ha publicado la colección de relatos *Una enfermedad moral* (1983).

... Y es aquí donde nace el cuento: no en la fidelidad a los hechos, sino en su deformación. El cuento no es crónica, es un producto de la imaginación y responde a la necesidad fabuladora del hombre, acaso más fuerte que su necesidad de ser testigo de la realidad.

La esencia del relato está en Oriente. Los cuentos por excelencia son los que se recogen en *Las mil y una noches.* Shahrazad consigue la clemencia y aun el amor del rey a través de su don poético...

En razón de su brevedad, de su necesaria concisión, el cuento tiene un centro (a diferencia de la novela, que puede tener varios centros) y su final es tanto una conclusión como una invitación a volverlo a empezar, o empezar otra cosa. Exactamente como sucede en los relatos de *Las mil y una noches,* a un cuento le sucede otro. El cuento lleva el germen de algo y cuando acaba, no se acaba. Está destinado a permanecer, a volver a ser contado, a ser inmortal.

El cuento es como la piedra que se lanza al aire, describe una parábola y vuelve a caer sobre la tierra. Pero vuelve a la tierra con algo de lo que ha encontrado por los aires. Cuando el cuento concluye, sabemos algo más de lo que sabíamos al principio, sepamos o no formularlo. Y tal vez en esta dificultad de formulación se diferencie, fundamentalmente, el cuento de hoy del cuento clásico, el cuento moral. El antiguo y claro mensaje, la enseñanza, ha desaparecido pero no nos podemos dejar engañar por esa aparente ausencia de mensaje. Sencillamente, no somos capaces de decir qué es exactamente lo que nos está diciendo. Tal vez, sólo nos quede una inquietud, una pregunta sin respuesta. Pero la función es la misma. Nuestra conciencia ha sido sacudida.

... Los cuentos de hoy nacen de la misma necesidad: detener el tiempo, suspender la sentencia. Mientras la muerte amenaza, el contador de historias le vuelve la espalda y habla de otra cosa. No nos engañemos: está hablando de lo mismo, siempre de lo mismo. Y la piedra lanzada al aire cae siempre sobre la realidad.

Viejas historias

Ernesto, el ex-marido de mi hermana pequeña, me llamaba frecuentemente por teléfono para ponerme al tanto de las crisis nerviosas de mi hermana, se desahogaba conmigo y me acababa pidiendo que tratara de calmarla a ella y de comprenderle a él, que hacía dos años que se había separado legalmente de Alicia y que no conseguía vivir sin su vigilancia. Su vida se estaba convirtiendo en un infierno.

Ernesto vivía con Rosana, una chica que por aquel entonces quería ser actriz y que años más tarde lo consiguió, ya en convivencia con otro hombre. Vivían en Avilés desde hacía un par de meses porque, huyendo de mi hermana, Ernesto había conseguido un trabajo como director del departamento de química de una de esas empresas que contaminan el ambiente. Realizaba estudios ecológicos, lo que para Ernesto era algo así como su caballo de batalla, y para la actriz, y para mi pobre hermana. En eso coincidían todos. Tenían razón, a pesar de su tono misionero. Pero si se ponían a hablar todos a la vez, tuvieran o no razón, yo era capaz de llevarles la contraria.

Eran escenas que habían tenido lugar antes de que se trasladaran a Avilés y que cerraban las visitas de mi hermana, que se abrían con violencia y lamentaciones, pero que concluían siempre en una amigable conversación sobre la necesidad de preservar las zonas verdes del planeta. La menos amigable en aquel momento era yo, no porque estuviera en profundo desacuerdo con ellos, sino porque me irritaba aquella repentina transformación, esa súbita reconciliación basada en una idea general y humanitaria que los unía después de haber gritado y llorado (Alicia y Rosana lloraban, las dos, muy espectacularmente, como si se tratara de una competición), haberse insultado y haberse maldecido, sin que aparentemente nada quedara en pie entre ellos. Pues bien, quedaba eso: su loable preocupación por la escalada de destrucción que estaba sufriendo la madre naturaleza. Y aunque todos sabemos que una cosa son las ideas y otra los sentimientos, no dejaba de desconcertarme, y de irritarme, que se produjera aquel desfase tan absoluto entre unas y otros y hasta llegaba a pensar que en algún momento mentían, porque no podía darse tanta radicalidad: o no se detestaban tanto, o las cuestiones ecológicas les importaban bastante poco. Algo tenía que fallar, algo había allí que no encajaba y que yo no conseguía ver. Era así, en aquel estado de perfecta convivencia e idílico acuerdo, como yo me los encontraba cuando, después de recibir la llamada desesperada de Ernesto, iba a recoger a Alicia, y nunca dejaba de pensar, inquieta y atemorizada, que en aquella ocasión me tocaría presenciar los gritos, las lágrimas, las violentas escenas que Ernesto me había contado por teléfono, pero nunca fue así, y aunque en sus caras se podían ver los signos de aquella explosión emocional —los ojos de Alicia y de Rosana estaban francamente rojos y sus maquillajes corridos; eran, inequívocamente, dos mujeres después de una batalla—, los tres estaban tranquilamente sentados alrededor de la mesa baja del cuarto de estar, con una bebida entre las manos, preocupados, dada la naturaleza del asunto que comentaban, pero plácidos.

El mismo Ernesto, con quien había hablado media hora antes y que me había pedido que fuera a ayudarlo a sacar a mi hermana de su casa, parecía no tener ya ningún deseo de poner punto final a aquella reunión. Me ofrecía una copa, se sentaba en el sofá, nos contemplaba con satisfacción y exponía sus teorías, encantado al parecer de encontrarse entre un público femenino tan incondicional. Tres mujeres que le miraban atentamente. Porque, hora es ya de confesarlo, Ernesto era un hombre que nos gustaba a las tres. Había sido yo quien se lo había presentado a mi hermana, como había sido ella quien había cometido tal vez aún mayor error al presentárselo a Rosana, y estábamos, las tres, a nuestro pesar, perfectamente convencidas de que Ernesto se merecía nuestra devoción. Sus ojos brillaban al mirarnos y se diría que existía en él un constante, puede que inconsciente, deseo de conquistarnos.

Cuando al fin bajábamos Alicia y yo en el ascensor, ella, ligeramente más achispada que yo, declaraba que nada de lo que había pasado le importaba mucho porque lo único que necesitaba para seguir viviendo era poder ver a Ernesto y atreverse a pensar que él todavía sentía algo por ella, y yo la entendía y la disculpaba, aunque no se lo decía, porque hasta yo podía sentir algo parecido, mucho más tibio y controlado, pero sabía, como ella, que Ernesto era condenadamente atractivo y que todavía jugaba con nosotras, sin querer descartar del todo la posibilidad de un reencuentro, una reconciliación, por muy fugaz que fuera, por mucho dolor que nos causara después. Bastante más sensata que Alicia, mayor y más experimentada, yo conseguía ahogar aquel atisbo de esperanza sin excesivas dificultades, sin desmedidos esfuerzos, pero mi pobre y obstinada hermana se quedaba encasquillada, atrapada, y desde ese momento se iba preparando para la próxima escena. Se miraba en el espejo del ascensor y sin duda daba a su propia imagen una cita, todavía no determinada pero cierta, en aquel mismo lugar. Nos volveremos a ver.

Pero no estaba demasiado convencida del fundamento de sus ilusiones y no quería ir sola a su casa, de forma que me pedía que la dejara dormir en la mía, aunque fuera en el sofá, para evitar volver a pensar en Ernesto, para estar rodeada de gente, para no sacar las peores conclusiones sobre su vida. Ajena al orden y a las costumbres de mi casa, repentinamente olvidada de todo, se daba un baño y se paseaba por la casa, canturreando, envuelta en uno de mis albornoces, gastándoles bromas a mis hijos y a mi marido, y ya para entonces sus turbulencias emocionales parecían perfectamente superadas. Pero así era Alicia, y yo no podía asombrarme. Lo que no conseguía era convencer a mi marido de que su estado era crítico, porque él no acababa de creer que Alicia fuera capaz de violencias. Y yo misma terminaba concluyendo, cuando al día siguiente Alicia se despedía, bien arreglada, perfumada y maquillada, camino de su oficina, que todo aquello no tenía ninguna importancia y que debía de dejar que mi hermana y su ex-marido arreglaran su problemas solos y, sobre todo, no sobresaltarme, porque cada vez que Ernesto me llamaba, en aquel tono marcadamente trágico, llegaba a pensar que Alicia había perdido la razón y mientras me dirigía hacia su casa en su búsqueda me decía que era ya hora de tomar una medida, dc consultar a un médico.

Tantas veces se había dado esa situación y tantas veces la había arrojado de mi cabeza, que creo que estaba un poco inmunizada, aunque confieso que la decisión de Ernesto de trasladarse a vivir al norte me alivió. Al menos, ya no sería para Alicia tan tentador presentarse en su casa y si lo hacía, a Ernesto no se le podía ocurrir llamarme en busca de ayuda, porque Avilés estaba lo bastante lejos como para que esa petición resultara excesiva.

Fue Alicia quien me lo comunicó, y percibí que, a pesar de sus quejas, en lo más profundo de su ser aprobaba la decisión de Ernesto, consciente de que la distancia entre dos personas que no han conseguido, para la desesperación de una de ellas, la armonía en el amor, es indiscutiblemente terapéutica. Tal vez estaba ella cansada de sufrir, de llorar, gritar y reconciliarse al fin hablando de ecología, de venir a casa después de las peleas para bromear con mis hijos como si nada hubiera pasado y ella fuera la tía soltera y alegre de las novelas rosas. Esas escenas debían parecerle, al fin, unas iguales a otras, y debían dejarle la sensación de una repetición absurda, casi aburrida. Sin duda, ella también admitía la conveniencia de esa medida, que nunca se hubiera decidido a tomar, pero que le beneficiaba. Ahora empezaba su verdadera separación, ahora tenía que adaptarse a su nueva vida y tomar medidas para no dejarse hundir. Ernesto quedaba fuera de su alcance.

En todo caso, fue Alicia quien me dio la noticia. Ernesto no tuvo la delicadeza de llamarme para despedirse de mí. Sus llamadas respondían sólo a la urgencia, a la desesperación. Cuando se fue, en una huida que a todos nos pareció muy razonable, no consideró necesario hacérmelo saber.

No fui consciente de esa época de paz, porque es difícil valorar la calma, cuando se tiene. Se añora en el mismo momento en que se pierde, y sólo entonces parece el mejor don que pueda obtenerse sobre la tierra. Entre tanto, no se piensa en ella porque ése es su regalo. En la verdadera calma no cabe el análisis. Pero me temo que estoy, ya, hablando de otra cosa: estoy hablando de mí.

No sé el tiempo que transcurrió hasta que volví a escuchar la voz de Ernesto. Lo primero que me asombró fue que aquel timbre tan conocido no sonaba con ansiedad, no era un grito, una llamada de urgencia. Tenía una cadencia lenta, de cansancio.

—¿Sabes dónde está Alicia? —me preguntó, después de interesarse brevemente por mi existencia.

—Supongo que estará en su casa —dije, comprendiendo de inmediato que él ya habría intentado localizarla allí.

—No está —confirmó— Llevo días buscándola. No ha ido a trabajar desde hace cuatro días y su teléfono no contesta. Por eso te llamo.

—Puede que esté de viaje.

—En la oficina no saben nada. Pidió unos días de vacaciones, pero nadie sabe dónde está. Creí que teníais mucha confianza —ahora su voz cansada cobró un matiz de irritación, de reproche.

—Alicia es bastante mayor. No suele darme explicaciones de su vida —me defendí—. Y siempre ha hecho lo que le ha dado la gana, como seguramente sabes.

Una de las cosas que había hecho era quitarme el novio y casarse con él sin mostrar jamás el menor remordimiento por ello. Supuse que Ernesto sabía a lo que yo me estaba refiriendo.

—¿La crees capaz de cometer una tontería? —me preguntó.

—¿Qué quieres decir?

—La última discusión fue bastante fuerte. En realidad, le dije cosas que no siento. Ya sabes cómo acaban esas peleas, uno acaba sacando lo peor, sólo por fastidiar, por hacer daño. De repente, todo se convierte en una cuestión de honor, de amor propio. Lo único importante en ese momento es vencer, humillar. Creo que me pasé de rosca.

—¿Cuándo fue eso?

—El viernes pasado.

—¿Fue Alicia a Avilés?

—Sí. Me quedé asombrado. Nunca pensé que vendría hasta aquí. Se presentó con una maleta y dijo que se quedaría en casa hasta estar perfectamente convencida de que no había nada entre ella y yo. Que necesitaba esa prueba antes de decidirse a olvidarme. Cielos, a veces pienso que está loca —suspiró—. Por eso me preocupa —al fin, salía ese verbo: preocupar, que estaba al fondo de la conversación.

—¿Cuánto tiempo se quedó?

—Muy poco. Yo estaba solo. Rosana estaba en Madrid, haciendo unas pruebas. Supongo que eso fue lo que me empujó a insultarla. Pensé que Alicia estaba enterada de la ausencia de Rosana, que, desde Madrid, nos seguía espiando. Me llené de ira. La insulté y la eché de casa. Le puse la maleta en la puerta, la cogí del brazo y la saqué al descansillo. Cerré la puerta y ya no la volví a abrir, aunque ella siguió tocando el timbre. Al fin, pidió el ascensor y se fue. Al poco tiempo, empezó a sonar el teléfono, pero no lo cogí. Y eso es todo lo que sé —volvió a suspirar—. Rosana vino el domingo y me hizo llamar a Alicia. En realidad, creo que Rosana siente simpatía por ella. No le pareció bien que la hubiera tratado así. Pero ya no pudimos encontrarla. La estamos buscando desde el lunes. ¿Dónde crees que puede estar? ¿No te parece extraño que no te haya dicho nada?

Me resistía a inquietarme, pero tampoco sentía ninguna necesidad de tranquilizar a Ernesto, cuyas llamadas nunca habían sido tranquilizadoras.

—Voy a intentar buscarla —dije.

Pero cuando colgué el teléfono comprendí que no sabía cómo hacerlo. No sabía mucho de la vida de mi hermana y no quería asustar a mis padres que eran los únicos que tal vez tenían algunos datos sobre sus actuales amistades. Me las arreglé para sacarles un par de nombres sin levantar demasiadas suspicacias, pero volví a encontrarme en un punto muerto. Nadie sabía nada.

Ernesto me volvió a llamar.

—¿Crees que debemos acudir a la policía? —me preguntó.

Yo tenía la mente paralizada y su sugerencia me sorprendió.

—Supongo que sí —dije— Hazlo tú, por favor. Es algo que me impresiona demasiado.

Me telefoneó en cuanto la policía hizo sus investigaciones. Ni en las comisarías ni en los hospitales se sabía nada de mi hermana, y eso era todo lo que podía hacerse. Si tenían otras noticias, nos las comunicarían de inmediato.

Pero no nos llamaron.

Alicia apareció el lunes siguiente. Lo supimos porque la telefoneamos a la oficina. Cuando hablé con ella, acababa de hablar con Ernesto.

—No entiendo por qué os habéis preocupado tanto —dijo— Me he ido de viaje.

—Pero no se lo habías dicho a nadie.

—Soy ya bastante mayor, ¿no crees?

Algo parecido le había dicho yo a Ernesto hacía unos días.

—¿Fuiste sola?

Se rió.

—Ya que me lo preguntas, me fui con un chico.

Parecía bastante contenta, y me alegré. Tal vez había encontrado ya la forma de consolarse.

Sucedió otro periodo de calma, sin que yo dedicase mucho tiempo a las vicisitudes amorosas de mi hermana. Y una tarde de invierno, sonó el timbre de mi puerta de una manera insistente. Era Ernesto. No quiso pasar, sólo pidió por favor que lo acompañara a un bar porque quería hablar conmigo a solas.

—Aquí no —dijo— No quiero molestar. Sois una familia.

Temblaba, no se había afeitado, me miraba fijamente bajo el mechón de pelo mojado que cubría su frente y parte de sus ojos. No di muchas explicaciones y me fui tras él. Anduvimos bajo la lluvia fría —yo sostenía mi paraguas contra el viento y Ernesto no hacía nada por cubrirse— hasta encontrar un bar que le gustara. Éste no, decía, tiene demasiada luz, aquí hay demasiada gente, éste es horroroso... Al fin, se decidió, un poco resignado, y entramos y nos sentamos y pedimos algo de beber. Yo le observaba, esperando que empezara a hablar, ¿qué podía preguntarle?

Bebió, se pasó la mano por la cara, miró la superficie lisa de la mesa.

—Me ha dejado —dijo— Se ha ido definitivamente.

—¿Quién?

Me devolvió una mirada de asombro, vacía, como si no me entendiera.

—Alicia —susurró.

—Creí que eras tú quien la había dejado.

Negó con la cabeza, volvió a restregarse la cara mojada.

—Cielos, no lo sabía, te lo aseguro, no me había dado cuenta. Es la única mujer a la que he querido. No soporto perderla. No quiere verme. Dice que nunca nos volveremos a ver.

Se puso a llorar. Sacó un pañuelo y se limpió la cara.

—Es tan raro todo esto, tan extraño.

—Has necesitado que Alicia te dejara para darte cuenta de que la querías —le dije, y supongo que era un reproche, por Alicia y tal vez por mí, que nunca le había dejado.

—Soy un estúpido, lo sé —dijo— Pero estoy desesperado. Nunca volveré a tenerla.

—¿Para qué querías verme? No puedo hacer nada por ti.

Volvió a dedicarme una mirada de desconcierto.

—No lo sé —balbuceó— De repente, me vi frente a tu casa. Supongo que eres la única persona a la que le puedo decir esto.

—Siempre acudes a mí —dije, con mi viejo resentimiento— Cuando Alicia te molestaba y querías que se fuera de tu casa, me llamabas para que me la llevara a la mía. Ahora que no quiere verte, me llamas para llorar sobre mi hombro. ¿No crees que eso es muy cómodo? Yo siempre estoy ahí, para ayudarte. Te saco de apuros y te consuelo. Deberías de preguntarte por qué lo hago. Tal vez no quiera hacerlo. Tal vez me haya cansado de ayudarte.

El vacío de sus ojos se convirtió en pánico y, a mi pesar, sentía compasión. No podía ayudarle, pero todavía me conmovía, y me acordé de Alicia cuando, después de una de sus violentas escenas y posterior reconciliación, se miraba en el espejo del ascensor de la casa de Ernesto y se decía que él la amaba y que ella no podía renunciar. Al fin y al cabo, ahora se demostraba que tenía razón.

—Lo siento —murmuró— Pero no te vayas. No puedes fallarme.

Decidió sobreponerse a su temor y se echo a reír. Fue entonces cuando comprendí que estaba verdaderamente borracho.

—Vámonos —le dije— Prefiero andar bajo la lluvia.

Al ponerse de pie, empujó la mesa y su vaso cayó al suelo. Me excusé con el camarero, cogí a Ernesto del brazo y lo saqué a la calle. Al otro lado de la puerta de cristal del bar, el camarero se inclinó para recoger el vaso roto.

Anduvimos mucho rato, cobijados bajo mi paraguas, envueltos en el ruido de la lluvia, hablando cada uno sin escucharnos demasiado, contando retazos de vida y de ilusiones, sosteniéndonos mutuamente.

—¿Cómo va a terminar esto? —preguntó Ernesto.

De vez en cuando, lo decía, como una frase de la que uno no se puede desprender, que termina por perder su verdadero significado y se convierte en algo desconocido, ajeno, salvador, una respuesta.

Carme Riera

Carme Riera nació en Mallorca en 1949. Es profesora de literatura en la Universidad Autónoma de Barcelona. En 1975 publicó su primer libro de relatos *Te deix, amor, la mar com a penyora,* al que siguió *Jo pos per testimoni les gavines. Una primavera para Domenico Guarini* fue su primera novela (1981) a la que han seguido *Epitelis tendríssims* (1981), *Cuestión de amor propio* (1987), *Joc de miralls* (Premio de novela Ramón Llull en 1989) y *Contra el amor en compañía y otros relatos* (1992). Tiene dos libros de ensayo: *La escuela de Barcelona* y *Hay veneno y jazmín en tu tinta, aproximación a la poesía de José Agustín Goytisolo.*

El cuento es el género literario ligado por excelencia al principio de economía, cosa, que en los tiempos que corren, es de gran utilidad.

Volver

Al teléfono la voz angustiada de mi madre, que jamás ha podido entender la diferencia horaria, me despertó a las tantas de una rojiza madrugada. «Tu padre está muy grave y pregunta por ti.» Veinticuatro horas de viaje me resultaron más que suficientes para poner en orden los recuerdos. Deseché los peores y ceñí el ánimo a los más agradables, decidida a afrontar con buena cara el mal trago que suponía reencontrarme, muy posiblemente por última vez, con mi padre después de diez años de distanciamiento. Ni él ni mi madre fueron capaces de aceptar que renunciara a mi empleo en la *Caixa* para dedicarme a escribir y menos aún me perdonaron que me casara por lo civil con un extranjero y continuara, después del divorcio, en Estados Unidos sin querer regresar a su lado para recuperar —eran sus palabras— un punto de sensatez. No les avisé de la hora de mi llegada, ni siquiera les llamé desde el aeropuerto. Quería darles una sorpresa y evitar en el momento del reencuentro, siempre aplazado, la presencia de otros parientes cuya curiosidad les hubiera hecho correr solícitos a esperarme al avión. Así que alquilé un coche.

Cuando mi padre se jubiló decidió dejar la ciudad y acompañado de su colección de sellos y de la resignación de mi madre se encerró en Son Gualba, la única finca que no quiso vender, quizá porque en sus habitaciones y salas pretendía escuchar aún el apagado rumor de sus juegos infantiles con que paliar un poco la inexorable decadencia de la vejez.

El paisaje atormentado que rodea la finca —al terreno calcáreo de puntiagudas aristas suceden espesos bosques de pinos motejados de oscuro por las encinas que se pierden hasta el acantilado— fue también el de los veraneos de mi infancia solitaria, el de casi todos los fines de semana de mi aburrida adolescencia y el que siempre acabó por imponerse en sueños a otros de autopistas en fuga hacia otras autopistas paralelas, cruzadas por otras perpendiculares al que no tuve más remedio que acostumbrarme. Me había familiarizado tanto con el parpadeo de los neones publicitarios, los paneles de anuncios fluorescentes, los reclamos luminosos de gasolineras y moteles que en el momento de dejar la carretera asfaltada para tomar el camino polvoriento de Son Gualba tuve la impresión de adentrarme en las páginas de uno de mis cuentos infantiles en los que siempre suele aparecer un bosque encantado.

Un atardecer anodino se escondía entre nubes, tras las montañas, cuando tomé la primera curva. Me faltaban aún venticinco para encontrarme frente a la casa que presentía con las luces abiertas y el humo saliendo de la chimenea, aunque apenas hacía frío y mamá, desde que se desprendió de las acciones de FECSA, se había vuelto tacañísima con la luz. La imaginada humareda, de un blanco denso, algodonoso, me retrotraía a las muelles vacaciones navideñas cuando todavía la finca se explotaba y el padre Estelrich celebraba maitines en la capilla. Una lluvia menuda comenzó a tejer melancólicas blondas sobre los cristales del coche mientras yo iba examinando de memoria viejas fotografías de aquella época que, curiosamente, ya no rechazaba como antes. Al contrario, las contemplaba gustosa y sin rubor, me dejaba invadir por la nostalgia. A medio camino las gotas se hicieron densas, magmáticas, violentas. Con la zozobra de que la tormenta me alcanzara de lleno antes de llegar a casa aceleré. Los faros sorprendieron los ojos inmóviles de una lechuza. La lluvia arreciaba y un viento de lobos, fuerte y hostil, desequilibraba, a rachas, el coche.

Conozco palmo a palmo los tres kilómetros de camino

que separan la carretera de la *clastra* de la casa, en qué lugar termina la espesura del bosque y comienzan los bancales, en qué sitio el camino se cruza con el torrente o dónde crece el único pino piñonero. Recuerdo con obstinada precisión qué panorama se divisa al salir de todas y cada una de las curvas y en qué ángulo de la última vuelta se divisan los muros de la finca, rodeados de árboles frutales. Conozco desde todas las estaciones, desde todas las horas del día, cada rincón de Son Gualba y por eso, por más que la lluvia cayera espesa y la visibilidad fuera casi nula, no puedo haberme equivocado en la distancia.

El aguacero me obligaba a avanzar con lentitud. Reduje la marcha aún más porque entre la curva diez y la once se produce una pendiente muy pronunciada que resulta extremadamente peligrosa cuando se inunda, ya que el terraplén de la parte izquierda, sin ninguna valla de protección, parece a punto de ceder sobre el precipicio. Confieso que el pánico se iba apoderando de mi estado de ánimo. Al miedo por la tormenta se imponía otro peor. Tenía la vivísima impresión de que mi esfuerzo iba a resultar inútil, de que no podía regresar a casa a tiempo de abrazar a mi padre con vida, de que jamás sería posible una reconciliación definitiva.

El parabrisas no daba abasto sometido como estaba a una cortina tan densa que parecía tener también la intención de hundir el capó y el techo del coche. Violentamente, en la oscuridad se me impuso el rostro de mi padre en la agonía, afilado por la muerte. En el rictus amoratado de sus labios ya no cabrían ni los besos ni las palabras. En aquel instante lo hubiera dado todo para encontrarle igual que cuando me fui, por más que siguiera rechazándome.

Con todas mis fuerzas traté de exorcizar aquellas imágenes cambiándolas por otras mejores, como venía haciendo en las últimas horas y casi noté la mano fuerte de mi padre tomando suavemente mi manita de niña miedosa una tarde que el temporal nos cogió también en el bosque y pretendí escuchar de nuevo sus cuentos de hadas y encantamientos que después habría de recrear en mis libros y que nunca le oí terminar porque siempre me dormía cuando a la bruja mala se le comenzaban a torcer las cosas. Pero de nuevo la voz de mi madre me sustrajo al presente: «Tu padre está grave y pregunta por ti». Un bache demasiado violento casi me hizo perder el control del coche y al evitarlo con un equivocado frenazo brusco, calé el motor. Fue inútil volver a ponerlo en marcha. Lo intenté una, dos, tres, veinte, cincuenta veces sin ningún resultado. Al principio me respondía con un estertor agónico, luego ni eso. Con los puños cerrados descargué toda mi furia sobre el panel. El reloj marcaba las siete en punto. Fuera era noche cerrada. Implacable volvía a imponerse el rostro de mi padre moribundo. Intuía que sus ojos casi inexpresivos me buscaban por cada rincón del cuarto. Estaba totalmente convencida de que presentía mi presencia muy cerca y que quería hablarme. Magnetizada por su reclamo salí del coche y comencé a andar. La tierra se hundía bajo mis pies como si pisara sobre un lodazal. El ruido de las aguas del torrente me indicó que estaba sólo a un kilómetro de Son Gualba. Avanzaba con mucha dificultad, a tientas, intentando agarrarme a las ramas para vadear la torrentera pero a la vez tratando de evitar sus rasguños. De pronto, algo me hizo tropezar y caí al suelo. A duras penas logré levantarme. El tobillo me dolía terriblemente. Notaba como se iba hinchando aprisionado en la bota. Arrastrando la pierna izquierda conseguí avanzar unos metros y volví a caerme. Debí perder el sentido a causa del dolor.

No sé cuánto tiempo estuve en el suelo pero debió ser bastante porque al levantarme no estaba casi mojada. La lluvia había cesado por completo y el tobillo casi no me dolía. De lejos me llegaba el olor fresco, espirituoso de limones y mandarinas, diluido en un aire finísimo que apenas si movía las hojas de los árboles. La noche se había vuelto de una diafanidad turbadora. A la luz de una luna casi llena me di cuenta de que estaba muy cerca de casa, justo a punto de cruzar la primera verja, la que da al sendero, que, después de rodear el huerto de naranjos, conduce hasta el patio principal. Al abrirla gimieron los goznes pero ningún perro ladró. Las luces del primer piso, el único que habitaban ahora mis padres, estaban encendidas y salía humo de la chimenea del salón. Tan grande era la necesidad de llegar que no me paré a pensar en cómo finalmente había conseguido mi propósito. Al cruzar el patio, el aroma de las acerolas me impregnó todos los poros de la piel y olí con la misma intensidad que el día de mi partida. Durante diez años intenté encontrar este olor sin conseguirlo en todas las frutas posibles y ahora, finalmente, podía aspirarlo a mis anchas. Cuando me paré en el rellano las piernas me temblaban. No tuve que llamar porque la puerta estaba entreabierta. En la antesala nada había cambiado. Los sillones frailunos estaban milimétricamente adosados en su lugar exacto. Los cuadros con antepasados tétricos cubrían las paredes hasta el techo, como siempre, y como siempre los cobres brillaban sobre los arcones. Incluso las llaves que dejé al marchar permanecían sobre la misma bandeja. No pude reprimir cogerlas y las guardé en el bolsillo. Al entornar la puerta, el reloj de pared me recibió con una campanada. La voz de mi madre me llegó desde la cocina.

—María, ¿eres tú? ¡Qué alegría, hija! Me lo decía el corazón.

Y corrí a su lado. Nos abrazamos. La encontré igual. El tiempo había sido absolutamente considerado con ella. Tenía un aspecto inmejorable. Iba peinada, según su costumbre, con el pelo recogido y hasta llevaba el mismo traje azul de lanilla que el día que nos despedimos.

—¿Y papá?

—No sabes lo contento que va a ponerse. ¡Bernardo, Bernardo...! María está aquí, ha vuelto.

En el reloj sonó la última campanada. Eran las siete en punto igual que el día en que me marché.

—Ven, hija. Tu padre tiene la televisión demasiado alta y no nos oye. Como dicen que de hoy no pasa... Espera noticias.

Perpleja, incapaz de preguntar nada, seguí a mi madre al cuarto de estar. Mi padre, en efecto, veía tranquilamente la televisión. En un avance informativo el locutor con cara circunspecta aseguraba que «...la salud de su Excelencia el Jefe del Estado ha entrado en un estado crítico».

Rechacé con violencia, a arañazos, a mi madre y antes de que mi padre pudiera incorporarse de su sillón corrí hasta la puerta convencida de que ellos no existían, que eran únicamente las sombras proyectadas por mis deseos, los fantasmas que al anochecer volvían a ocupar las habitaciones que les pertenecieron, como ocupaban a menudo mi cabeza por más que nos separara una distancia de diez mil kilómetros y diez años de malos entendidos. Pero me equivoqué y cometí un error imperdonable. Fui temerosa hasta la cobardía, estúpidamente racional en un momento en que sólo los sentimientos deberían de haber contado, incapaz de aceptar que los milagros existen fuera de las leyendas y que el deseo tiene fuerza suficiente, más allá de los cuentos, para otorgarnos lo imposible. Sin duda, si hubiera aceptado lo que ocurría integrándome con normalidad a un atardecer de diez años antes, mi padre hubiera muerto diez años después y mi madre tendría mucha más vida por delante. Pero me negué y sobrevino la catástrofe.

Mi padre murió una hora después de mi llegada a Palma sobre las siete de la tarde cuando a mí el dolor me dejó inconsciente sobre el camino enfangado. El médico insiste en que todo lo que me sucedió luego fue producto de una alucinación mía y que por desgracia no llegué a pisar Son Gualba, por mucho que le enseño las llaves —mis llaves— que tomé de la bandeja y le aseguro que mi madre me observa en silencio y con hostilidad mientras persigue con el dedo índice las marcas de unos arañazos inexplicables sobre su mejilla izquierda.

Roma, primavera de 1989

Javier Tomeo

Javier Tomeo nació en Quicena (Huesca) en 1931, pero desde hace muchos años reside en Barcelona. Ha publicado las siguientes novelas: *El cazador* (1967), *Ceguera al azul* (1960), *El unicornio* (Premio Ciudad de Barbastro, 1971), *Los enemigos* (1974), *Diálogo en re mayor* (1976), *El castillo de la carta cifrada* (1979), *Amado monstruo* (1985), *El cazador de leones* (1987), *La ciudad de las palomas* (1989), *El mayordomo miope* (1990), *El discutido testamento de Gastón de Puyparlier* (1990), *El gallitigre* (1990) y *Butaca de patio* (1991). Entre sus libros de cuentos hay que destacar: *Historias mínimas* (1989), *Bestiario* (1989) *y Problemas oculares* (1990).

Braquicefalias

Esta mañana un compañero de la oficina me llamó braquicéfalo y me dijo que, como todos los braquicéfalos, también yo tengo la cabeza corta, el occipital aplanado y que, si no fuese calvo, tendría el pelo negro, áspero y grueso, implantado casi perpendicularmente a la piel. Higinio (así se llama el compañero en cuestión) es un tipo odioso que anda siempre buscando el modo de fastidiar a la gente y que vive precisamente en la misma casa en la que yo tengo instalado mi pisito de soltero desde hace un par de meses.

—Más aún —añadió, gozándose de mi desconcierto inicial—. Cualquiera puede ver, a simple vista, que eres un típico braquicéfalo alpino. Seguramente tu familia procede de algún pequeño pueblo centroeuropeo. Mírate en el espejo: tienes la cara ancha, la nariz pequeña y poco saliente, la piel blanco-amarillenta y, por si fuese poco, no eres demasiado alto.

—Tal vez tengas razón —le dije, sin dar la menor importancia a sus palabras.

—Los cráneos de los braquicéfalos —añadió—, tienen el diámetro transversal casi igual o poco más corto que el diámetro anteroposterior.

—Me parece divertido —le dije.

—Si yo estuviese en tu puesto no me sentiría tan feliz —continuó diciéndome Higinio, bajando el tono de voz y lanzando una cautelosa mirada alrededor para asegurarse de que nadie estaba escuchándonos—. Tú sabes que yo no soy racista, pero no por eso dejo de reconocer que los hombres se distinguen no sólo por sus ideas y costumbres, sino también por la forma de sus cabezas. Según como tengan el cráneo, pueden ser dolicocéfalos, braquicéfalos o mesocéfalos. Los braquicéfalos tienen el cráneo largo, los dolicocéfalos lo tienen corto y los mesocéfalos no lo tienen ni corto ni largo, es decir, lo tienen mediano.

—Pues muy bien —admití—. Soy un braquicéfalo. No suena mal del todo.

—Un braquicéfalo alpino —me corrigió—. Hay muchas clases de braquicéfalos.

Le pregunté a qué grupo pertenecía él, es decir, cómo tenía la cabeza, y me dijo que pertenecía al grupo de los dolicocéfalos porque en su cráneo era mucho mayor el diámetro anteroposterior que el transversal.

—Si te fijas— me dijo, quitándose inesperadamente la peluca y mostrándome la cabeza— tengo el occipital muy saliente.

Era la primera vez que le veía sin pelo y no pude por menos de soltar una carcajada. Le dije luego que no podía decir si era dolicocéfalo o braquicéfalo, que yo no entendía mucho de esas cosas, pero que, sin la peluca, su cabeza parecía un melón.

—Prefiero tener la cabeza como un melón que como una calabaza— replicó Higinio.

Y se quedó mirándome fijamente a los ojos y sonriéndose con unos aires de superioridad que me parecieron tan ridículos como ofensivos. Entonces empecé a mosquearme y le pregunté si él era también de los que pensaban que la inteligencia y la sensibilidad de los hombres depende de la capacidad y forma de sus respectivos cráneos.

—Por supuesto —me dijo—. Creo firmemente en esa teoría. Los más grandes hombres de la historia han sido siempre dolicocéfalos y ortognatos. Tú eres un cabezón y te comportas como un cabezón.

Entonces comprendí por fin que Higinio había sacado

a colación el tema de mi supuesta braquicefalia sólo para darme a entender en los términos más científicos posibles que no soy un hombre que se distinga especialmente por su inteligencia. Aquello me irritó sobremanera.

—De acuerdo —le dije, con una sonrisa helada—. Soy un cabezón. Me equivoco al sumar las facturas y me pongo muy nervioso cada vez que tengo que hablar por teléfono. Los jefes me han colocado en la via muerta y sé muy bien que en esta oficina se acabaron para mí todas las posibilidades de ascenso. Soy un braquicéfalo alpino, lo admito humildemente, pero mi aparato sexual funciona como la seda y tu mujer tiene muchas pruebas de que no te miento. Pregúntaselo a ella y verás lo que te dice.

Me puse en guardia como los buenos boxeadores, con el brazo izquierdo extendido y protegiéndome el mentón con el puño derecho, pero Higinio no tuvo las suficientes agallas para replicar. Palideció mortalmente, fue a sentarse a su mesa y durante todo el resto de la mañana estuvo ordenando facturas y sorbiéndose las lágrimas con la punta de la lengua.

Javier Tomeo (Dolicocéfalo mediterráneo)

Esther Tusquets

Esther Tusquets nació en Barcelona en 1936. Es Licenciada en Filosofía y Letras. Desde comienzos de los años sesenta dirige la Editorial Lumen. Su labor como escritora se inicia en 1978 con la publicación de *El mismo mar de todos los veranos,* primera parte de una trilogía que se continúa con *El amor es un juego solitario* (Premio Ciudad de Barcelona, 1979) y *Varada tras el último naufragio* (1980). Posteriormente ha publicado un libro de narraciones, *Siete miradas en un mismo paisaje* (1981), y otra novela: *Para no volver* (1985). Además ha escrito cuentos infantiles y versiones de clásicos de la literatura mundial destinadas a los jóvenes.

Lo mismo que en cualquier otra época, el cuento es un género difícil y que plantea, a mí por lo menos, un reto sugestivo. En el momento actual se escriben muchísimos cuentos, más que en cualquier otra época de la literatura, pero, váyase a saber por qué, interesan menos a los lectores. Para que un volumen de cuentos sea «redondo», se requiere, creo, no sólo que todos ellos mantengan un buen nivel, sino que constituyan en algún modo una unidad: no una unidad temática, sino una atmósfera común.

Orquesta de verano

Estaba muy avanzado el verano —más que mediado agosto— cuando decidieron iniciar las obras en el comedor pequeño y trasladar a los chicos con sus señoritas y sus nurses y sus mademoiselles al comedor de los mayores. Los niños habían formado a lo largo de julio y de la primera quincena de agosto una cuadrilla desmandada y salvaje, paulatinamente más ingobernable, que asaltaba invasora las playas, recorría el pueblo en bicicleta con los timbres a todo sonar, merodeaba turbulenta y curiosa por las casetas de la feria, o se deslizaba —de pronto subrepticia, callada, casi invisible— en el rincón más recóndito del cañaveral, donde venían construyendo de año en año sus cabañas, para ocultar en ellas sus insólitos tesoros, e iniciarse los unos a los otros en esas secretas maravillosas transgresiones siempre renovadas (fumar los primeros cigarrillos, a menudo manoseados, húmedos, compartidos; enfrascarse en unas partidas de póquer cuya dureza hubiera dejado atónitos a los mayores, tan apasionadas y reñidas que hasta renunciaban a veces por ellas a bajar a la playa; adentrarse en otros juegos más ambiguos y extraños, que Sara relacionaba oscuramente con el mundo de los adultos y de lo prohibido, y que la habían tenido aquel verano fascinada y avergonzada a un tiempo, deseosa de asistir a ellos como espectadora pero muy reacia a participar, y había estado tan astuta o tan cauta en el juego de las prendas y tan afortunada con las cartas que había conseguido ver pasar los días sin tener que dejar, ella sola acaso entre todas las niñas, que la besaran en la boca, o le toquetearan los senos o le bajaran las bragas), transgresiones doblemente embriagadoras porque venían a colmar este paréntesis de provisoria libertad que les brindaba el verano y resultaban impensables en el ámbito invernal de los colegios y los pisos en la ciudad.

Pero se había disuelto en dos o tres días la colonia veraniega, y junto con ella la pandilla de los chicos, trasladados unos al interior para consumir en la montaña o el campo lo que les quedaba de vacaciones, devueltos los más a sus casas para preparar los exámenes de setiembre. Y había quedado Sara como única rezagada en la diezmada cuadrilla de varones (a finales de agosto vendrían, para su cumpleaños, las cuatro o cinco amigas más amigas, habían prometido consoladoras mamá y la mademoiselle), y la atmósfera había cambiado, se había puesto de pronto tensa y desagradable, agravados tal vez la irritabilidad y el descontento generales por las frecuentes lluvias y la sensación compartida de que quedaban ya sólo unos restos inoportunos y deteriorados del verano. Lo cierto era que las ocupaciones de los chicos se habían hecho más y más violentas, y estaba harta Sara de ellos y sus peleas y sus juegos, de sus bromas pesadas, de sus palabras sucias, de sus chistes groseros, de que la espiaran por la ventana cuando se estaba cambiando de ropa o le volcaran la barca o la acorralaran entre tres o cuatro en el cañaveral. Por eso se alegró tanto del cambio de comedor: allí por lo menos, durante las horas de las comidas, tendrían que comportarse los chicos como personas. Y esto o algo muy parecido debieron de pensar ellos, porque protestaron y rezongaron muchísimo, lamentándose de que sólo les faltaba ahora, encima de haberse quedado en tan pocos y de que la lluvia les privara muchas mañanas de la playa y casi todas las tardes del cañaveral, tener que mantenerse quietos y erguidos ante la mesa, sin hablar apenas, comiendo todo lo que les pusieran en el plato, pelando las naranjas con cuchillo y tenedor, y tener que ponerse para colmo chaqueta y corbata para entrar por las noches al comedor.

Pero Sara estaba radiante, tan excitada la primera noche que se cambió tres veces de vestido antes de bajar a cenar —se decidió por uno de organdí, con el cuello cerrado y mucho vuelo, que le dejaba los brazos al aire y no le gustaba mucho a su madre, porque decía que la hacía parecer mayor y que no era adecuado para una niña que no había cumplido todavía los doce años— y se recogió el pelo —muy largo, muy rubio, muy liso— con una cinta de seda. Excitada sobre todo Sara esta primera noche por la posibilidad que se le ofrecía de husmear el mundo de los adultos, hasta entonces apenas entrevisto y sólo adivinado, porque quedaban los niños durante el largo invierno confinados al colegio, a los paseos con mademoiselle, al cuarto de jugar, y no había existido —ni este año ni en años anteriores— apenas contacto tampoco entre los chicos y sus padres a lo largo del verano (algo había oído Sara que le decía la mademoiselle a una camarera del hotel sobre las delicias y lo entrañable de este veraneo familiar, y las dos se reían y callaron de repente cuando advirtieron que ella las estaba escuchando, y le dio todo junto a Sara una rabia atroz), y lo cierto era que los niños se levantaban, desayunaban, hacían los deberes o jugaban al ping-pong, mientras los mayores todavía seguían durmiendo, y cuando ellos subían de la playa apenas terminaban los padres su desayuno y se preparaban perezosos para el baño, y cuando los adultos entraban en el comedor grande para el almuerzo, andaban ya los chicos por ahí, pedaleando por la carretera en sus bicicletas o tirando al blanco en las casetas de la feria. Sólo a veces, al cruzar —adrede— ante la puerta de alguno de los salones o de la biblioteca, veía Sara a su madre, rubia y evanescente entre el rizoso humo de los cigarrillos, y la conmovía y envanecía que fuera tan delicada, tan frágil, tan elegante y tan hermosa, como ese aire de hada o de princesa que sobrevolaba etérea la realidad (la más mágica de las hadas y la más princesa de todas las princesas, había pensado Sara de pequeña, y en cierto modo lo seguía pensando), y la madre abandonaba por unos instantes las cartas o la charla con los amigos, le hacía un gesto de saludo, la llamaba para que se acercara a darle un beso, a coger un bombón de licor de la caja que alguien le acababa de regalar, y otras veces se acercaba el padre a la mesa de los niños y preguntaba a la mademoiselle si se portaban bien, si hacían todos los días los deberes, si estaban disfrutando del veraneo; y coincidían todos, claro está, en la iglesia los domingos, porque había una sola misa en el pueblo y el grupo de los padres tenía que —relativamente— madrugar, pero incluso allí llegaban tarde y se sentaban en los bancos de atrás, cerca de la puerta, aunque esperaban a los niños a la salida para darles un beso y dinero para que tiraran al blanco o se compraran un helado en las casetas de la feria.

Y aquella primera noche en que pasaron los chicos al comedor grande —donde ocuparon sólo cuatro mesas—, se arregló Sara con muchísimo cuidado, y entró en la sala flanqueada por las figuras de la mademoiselle y de su hermano —ambos remolones y cariacontecidos—, y el corazón le latía deprisa y se sintió enrojecer, y estaba tan excitada y tan nerviosa que le costó un esfuerzo terminar la comida que le pusieron en el plato, y le pareció que no podía ver apenas nada, que no acertaba a fijarse en nada, tan grande era su afán por verlo todo y registrarlo todo, las mujeres con sus vestidos largos y los hombros desnudos y el cabello y los largos pendientes descendiendo fulgurantes a ambos lados de la garganta; los hombres apuestos y risueños, tan distintos a como se los veía por las mañanas en la playa o en las terrazas, hablando todos animadamente —¿de qué podían hablar?—, entre las risas y los tintineos de las copas de cristal, mientras se deslizaban silenciosos y furtivos los camareros por entre las mesas, pisando leve y sin despegar apenas los labios, tan estirados y ceremoniosos e impersonales que costaba reconocer en ellos a los tipos bullangueros y bromistas y hasta groseros algunas veces que les habían servido hasta ayer en el comedor de los niños, todos, camareros y comensales, sin reparar en los chicos para nada, de modo que resultaba inútil el afán de las señoritas y las mademoiselles para lograr que se estuvieran quietos, que no dejaran nada en el plato, que utilizaran correctamente los cubiertos. Como resultaba asimismo inútil la música que ejecutaba la orquesta (oyéndola al cruzar por el vestíbulo o desde la lejanía de la terraza, había supuesto Sara que eran más los músicos, pero ahora comprobó que había sólo un piano, un violonchelo y un violín, y le pareció que tenía el pianista unos ojos muy tristes), porque no parecía escucharla nadie, no parecían ni siquiera oírla, y se limitaban a fruncir el entrecejo y elevar un poco la voz en los momentos en que aumentaba el volumen de la música, como si debieran sobreponer sus palabras a un ruido incómodo. Ni un gesto, ni un simulacro de aplauso, ni una sonrisa. Y esto le sorprendió a Sara, porque en la ciudad los padres y sus amigos asistían a conciertos, iban a la ópera (esas noches la madre entraba en el cuarto de los niños, ya acostados, para despedirse, porque sabía que le gustaba mucho a Sara verla —como ahora en el comedor— con hermosos vestidos largos y escotados, abrigos de piel, tocados de plumas, pulseras tintineantes, el bolsito de malla de oro donde guardaba un pañuelito bordado y los prismáticos, y en torno a ella aquel perfume fragante y denso que impregnaba todas las cosas que tocaba la madre y que ella no olvidaría ya jamás), y había en el salón biblioteca varias estanterías llenas de discos, que la mademoiselle ponía algunas noches, cuando los padres no estaban en casa, para que los oyera Sara desde la cama y se durmiera con música. Pero aquí nadie prestaba la menor atención, y tocaban los músicos para nadie, para nada, y cuando se acercó Sara a la mesa de los padres para darles un beso de buenas noches, no pudo abstenerse de preguntar, y los padres y sus amigos se echaron a reír y comentaron que «aquello» tenía poco que ver con la verdadera música, por mucho que se esforzaran «esos pobres tipos». Y lo de «pobres tipos» le hizo a Sara daño y lo relacionó sin saber por qué con las burlas de los chicos, con sus estúpidas crueldades en el cañaveral, pero descartó enseguida este pensamiento, puesto que no existía relación ninguna, como no tenía tampoco nada que ver —y no entendía por qué le había vuelto a la memoria— la frase ácida y sarcástica que había oído a mademoiselle sobre las delicias de los veraneos en familia.

Fue sin embargo a la mademoiselle a quien le preguntó a la siguiente noche, porque a Sara la música le seguía pareciendo muy bonita y le daba rabia que los mayores no se molestaran en escuchar y dictaminaran luego condescendientes sobre algo en lo que no habían puesto la más mínima atención —«¿verdad que es precioso?, ¿no te parece a ti que tocan muy bien?»—, y la mademoiselle respondió que sí, que tocaban sorprendentemente bien, sobre todo el pianista, pero que lo mismo daba tocar bien o tocar mal en el comedor de aquel lujoso hotel de verano. Era en definitiva un desperdicio. Y entonces Sara reunió todo su valor, se puso en pie, recorrió sonrojada y con el corazón palpitante —pero sin vacilar— el espacio que la separaba de la orquesta, y le dijo al pianista que le gustaba mucho la música, que tocaban muy bien; ¿por qué no tocaban algo de Chopin?, y el hombre la miró sorprendido, y le sonrió por debajo del bigote (aunque ni por esas dejó de parecerle muy triste) y respondió que no era precisamente Chopin lo que allí se esperaba que interpretasen, y a punto estuvo Sara de replicar que lo mismo daba, puesto que no iban de todos modos a escuchar ni a enterarse tampoco de nada, y se sintió —acaso por primera vez en su vida— incómoda y avergonzada a causa de sus padres, de aquel mundo rutilante de los adultos que no le parecía de pronto ya tan maravilloso, y, sin saber bien el porqué, le pidió disculpas al pianista antes de regresar a su mesa.

Ahora Sara se ponía todas las noches un vestido bonito (iba alternando entre los tres vestidos elegantes que se había traído y que no había llevado en todo el verano: siempre en tejanos o en bañador) y se peinaba con cuidado, bien cepillado el pelo y reluciente antes de atarlo con una cinta de seda. Y seguía entrando en el comedor sofocada y confundida —se burlaban enconados y despechados y acaso celosos los chicos, pero Sara no los escuchaba ya: había dejado simplemente de existir—, y comía luego de modo maquinal lo que le ponían en el plato, porque era más cómodo tragar que discutir. Y seguía observando

Sara los bonitos vestidos de las mujeres, las nuevas alhajas y peinados, la facilidad de sus risas y sus charlas entre el tintineo de los vasos, lo apuestos que parecían casi todos los hombres, y lo bien que se inclinaban hacia sus parejas, les sonreían, les encendían el cigarrillo o les alargaban un chal, mientras se apresuraban a su alrededor unos camareros reducidos a la categoría de fantasmas, y sonaba la música, y fuera rielaba la luna llena sobre el mar oscuro, todo casi como en las películas o en los anuncios en tecnicolor. Pero cada vez con mayor frecuencia se le iban los ojos hacia la orquesta y el pianista, que le parecía más y más triste, más y más ajeno, pero que algunas veces, al levantar la vista del teclado y encontrarse con la mirada de Sara, le sonreía y esbozaba un vago gesto cómplice.

De repente todo lo concerniente al pianista le parecía interesante, y averiguó Sara entonces que aquella mujer flaca y pálida, o más que pálida descolorida, como si fuera una copia borrosa de un original más atractivo, aquella mujer a la que habría visto seguramente a menudo sentada sobre la arena de la playa o paseando por los senderos más distantes y menos frecuentados del jardín, siempre con una niña pequeña de la mano o trotando a su alrededor, era la esposa del pianista, la niña, de ellos dos, y nunca había visto Sara una criatura tan preciosa, y se preguntó si en algún momento del pasado habría sido la madre también así, y qué pudo haber ocurrido después para disminuirla de ese modo. Y como Sara había roto definitivamente su nexo con la pandilla de muchachos, y la mademoiselle no puso reparos, empezó a ir cada vez más a menudo en compañía de la mujer y de la niña, que le inspiraban un afecto transferido, como por delegación, porque Sara quería al pianista —lo descubrió una noche cualquiera, en que él levantó la vista del piano y sus miradas se encontraron, y fue un descubrimiento libre de sobresaltos o turbación o espanto, la mera comprobación de una realidad evidente que lo llenaba todo— y la niña y la mujer eran algo muy suyo, y Sara le compraba a la pequeña helados, garrapiñadas, globos de colores, cromos, y la invitaba a subir a las barcas, a la noria, al tiovivo, a asistir a una función en el circo, y parecía la niña enloquecida de gozo, y Sara miraba entonces con extrañeza a la madre, y la madre explicaba invariable: «Es que no lo había visto nunca, tenido nunca, probado nunca, es que nunca —y aquí la mirada se le ponía dura— se lo hemos podido proporcionar», y Sara se sentía entonces hondamente acongojada y como en peligro —le hubiera gustado pedirle perdón, como se lo pidió en una noche ya lejana al pianista, no sabía por quién o de qué, porque no lograba comprender, o quizá porque algo estaba madurando tenaz dentro de ella, y cuando saliera a la luz y la desbordara, tendría que comprenderlo todo y estaría la inocencia para siempre perdida y el mundo patas arriba y ella naufragando en medio del caos sin saber cómo acomodarse en él para sobrevivir.

Al anochecer —anochecía ya más temprano a finales de agosto—, mientras la mujer daba de cenar a la niña y la acostaba en las habitaciones de servicio, se tropezaba casi siempre Sara con el pianista en el jardín, y solían pasear juntos por el camino, hacia arriba y hacia abajo, cogidos de la mano, y hablaba el hombre entonces de todo lo que pudo haber sido, de todo lo que había soñado en la juventud —ya perdida, aunque no tendría más de treinta años—, de lo que había significado para él la música, de cómo se habían amado él y la mujer, y de cómo habían ido luego las circunstancias agostándolo todo, quebrándolo todo, haciéndoselo abandonar todo por el camino. Era un discurso pavoroso y desolador, y le parecía a Sara que el hombre no hablaba para ella —¿cómo iba a descargar esas historias en una chiquilla de once años?—, sino acaso para sí mismo, para el destino, para nadie, y en la oscuridad de la noche en la carretera no se veían las caras, pero en algunos puntos el hombre vacilaba, se estremecía, le temblaba la voz, y entonces Sara le apretaba más fuerte la mano y sentía en el pecho un peso duro que no sabía ya si se llamaba piedad o se llamaba amor, y le hubiera gustado animarse a decirle que había existido sin duda un malentendido, un cúmulo de fatalidad contra ellos conjurada, que todo iba a cambiar en cualquier instante, que la vida, y el mundo no podían ser permanentemente así, como él los describía, y en un par de ocasiones el hombre se detuvo, y la abrazó fuerte, y le pareció a Sara que tenía las mejillas húmedas, aunque no hubiera podido asegurarlo.

Acaso se sintiera la mujer sutilmente celosa de estos paseos a dos en la oscuridad, o tal vez necesitara simplemente alguien en quien verter la propia angustia y ante quien justificarse (aunque nadie la estaba acusando de nada), porque aludía a veces amarga a «lo que te debe haber contado mi marido», por más que Sara tratara de detenerla, intentara no escuchar, «¿sabes que desde que hay menos clientes en el hotel no nos pagan siquiera la miseria que habían prometido, y que él ni se ha dignado enterarse?, ¿sabes lo que me hizo el otro día el gerente delante de sus narices, sin que él interviniera para nada?, ¿sabes que he pedido yo dinero prestado a todo el mundo, que debemos hasta el modo de andar, que no tenemos adonde ir cuando termine el verano dentro de cuatro días?, y él al margen, como si nada de esto le concerniera para nada». Y un día la agarró por los hombros y la miró con esa mirada dura, que la dejaba inerme y paralizada: «Ayer me sentía yo tan mal que ni podía cenar, ¿crees que se inquietó o me preguntó siquiera lo que me pasaba?, cogió mi plato y se comió sin decir una palabra la comida de los dos, ¿te ha contado esto?» Y Sara intentó explicarle que el hombre no le hablaba nunca de incidentes concretos, de sórdidos problemas cotidianos, de lo que estaba sucediendo ahora entre él y la mujer; hablaba sólo, melancólico y desolado, de la muerte del amor, de la muerte del arte, de la muerte de la esperanza.

Así llegó el día del cumpleaños de Sara, justo el día antes de que terminara el veraneo y se cerrara el hotel y volvieran todos a la ciudad, y subieron sus amigas más amigas, como mamá y la mademoiselle habían prometido, y hasta los chicos estaban mejor, con sus trajes recién planchados y su sonrisa de los domingos, y tuvo muchísimos regalos, que colocó sobre una mesa para que todos los vieran, y le habían comprado un vestido nuevo, y papá le dio una pulsera de oro con piedrecitas verdes que había sido de la abuela y que significaba que Sara empezaba ya a ser una mujer, y hubo carreras de saco, piñatas, fuegos artificiales, y montañas de bocadillos y un pastel monumental, y hasta una tisana con mucho champán que los achispó un poquito porque nunca antes les habían dejado beberla y era un síntoma más de que estaban dejando a sus espaldas la niñez. Y estuvo Sara toda la tarde tan excitada y tan contenta, tan ocupada abriendo los regalos y organizando juegos y atendiendo a los amigos, que sólo al anochecer, cuando terminó la fiesta y se despidieron algunos para volver a la ciudad, se dio cuenta de que la hija de los músicos no había estado con ellos, y supo entonces desde el primer instante lo que había sucedido, por más que se obstinara en negarse algo que era tan evidente y le parecía sin embargo inverosímil, lo supo antes de agarrar a la mademoiselle por el brazo y sacudirla con furia, «¿por qué no ha venido la niña a mi fiesta, di?», y no hacía falta ninguna especificar de qué niña estaba hablando, y la mademoiselle sonrojada, tratando de hablar con naturalidad, pero sonrojada hasta el pelo y sin atreverse a mirarla, «no lo sé, Sara, te aseguro que no lo sé, me parece que el conserje no la ha dejado entrar» y, en un intento de apaciguarla, «de todos modos es mucho más pequeña que vosotros...», lo supo antes de plantarse delante del conserje y gritarle su desconcierto y escupirle su rabia, y encogerse el tipo de hombros, y explicar que él había hecho únicamente lo que le habían mandado, que había instrucciones de su madre sobre quiénes debían participar en la fiesta, lo supo antes de acercarse a su madre con el corazón encogido, esforzándose por no estallar en sollozos, y la madre levantó del libro unos ojos sorprendidos e impávidos, y dijo con voz lenta que no sabía ella que fueran tan amigas y que de todos modos debería ir aprendiendo Sara cuál era la gente que le correspondía tratar, y luego, al ver que se le llenaban los ojos de lágrimas y que estaba temblando, «no llores, no seas tonta, a lo mejor me he equivocado, pero no tiene demasiada importancia, ve a verla ahora, le llevas un pedazo de pastel, unos bombones, y todo queda olvidado». Pero en el cuarto de los músicos, donde no había estado nunca antes, la mujer la miró con una mirada dura —definitiva ahora, pensó Sara, la dureza que había ido ensayando y aprendiendo a lo largo del verano—, pero se le quebró la voz al explicar, «lo peor es que ella no entendía nada, sabes, os veía a vosotros y la merienda y los juegos, y no entendía por qué no se podía ella acercar, ha llorado mucho, sabes, antes de quedarse dormida». Pero la mujer no lloraba. Y Sara se secó las lágrimas, y no pidió perdón —ahora que sí sabía por quién y por qué, también sabía que uno no pide perdón por ciertas cosas—, y no les llevó pasteles ni bombones, ni intentó regalarles nada, arreglar nada.

Sara subió a su habitación, se arrancó a manotazos la cinta, el vestido, la pulserita de la abuela, lo echó todo revuelto encima de la cama, se puso los tejanos, se dejó suelto el pelo mal peinado encima de los hombros. Y cuando entró en el comedor, nadie, ni la mademoiselle ni los chicos ni los padres ni el maître, se animó a decirle nada. Y Sara se sentó en silencio, sin tocar siquiera la comida que le pusieron en el plato, muy erguida y ahora muy pálida, mirando fijo hacia la orquesta y repitiéndose que ella no olvidaría nunca lo que había ocurrido, que nunca se pondría un hermoso vestido largo y escotado y un abrigo de pieles y unas joyas y dejaría que unos tipos en esmoquin le llenaran la copa y le hablaran de amor, que nunca —pensó con asombro— sería como ellos, que nunca aprendería cuál era la gente que debía tratar, porque su sitio estaba para siempre con los hombres de mirada triste que habían soñado demasiado y habían perdido la esperanza, con las mujeres duras y envejecidas y desdibujadas que no podían apenas defender a sus crías, desde este verano terrible y complicado en que había descubierto Sara el amor y luego el odio (tan próximo y tan junto y tan ligado con el amor), en este verano en que se había hecho, como anunciaban los mayores aunque por muy distintos caminos, mujer, repitiéndose esto mientras le miraba fijo, fijo, y él la miraba también a ella todo el tiempo, sin necesidad ninguna de bajar los ojos al teclado para interpretar, durante todo lo que duró la cena, música de Chopin.

Pedro Zarraluki

Pedro Zarraluki nació en Barcelona el último día de 1954, donde reside hasta la actualidad. Ha publicado los siguientes libros: *Galería de enormidades* (Cuentos, 1983), *Tres trayectos innobles* (Cuentos, 1986), *La noche del tramoyista* (Novela, 1986), *Retrato de familia con catástrofe* (Cuentos, 1989) y *El responsable de las ranas* (Novela, Premio Ojo Crítico de Radio Nacional de España y Premio Ciudad de Barcelona, 1990).

Si algo me apasiona del relato como género en su extraño equilibrio entre precisión y vaguedad. Su compromiso con lo leve le obliga a buscar siempre las palabras exactas, pero eso no significa que pueda abordar sólo ideas sencillas. Muy por el contrario, los buenos relatos son pequeños universos en perpetua expansión, pues se instalan en el potencial infinito que se esconde en la inteligencia de sus lectores.

Hoy en día, hay en España muy buenos narradores de relatos, pero la eclosión de este género no se ha extendido aún a un público mayoritario. Ignoro si eso es posible. En cualquier caso, el lector de relatos no puede tener un carácter dócil y acomodaticio. Ha de estar dispuesto a aportar tanto o más que el autor. Aunque magnífica, no deja de ser una limitación.

Páginas inglesas

> Si una esfera estuviera totalmente cubierta de pelo sería imposible peinarla con todo el pelo aplastado. En cambio, sí podemos dejar perfectamente liso el pelo de una rosquilla peluda.
>
> MARTIN GARDNER

Estaba sentado frente a la balaustrada, con los ojos abiertos a la extensión inmóvil del mar. Había cultivado en vida la paz del espíritu, y su mayordomo no quiso alterar tampoco su reposo en la plácida ausencia de la muerte. Llamó a un médico anciano —un viejo amigo respetuoso— que buscó en vano su aliento procurando no taparle la vista del horizonte. Y al día siguiente, un juez también anciano —al que el difunto ganaba siempre al dominó— autorizó su traslado al panteón que había hecho construir junto a las olas. Siguiendo su deseo, lo llevaron allí tal como lo encontraron. Cuando lo contemplaron por última vez se mostraba como había estado siempre: sentado en su sillón de mimbre, vestido con su impoluto traje de lino, y sumido en un pensamiento indescifrable. El sacerdote de la parroquia quiso pronunciar unas palabras antes de sellar la cripta, y los pocos presentes se quitaron sus sombreros. «Puedo hablar —dijo el ministro— porque cuento con el permiso de este agnóstico entrañable. Guiado por una certeza incompatible con la mía, se burló siempre con Diderot de la apuesta de Pascal. Todos lo sabéis. Pero su benevolencia era un lugar inabarcable que contenía, mal que le pesara, los principios internos de la fe. Descanse en paz este hombre que dedicó su vida a ampliar los límites del pensamiento, en lo que Russell llamó nuestro breve día.»

Y el buen sacerdote, envenenado sin duda por el dolor de la amistad, apostilló:

—Doy mi palabra de que el Señor lo acogerá en su seno, pues sólo un monstruo podría renegar de un hombre así por el hecho insignificante de que no haya creído en su existencia.

Fue el mismo juez que autorizó el levantamiento del cadáver el encargado de avisar a sus herederos. Eran estos los dos hijos del fallecido, ambos varones, y ambos desconocidos por los habituales contertulios del anciano. El sabio nunca había hablado de ellos como no fuera para destacar sus diferencias. Se sabía, pues, que uno era en exceso ponderado y el otro en exceso voluble —cosas ambas ingratas por el carácter algo excéntrico de su padre—. Se sospechaba por ello que la lectura del testamento depararía sorpresas, pero el anciano superó con creces la esperanza de los que le admiraban. El primero de sus vástagos llegó en un coche gris en compañía de una mujer silenciosa. Todos reconocieron en él al ponderado. Como su hermano no había aparecido, se alojó en la pensión, y entretuvo la espera con largos paseos por la costa que tanto había amado su padre. Dos días después entró en la población el otro heredero, y lo hizo en un deportivo que empolvó hasta los balcones más altos. Éste no dudó en alojarse en la casa que fuera de su padre, ni en apurar al mayordomo con encargos difíciles de satisfacer en aquellos remotos parajes.

Con algún retraso sobre la hora convenida el anciano magistrado tomó asiento en su despacho. Su mirada, que parecía desconocer la inquietud, se entretuvo en los rostros de los dos hermanos y en el del mayordomo, beneficiado también por el testamento. Les suplicó que se acomodaran en los sillones de cuero, y procedió a leer las últimas voluntades del sabio fallecido. El mayordomo recibía un capital con el que podría vivir en adelante sin apuros. El resto de la inmensa fortuna, incluido el producto de la venta de todas las propiedades, se ingresaría en una cuenta bancaria a nombre del propio juez y del sacerdote de la parroquia. Ellos se encargarían de hacer llegar el dinero en su totalidad a su hijo voluble, aunque bajo ciertas condiciones. Dividirían el capital en veinticuatro partes iguales, y le entregarían una por mes a lo largo de dos años. El beneficiario se comprometía, durante ese tiempo, a no estar nunca dos veces a la misma hora en el mismo lugar. De hacerlo, y de poder probarlo su hermano, lo que quedara del dinero pasaría de inmediato a manos de éste, perdiendo el primero todos sus derechos. Los perdería también cualquiera de los hermanos que, no sabiendo estimular su ingenio, recurriera a la violencia, y el que se aviniera a un reparto de la herencia. El testador confiaba en que la totalidad de su dinero pasaría de esta manera a manos del que mereciera tenerlo. A su hijo ponderado le dejaba tan sólo un sobre lacrado. Y el sobre contenía una nota que debía leer —se decía textualmente— en su más inspirada soledad.

El juez alzó la mirada sin poder evitar una breve sonrisa. Los legatarios le contemplaban con evidente estupor. El anciano se ajustó los quevedos, y le vino a la memoria la figura solitaria del sabio fallecido, siempre atenta a la línea inmóvil del horizonte.

—Ha sido una gran pérdida —dijo a destiempo—... Hay dos cláusulas anexas.

La primera se refería a sus honorarios, que deberían descontarse del monto del capital. También se descontaría de allí una donación para la parroquia cuya cantidad debía él estipular, con la condición de que fuera tan alta como la amistad, pero nunca desmesurada como la fe. El segundo anexo obligaba al heredero a acudir a todas las citas que fijara su hermano, siempre y cuando éstas se produjeran en lugares que visitara por primera vez. Y el sabio se despedía de sus amigos con la esperanza de que la muerte, para ellos, fuera tan esquiva como esa meta a la que nunca llegarían Aquiles ni la tortuga.

Así era el testamento del sabio muerto. El heredero pidió de inmediato un anticipo. «Mi padre me condena al mayor de los placeres —comentó—. Voy a ver el mundo con la rapidez de quien visita un museo de mineralogía. No sé si eso me divertirá, pero sin duda no encontraré tiempo para aburrirme.» Su hermano, entregado a su habitual seriedad, le contemplaba en silencio. No hizo comentarios a su infortunio. Deseó a los presentes buenos días, y se alejó con el sobre lacrado hacia los acantilados que se entregaban al mar. Nada se supo de él hasta dos meses después.

*

El cartero llegó en su motora desvencijada, y entregó el paquete del correo al botones del hotel. Éste lo llevó a la conserjería, y el gerente entretuvo su aburrimiento ordenando las cartas en los casilleros. Venecia sucumbía al calor del verano, pero eso no parecía afectar a la mujer que leía la prensa en el vestíbulo centenario. El gerente soltó una exclamación al descubrir un telegrama urgente entre el resto del correo. Llamó al botones, pero fue la mujer la que primero acudió al mostrador de recepción. El gerente pareció asustarse por su presencia, aunque en realidad lo embargaba la admiración. No podía impresionarle más que una princesa desterrada. Y aquella mujer abusaba de las plumas de marabú, de las perlas y de los diamantes con el hastío indescifrable de los que han aburrido los misterios del placer. Hasta su vida, desordenada y promiscua, no sólo no envilecía, sino que daba a su mirada una altivez que era peor que un insulto. El gerente pertenecía a una raza antigua, y por ello nunca hubiera dudado de la palabra de la princesa: sabía que su voz era tan sólida y tan etérea como los dogmas de los viejos dioses. La contempló como quien contempla una obra de arte mientras ella daba una propina al botones para que desapareciera de nuevo. El niño puso alas a sus piernas, y la mujer preguntó al gerente por el telegrama. «Es para él», murmuró el empleado, queriendo sin duda hacerse cómplice de la princesa. «Démelo —contestó ella—. Yo se lo entregaré.» Y allí mismo rasgó el papel y leyó su contenido.

El heredero dormía aún en un lecho imperial de sábanas arrugadas. La princesa despidió al camarero antes de despertarle, y depositó la bandeja con el desayuno a un lado de la cama. Luego descorrió las cortinas entonando una canción romántica de su tierra. El hombre se incorporó con un largo bostezo, y vio asombrado que la princesa llevaba ropa de viaje. «Tu hermano te ha citado —dijo ella—. Salgo ahora mismo hacia Berlín. Te esperaré en el hotel Kempynsky.» Le dio un beso breve que era la más larga promesa, y salió de la habitación. Al cruzar la puerta se detuvo un instante, y se volvió hacia su amante adormecido. «Ten cuidado con las trampas —dijo—. Confío en tu inteligencia.» Como si le viera desde la eternidad, sus ojos reflejaron la desazón del que contempla la belleza de lo efímero.

*

Era una pequeña aldea de los Alpes. El heredero llegó allí una semana después al volante de su deportivo. Detuvo el automóvil en el centro de la plaza desierta, y consultó su reloj. Eran casi las diez de la mañana. Pensó con tristeza que nunca había estado tan atento al paso del tiempo, y que la herencia le había transformado en un hombre puntual. Su hermano lo había sido siempre. Apareció en la puerta de un pequeño bar, con una taza entre las manos. El heredero se sintió acosado por maquinaciones que no podía prever. Descendió del coche con una inquietud creciente que, supuso, pronto se le haría insoportable. Y pensó para tranquilizarse que disponía de un día entero antes de estar en peligro.

Su hermano había pedido café. Tomaron asiento a una mesa desde la que se veía la plaza y, al fondo, el espinazo de las montañas. El heredero, que en esto se parecía a su padre, había preferido siempre el horizonte recto del mar. Miró a su hermano con desconfianza, pero sólo durante un breve instante. La situación le parecía descabellada, y no era un hombre acostumbrado a tomar en serio los desafíos.

—Nuestro padre era un cretino —dijo—. Me espera una princesa en Berlín, pero hago un viaje agotador para desayunar contigo en los Alpes. El viejo sabio ha conseguido que haga por obligación algo que no hubiera hecho sin duda por placer, aunque quizá sí por cariño. Me parece despreciable que alguien como él elimine en los demás la incertidumbre.

Y, luego, tras una pausa:

—Lamento no poder dividir la herencia.

—No insultes a nuestro padre —contestó su hermano—. He de luchar para que el dinero sea mío, y te aseguro que voy a intentarlo. Es una cuestión de honor, pues tú fuiste siempre su favorito. Si hubieras sido un poco más serio, nuestro padre no me hubiese dado ninguna oportunidad.

—Siempre ha bastado que abras la boca para que empiece a aburrirme... ¿Ese hombre es el cuerpo de policía local, o tiene algo que ver contigo?

Su hermano se volvió hacia un individuo que les contemplaba desde otra mesa. Llevaba un uniforme de color gris, y era el único cliente aparte de nuestros protagonistas.

—Es mi chófer. No tengo tanto dinero como tú, pero sí el suficiente para permitirme ciertos lujos. Últimamente las cosas me han ido bien.

—Me alegra saber que no necesitas mi dinero. Eso te restará inteligencia para lograrlo.

Esta vez fue su hermano el que esbozó una sonrisa.

—Te equivocas. Pero no quiero hablar ahora de esto. De hecho la cita no es aquí, sino en el hotel, que está en lo alto de la montaña. Quiero proponerte una excursión.

El heredero sintió de nuevo una inquietud profunda como el vértigo. Miró a su hermano, pero éste se mostraba tan impasible como un buen jugador.

—No intentes engañarme —le dijo.

—Nada me parece más razonable que tu desconfianza. Y tampoco esperaba que te pusieras en mis manos sin pedirme una explicación previa... Nuestra cita oficial, por llamarla de alguna manera, será esta noche en el hotel. Si estoy aquí es tan sólo por cortesía, aunque también porque no me gusta caminar en solitario. La pista que lleva al hotel es más bien tortuosa, pero desde ella se pueden contemplar los paisajes más bellos que recuerdo. Si salimos ahora podemos comer en algún recodo, y llegaremos con tiempo para descansar un buen rato antes de nuestro encuentro.

—Seguro que hay algún inconveniente.

—Sólo uno que pueda preocuparte. Dormiremos en el hotel, y mañana te devolveré tu libertad... hasta la próxima cita. Mi chófer puede conducir tu coche hasta allí, de modo que no tendrás problemas de transporte. El único obstáculo es que para irte deberás pasar de nuevo por esta plaza, pues sólo hay un camino que lleve al hotel. Pero no sufras, ya que el hecho de subir andando te beneficia. Calculo que la ascensión, como no tenemos prisa, nos llevará unas cinco horas. Si salimos ahora llegaremos alrededor de las tres, por lo que podrás permanecer allí sin peligro hasta las tres del día siguiente.

—No pienso estar tanto tiempo.

—Ni falta que hace. Después del desayuno, si la propuesta que pienso hacerte no te ha convencido, podrás ascender a tu coche y partir hacia el carísimo abrazo de tu princesa. Sólo deberás tomar la precaución de no cruzar esta plaza durante el espacio de tiempo en que ahora nos hallamos.

—Eres retorcido, pero no tanto como para preparar todo esto si no planeas una trampa... Recuerda que no puedes utilizar la violencia.

—Nuestro padre lo prohibió porque pensaba que sólo así podría quitarte el dinero, pero eso no tiene ahora importancia. Yo te recuerdo que debes obedecer mis deseos siempre que no descubras en ellos la evidencia de un engaño... Deberías incluso agradecer que esté aquí, pues nada me obliga a anticiparte mis proyectos.

—Ahora me dirás que sólo deseas hablar conmigo sin recelos.

—Quizá nuestro padre no fuera un cretino. Quizá pensaba que sólo en las condiciones más adversas íbamos a conseguir la complicidad paradójica de la sangre. No olvides que se sentía estimulado por los problemas irresolubles, y que a ti y a mí sólo nos ha traído aquí el olor del dinero. No hay fuerza comparable a aquella que carece de valor, pero que hace posibles todas las cosas.

—De acuerdo. Haremos esa excursión, pero quiero que sepas que voy a recelar hasta del aire que respiras.

—Todo está a punto. La señora del bar ha sido tan amable de prepararnos una comida campestre.

Vieron partir al chófer en el deportivo, y emprendieron sin prisa el camino. El heredero pensaba que los cálculos eran sospechosamente exactos. Su hermano se detenía a menudo para aspirar el aire fresco de la montaña, mientras él se perdía en la búsqueda de la trampa. No le fue posible encontrar algo que justificara su temor. Llegó a creer que su hermano le había llevado allí con la esperanza de que el azar o una inspiración repentina le permitieran hacerle caer, pero eso se contradecía con su carácter, negado desde siempre para la improvisación. Si se había molestado en viajar hasta los Alpes era porque tenía un plan preparado de antemano. Por culpa de estos pensamientos, el heredero hablaba poco. Su hermano, provisto de un buen bastón, se mostraba más locuaz. Le recordó los tiempos en que emprendían juntos largas excursiones sin otra motivación que la de agotar la juventud. De poco servía el dinero cuando lo que se buscaba era el cansancio de los músculos. Llegó a decirle —mientras comían a un lado del camino, bajo un pino frondoso— que de lograr arrebatarle la herencia le invitaría una vez al año a una larga caminata. Sin duda los cálculos eran sospechosamente exactos. Llegaron al hotel poco después de las tres. El deportivo estaba aparcado en una explanada que se abría al abismo insondable del paisaje. La vista era impresionante. Cansados, se apoyaron en la baranda de mampostería y se entregaron a la contemplación de las montañas. El heredero, con un resto de ironía, pensó que era un bello lugar para encontrar de nuevo la indigencia.

—Nuestro padre no supo nunca admirar este oleaje

—comentó su hermano—. No hay bramido comparable al que produjeron estas montañas cuando se alzaron. El mar conoce la furia, pero está condenado a desplomarse siempre sobre sí mismo. En cambio la tierra, escasa y orgullosa, cobra vida muy pocas veces, y cuando lo hace cambia el rostro del mundo. Dicen que en este valle reposan los elefantes de Cartago.

El hotel era tan recio como la montaña en que se asentaba. Las ventanas eran sin embargo amplias, y todo en él llamaba a un orden interno tan acompasado y tan liviano como el que guía a los astros. El firmamento parecía allí el lugar más cercano. Cuando entraron en el edificio encontraron al chófer sumido en la lectura del periódico. Se puso en pie al verles, y sin decir palabra acompañó a su patrón. Más tarde buscó al heredero para decirle que su hermano dormía, y que esperaba encontrarle en el comedor para la cena. El heredero estaba también cansado, pero la inquietud le mantenía en una tensión incompatible con el reposo. Pasó por las cercanías del hotel intentando razonar como lo haría su hermano. Pero la presa nunca puede entender las pausas del cazador, y en el erróneo análisis de su indiferencia suele encontrar la perdición. El heredero se sentía preso por el arte de una cinegética aprendida en inagotables horas de estudio. Su hermano carecía de intuición, pero podía muy bien estudiar las reglas del acoso. Era seguro, en cualquier caso, que se había estado preparando para algo, y que en su siesta prolongada latía la amenaza de los cepos. Se hizo de noche sin que nada los delatara, y el heredero acudió al comedor con el ánimo abatido del que espera una sentencia. Su hermano continuaba impasible y tranquilo. Cenó en abundancia, y al observar su falta de apetito le dio su palabra de que no había puesto un somnífero en los alimentos. Pero no era esto lo que le impedía comer. Sólo quería encontrar un motivo que justificara su miedo, pues sabía que el tiempo se deslizaba en su contra. «En algún momento disparará —pensaba—. En algún momento tiene que aventurarse.» Y desde tan cerca era imposible que no hiciera blanco.

¡Pero el peligro estaba aún tan lejano! Pasaron a un salón amplio de chimeneas apagadas, y su hermano pidió licores y tabaco. Al otro lado de los ventanales se alzaba la sombra de las montañas. El heredero se sintió de súbito vencido, y en todo, en las ráfagas de viento y hasta en el silencio que dejaban, creía escuchar la premonición de su derrota. Por primera vez contempló a su hermano con temor, pero éste no pareció advertirlo. Le habló durante largo rato del pasado. Recordó muchos momentos de su infancia, y ya era muy tarde —hacía rato que les habían dejado solos en el salón— cuando dijo que por ser gemelos disfrutaban de una complicidad que nada podría destruir. Quizá su padre deseaba que pactaran en secreto el reparto de la herencia, recuperando así su mutua confianza. Nadie, fuera de ellos, podía denunciar un reparto realizado con discreción, y había dinero suficiente para enriquecer a ambos. Se trataba de algo que su padre hubiera comprendido: sustituir los términos de una herencia caprichosa por la más estricta equidad, aun a riesgo de perderlo todo. El heredero pensó que el único que corría ese riesgo era él, pero no pudo hablar porque su hermano se puso en pie.

—Te suplico que lo consultes con la almohada —le dijo—. Mañana me darás tu respuesta. Buenas noches.

Y le dejó solo en el salón.

A la mañana siguiente le despertaron unos golpes en la puerta. Se apresuró a consultar su reloj. Comprobó aliviado que eran poco más de las nueve de la mañana, y pensó que le quedaban casi seis horas antes de estar en peligro. Entonces se abrió la puerta y su hermano asomó la cabeza. Su rostro estaba increíblemente fresco, como si saliera de la más plácida de sus noches. Les iban a servir el desayuno en una de las terrazas para poder conversar con tranquilidad. De todas maneras, los demás clientes del hotel habían desayunado hacía rato, pues eran todos montañeros madrugadores.

El heredero se desperezó largamente, como era su costumbre, pero de improvito saltó de la cama con súbita urgencia. Estaba seguro de que durante la noche habían manipulado su reloj. Maldijo su exceso de confianza, y corrió a abrir las cortinas. El sol estaba bajo aún. No era esa pues la celada que le tendía su hermano, pero bastó para convencerlo de que no podía fiarse de él. Quizá le había llevado a los Alpes con la sola intención de proponerle un pacto. Hasta era posible que hubiera elegido aquel lugar con la esperanza de que una larga excursión, y la posterior intimidad de un hotel tan cercano a las estrellas, ablandaran su resistencia. Pero si aceptaba su propuesta se ponía en sus manos y, tal como no había encontrado la supuesta trampa, tampoco hallaba un motivo para confiar en él. Si le cedía parte de la herencia podía el otro reclamarla toda. ¿Existía la seguridad de que no fuera a hacerlo? Se vistió aturdido por una sospecha que le indignaba, pues en el fondo era un hombre honesto. Y tomó una decisión que lo sumió en el malhumor.

Su hermano le esperaba para empezar el desayuno. El heredero se sentó sin decir palabra, y se sirvió una gran taza de café. Las montañas, liberadas por el sol del sudario de la bruma, renacían a su vida inmóvil y eterna. El heredero bebió de un trago el café, y luego contempló a su hermano con tristeza. Éste, convencido quizá del reparto de la herencia, se mostraba tan alegre como si el dinero estuviera ya en su poder.

—No puedo hacerlo —dijo el heredero—. Nuestro padre fue demasiado cruel.

Las pupilas de su hermano cambiaron de signo. Dejó sobre la mesa los útiles del almuerzo, y le contempló con una mirada que mezclaba el rencor y la malicia.

—Puedes irte cuando quieras —le dijo—. En breve recibirás aviso para una nueva cita, y te aseguro que será la última. Nunca podrás decir que no hice lo posible por evitarlo.

El heredero supo entonces que estaba perdido, pero no acertó a cambiar su decisión. Se limitó a sostener la mirada de su hermano.

—Quiero que sepas —continuó éste— que estaba dispuesto a no traicionarte. Para transgredir las reglas se requiere una convicción de la que eres incapaz. El cínico puede disfrutar de una lucidez sin límites, pero eso de nada le sirve cuando debe enfrentarse a la terquedad. Te falta la obstinación necesaria para dejar de ser un payaso.

El heredero se puso en pie.

—Prefiero que sean otros los que se rían de mí... Han dado las diez, y a esta hora ya no estábamos en la plaza. Si quieres te llevo hasta allí.

—No hace falta. Mi chófer ha bajado hace un rato con el camión de los refrescos. Pronto estará de regreso.

El heredero pensó que la sonrisa de su hermano delataba una seguridad casi tenebrosa. Había algo en los términos de la herencia que se le escapaba, pero eso formaba parte también de los deseos de su padre. ¿Qué placer pudo encontrar buscando la diversión después de la muerte? Intuyó al subir al automóvil lo aburrido que pudo ser dedicar la vejez a la contemplación del horizonte, y sospechó que el cerebro de su padre se había pervertido en la lejanía de esa línea inmóvil. No podía ser otro el final de un hombre acostumbrado a hallar una paradoja tras cada una de sus preguntas, como si el universo —saturado de un poder excesivo— se burlara de sus propios secretos.

Recorrió el camino a gran velocidad, sin detenerse a observar un paisaje que aborrecía. Cuando avistó la aldea aminoró la marcha para consultar el reloj. Faltaba poco para las once. Tomó las últimas curvas poseído por una indignación que le consumía, y al entrar en la plaza no le extrañó encontrar allí al chófer de su hermano. Hacía tiempo que sabía que Berlín sería el punto final de su viaje inagotable, y ya sólo deseaba conocer los términos de su condena. El chófer, al ver el deportivo del heredero, apagó con premura un cigarrillo y alzó los brazos para llamar su atención. El coche se detuvo a su lado con un último estertor, y el heredero le contempló a través de la ventanilla. El chófer parecía azorado. Como si un exceso de timidez le impidiera hablar desde arriba, se agachó para situar su rostro a la altura del conductor.

—Lamento comunicarle —dijo— que su hermano le cita de nuevo, el miércoles, en el despacho del juez. Allí apelará a los términos de la herencia, pues usted ha incumplido la condición que se le exigía.

El heredero no acertó a decir palabra, y el chófer, tras un breve carraspeo, continuó:

—Quiero que sepa que soy abogado, y socio del mismo club que su hermano. Como he ocultado mi condición de letrado, la ética profesional me impide representarle en este contencioso. Me limitaré a actuar como el principal testigo.

La dueña del bar, con las manos cruzadas sobre el vientre, les contemplaba desde la puerta de su local. También ella formaba parte de la tela de araña.

—Está usted loco —gimió el heredero—. Yo no he incumplido nada.

—Los términos de la herencia exigían a su hermano que demostrara que había estado usted dos veces en el mismo lugar a la misma hora, pero no que detallara cuál era exactamente ese lugar. Usted invirtió ayer cinco horas en subir al hotel, y ha bajado en menos de veinte minutos. Pero los veinte minutos están contenidos en el espacio de tiempo que abarcan las cinco horas. Gracias a esto sabemos que usted se ha cruzado consigo mismo, aunque no podemos precisar dónde lo ha hecho... Imagine que un automóvil hubiera recorrido ayer el mismo camino que ha hecho usted hoy en el suyo, y en el mismo periodo de tiempo. Resulta evidente que, en algún lugar, usted se habría tenido que apartar para dejarle paso, pues el automóvil hubiera salido del hotel cuando usted ya caminaba hacia allí, y hubiera alcanzado esta plaza antes de que usted llegara al hotel. Es lo que en topología se llama el punto ineludible. Una de esas evidencias que parecen no servir para nada, y que se hallan sin embargo en la base de la explicación del universo.

Y en este punto, formulada la sentencia, el depuesto heredero recobró su dignidad.

—Le agradezco su charla —comentó con desinterés—, y le agradeceré que me haga llegar su citación al hotel Kempynsky de Berlín. Resulta que me espera allí una princesa desterrada a la que no puedo defraudar...

Como dijo uno de mis anónimos maestros, sufriré un gran disgusto cuando reciba estas noticias. Sugiero que busquen al autor de tan liviana filosofía, pues sería una buena lectura para su club. También él se halla en la base de la explicación del universo.

Juan Eduardo Zúñiga

Juan Eduardo Zúniga nació en Madrid, donde estudió Bellas Artes y Filosofía y Letras. Es especialista en literaturas eslavas y en el siglo XIX español. Entre sus obras cabe destacar: *Inútiles totales, El coral y las aguas, Largo noviembre de Madrid* (Cuentos, 1980), *El anillo de Pushkin* (1983), *Artículos sociales de Mariano José de Larra, Los imposibles afectos de Iván Turguéniev, La tierra será un paraíso* (Cuentos, 1989), *Sofía* (1990) y *Misterios de las noches y los días* (Cuentos, 1992).

El último día del mundo

Parecía no quedar ya nadie en el barrio y las ventanas estaban vacías y las puertas las movía el aire y los ratones cruzaban las salas silenciosas y el aroma de la madreselva se perdía sin llegar a aquellos que plácidamente se adormecían en las siestas calurosas. De noche no se oía el llanto de un niño insomne ni el entrechocar de platos en el fondo de las cocinas. En los jardines no sonaban los surtidores sino una rama seca desprendida, la roldana de un pozo movida por el viento, un gato abandonado susurraba un maullido de extrañeza y acacias y jazmines, lilos y geranios estaban callados y daban su luz verde, indiferentes a su próxima ruina. Los chalets que fueron hacía años la ambición de sus constructores, estaban cubiertos de polvo: había polvo en las escalinatas de azulejos rojos, polvo en las molduras de las elegantes fachadas, polvo en los cristales y en las escaleras que bajaban a los sótanos, dominio de humedades y sombras.

Los que habitaron allí y encontraron la felicidad o el ocio en los jardincillos apacibles y los que celebraron cumpleaños y vieron cómo envejecían sus hijos y pusieron por última vez la mano temblorosa en el embozo de la cama, todos, de una forma u otra, se habían ido, cediendo a presiones de los nuevos tiempos y el barrio de chalets fue quedando sin nombres, sin voces, entregado a soplos de viento, a golpes de cornisas desprendidas, a hojas arremolinadas en rincones donde había un guante, una botella sin nada, unos papeles que acaso fueron cartas.

Al otro lado del barrio, el rumor no cesaba y el gas-oil movía pesadas máquinas que iban derribando casas, alisando y cubriendo la tierra con un pavimento de piedras y asfalto para formar la gran avenida de los desfiles triunfales.

Como un coágulo de vida familiar, de modestas comodidades, de logros anhelados tras años de trabajo laborioso, el barrio de chalets al interponerse en la marcha de las apisonadoras y las hormigoneras, había sido condenado indefectiblemente a desaparecer. Primero, talarían los árboles y arbustos, luego arrancarían las cañerías, las barandas de hierro forjado, las vigas de madera que sostenían los tejados y empezarían el rápido derribo al que nadie asistiría.

Por las calles bordeadas de acacias se paseaban una mujer y un hombre. Eran los últimos que allí vivían y habían decidido no marcharse, no abandonar aquel lugar en el que convivieron largos años y al que entregaron su cariño. Decidieron no aceptar mudarse a un bloque de viviendas donde los ruidos y las indiscreciones turbarían la necesidad de reposo e intimidad. Cuando llegasen las apisonadoras sería más cómodo morir con el barrio y con todo lo que éste representaba de soledad creadora, de roce con la naturaleza sencilla del jardín, de existencia tranquila.

Todo estaba preparado para el último día y su inminencia daba mayor efusión a las palabras, al cambio de opiniones, a caricias y risas; los días que faltaban habrían de ser consumidos en una paz confiada, llena de evocaciones, de bellos recuerdos que habían hecho madurar a ambos, y de tácito olvido de una guerra intestina que había roto convicciones y proyectos. La proximidad del fin les saturaba de indiferencia y comprensión para el cúmulo de errores que acompaña a todas las vidas; entre ellos también brillaban aciertos, horas rutilantes.

Paseaban por sitios conocidos comentando insignificantes detalles de la soledad y la frondosidad de los jardines, la cual se asomaba por encima de las verjas sin impedirles ver el interior, y escuchaban a los pájaros en las copas de los árboles.

Sólo un ruido nuevo les extrañó, podía ser igual a pisadas sobre ramas resecas, y al acercarse más a la casa de donde venía, sorprendieron a un hombre ante una alta hoguera que daba su crepitar en un montón de papeles, carbonizados unos, otros retorciéndose entre llamas apenas visibles, convertidas en humo.

Libros: desde la cancela veían que eran libros; el hombre los abría, los desgarraba y echaba al fuego con movimientos lentos, y se volvía a coger otros de una pila de ellos que tenía detrás, parecía obedecer mecánicamente a un designio de destrucción.

La pareja empujó la puerta del jardín que hizo ruido y entonces el hombre les miró, sostuvo la mirada un rato y dio unos pasos hacia ellos. La mutua extrañeza les hizo contemplarse: era un hombre joven, habría pasado los treinta años, quizá estaba en el límite de los cuarenta, con expresión seria, una arruga entre los ojos, de intentar comprender, y el pelo sobre la frente ya clareaba. Quienes le miraban era una pareja que podría ser similar en edad o acaso con unos años más, con igual gesto atento y vigilante, decididos a juzgar, con una imperceptible señal de decepción.

Tardaron en hablarse pero cuando ellos dijeron en voz alta lo que pensaban: su asombro al encontrar a alguien allí y además haciendo una hoguera, el hombre les explicó que aquélla era su casa y aquéllos eran libros que no quería conservar. Les habló a cierta distancia, con desconfianza, pero al replicarle la pareja que ellos vivían allí y nunca le habían encontrado, él se acercó y les preguntó que cómo era eso, si el barrio había quedado vacío y todos se fueron, y al ver que ellos se encogían de hombros, él sonrió y les dijo que también ese movimiento era suyo porque estaba dispuesto a no obedecer las órdenes, que había regresado adonde vivió años antes y que asistiría al final de la casa donde nació.

Se acercaron a la hoguera y tomaron algunos libros y vieron títulos y autores preferidos y se lamentaron de que los destruyese. No sabía él qué hacer con ellos, nadie, creía, se interesaba por tales lecturas, lo mismo que por muebles antiguos y otros recuerdos que aún conservaba y señaló hacia dentro de la casa. Y efectivamente, cuando entraron allí los tres, en las habitaciones estaba reunido todo lo que fue ornamento y confort de un hogar. Un desorden que aumentaba la curiosidad por objetos múltiples, cuadros, ropas, lámparas de cristal, altos espejos, viejos baúles... Y el recorrer los espacios entre aquel hacinamiento dio lugar a comentarios y a conocer mutuamente opiniones y gustos. Al volver al jardín, donde la hoguera se había apagado, le propusieron comer con ellos.

Desde que habían tomado la decisión final, la pareja preparaba exquisitos menús y se divertía cocinando platos suntuosos y compraba los vinos más selectos y buscaba conocer las posibilidades del placer del paladar. Y durante esta primera comida con el desconocido comprobaron que él entendía la razón de aquel cuidado y participó alegremente de la oportunidad. Y así comprendieron que podían ser amigos y compartir la felicidad última que se habían propuesto, y al oír ya claramente expresada cómo iba a ser ésta, les confesó que él también había decidido acabar cuando todo acabase.

Asombrados de aquel encuentro y de coincidir en muchas ideas, pues también él era un vencido de la guerra, satisfechos de hallar un igual en tan singular situación idéntica, la pareja le retuvo con su charla hasta la noche. Pero al día siguiente él les llamó desde la calle y cuando entró en el jardín vieron que les traía un regalo, un gramófono antiguo que se apresuraron a hacerlo sonar, poniendo un disco tras otro, a la vez que se manifestaron los tres como amantes de la música. A veces, la voz de Caruso o un vals de Chopin parecían despertar ecos en los jardines vecinos, pero si al aparato se le acababa la cuerda, escuchaban un silencio total y lejos, el bramido de las máquinas que proseguían su fatal avance.

El desconocido les propuso que fueran a vivir con él: dispondrían de toda la casa y podrían ir descubriendo el contenido de aquellas habitaciones donde guardaba sus recuerdos de familia. La pareja le convenció de que era más fácil que se viniese él y se trajese consigo cuanto quisiera: vivirían juntos mientras fuera posible.

Y así fue como empezaron una vida en común sin hacer nada más que aquello que les agradaba, agotando los largos días del caluroso verano en juegos, en charlas, en mutismos de comprensión, saboreando los minutos que pasaban, indiferentes a lo que vendría después, proponiéndose olvidar las calamidades de la reciente derrota.

Reunieron el dinero que tenían; cuando se acababa, iban a vender algún objeto de valor y con su importe adquirían en el mercado negro cuanto necesitaban para mantener sus diversiones y su bienestar. Mediada la mañana preparaban una comida suculenta; el olor que salía de la cocina y que a mediodía perfumaba el jardín, atraía a gatos vagabundos que a cierta distancia veían cómo, a la sombra de las dos acacias frondosas, se extendía una gran mesa cubierta de un bello mantel y donde, entre búcaros de flores, se alineaban platos y copas para un reposado almuerzo que duraba más de dos horas.

El sonriente desconocido, al que habían dado el nombre de Falstaff, traía cada día de su casa nuevos motivos de sorpresa para divertir a la pareja, la cual, a su vez, le mostraba colecciones de grabados, de postales, de mariposas, reunidas por un abuelo suyo, y le contaban la historia de viejos retratos de parientes que habían estado en Cuba, y se reían de su actitud rígida sometidos a todas las prohibiciones de la época.

Después de la comida tomaban golosinas y licores cuyo alto precio no dudaron en pagar y leían en voz alta a algún autor que los tres admiraban y las horas transcurrían comentando aquellas lecturas o haciendo que Falstaff, con su bella voz, recitase poemas que ellos también sabían de memoria.

De noche, cuando refrescaba el ambiente, a la luz de unas velas —la luz eléctrica fue cortada hacía tiempo— que daba a las habitaciones y a sus caras un aspecto misterioso y nuevo, hacían música. Desempolvados violines y guitarras y un xilófono, improvisaban; la iniciativa de los compases imprevistos se unía a sus voces, desentonadas, rotas por las risas, que a coro entonaban canciones conocidas. Las intensas sombras que les cruzaban los semblantes les sugerían el maquillaje de actores orientales y al día siguiente se pintaron las caras y eligieron los colores que más les convenían y se consagraron a hacer teatro, sin espectadores, sin más escenario que sus últimos días. Nuevos personajes cruzaban entre los macizos de geranios y celindas: un rey asirio, una especie de paje medieval, un hada envuelta en gasas y tules, según lo que se proponían representar y de acuerdo con los caprichosos ropajes que cada uno eligió en los baúles donde, hacía sesenta u ochenta años, mujeres que desearon ser admiradas habían guardado largas faldas de terciopelo y blusas tornasoladas y capas y camisones de abundantes encajes. La escalinata del jardín era la escena preferida donde se oían largos parlamentos que interrumpían carcajadas y aplausos.

Una tarde, a los sones de un clarinete, en la balaustrada, ante la puerta principal apareció una Salomé con resplandeciente túnica multicolor y una máscara plateada que le ocultaba medio rostro y declamó las inquietantes palabras: «Estoy prendada de tu cuerpo, Jokanaan. Tu cuerpo es blanco como las azucenas del campo, nunca tocadas por la hoz. Tu cuerpo es blanco como la nieve en la montaña de Judea. Las rosas del jardín de la reina de Arabia no son tan blancas como tu cuerpo, ni los pies de la aurora, ni el seno de la luna sobre el mar, nada en el mundo es tan blanco como tu cuerpo.» Los brazos se extendían lánguidos y ondulantes hacia un Jokanaan inexistente, mientras Falstaff entre los jazmines trepadores, con calzón corto y amplia blusa recamada de damasco, y en la cabeza una gran boina cruzada por varias plumas verdes, gritaba: «Pero señor, si él os arrastra al mar o a la espantosa cima de ese monte, levantado sobre los peñascos que baten las olas y allí tomase alguna otra forma horrible, capaz de impediros el uso de la razón...»

Sonaban más agudos los compases del clarinete y Falstaff, sentándose en la escalinata, se cubría con las manos el rostro y fingía sollozar: «Existir o no existir, ésta es la cuestión. ¿Cuál es más digna acción del ánimo, sufrir los tiros de la fortuna injusta u oponer los brazos a este torrente de desventuras y darlas fin con atrevida resistencia?»

Salomé descendió unos escalones, abrió su túnica y se mostró desnuda y se inclinó sobre Falstaff. Éste recibió sus besos y sus caricias, sintió el peso de sus piernas en las suyas y en la dureza de la escalinata comenzaron lentamente a conocer sus cuerpos.

Pasó un largo rato, vinieron unas ráfagas de cálido viento, la música vacilante seguía acompañándoles y las fastuosas ropas se fueron desprendiendo y la boina rodó lejos y ellos dos, unos minutos estrechados firmemente y otros, distendidos y separados, fueron deslizándose hacia el suelo de tierra y allí prosiguieron los juegos del amor mientras el día iba cayendo. Al fin, quedaron quietos, con la respiración apresurada y los músculos relajados; detenían la mirada en el cielo a través del follaje de las acacias en las que piaba un enjambre de gorriones.

El clarinete había cesado como si el músico, reclinado en su butaca de mimbre, estuviera sumido en igual letargo, pero cuando ellos se levantaron del suelo y corrieron hacia la fuente seca y allí con la manguera empezaron a echarse agua, él bajó también, se despojó de la escasa ropa y entre carcajadas los tres se ducharon, se persiguieron con el chorro de agua que con su golpe plateado y frío les espabiló del sopor de la tarde.

Cuando a medianoche decidieron irse a dormir, Falstaff no se retiró a la habitación que antes ocupaba, sino que amplió el lecho de la pareja y los tres, en la penumbra que daba una vela rodeada de libélulas, se entregaron a las sabias posibilidades del amor. Y se durmieron por fin, entrelazados como un único cuerpo.

Al amanecer del día siguiente y al alzarse del sueño, se miraron con gesto descansado y cariñoso y según pasaban las horas sintieron nacer un íntimo bienestar que les permitía en su trato ser más libres y tiernos. Una mayor vitalidad les llevó a nuevos juegos en el jardín alternados con charlas de total sinceridad sobre las mejores experiencias de sus vidas. Habían reunido en torno suyo los productos de la inteligencia y de la maravillosa inventiva, el arte y las cosas naturales y gozaban de todo ello en un dominio excepcional donde fugazmente podían identificar los placeres y la felicidad, quizá también el olvido: repasaban láminas de libros, aspiraban el aroma antiguo de cofrecillos en maderas raras, se extendían desnudos sobre sedas y raso y se adornaban con collares y flores para adquirir un mayor atractivo y dar una imagen nueva a sus cuerpos que acariciaban y suavizaban con aceites y perfumes. Y desde aquella noche se intensificó el deseo de comer, de contar sueños, de distanciarse de los episodios tristes del pasado, de disfrazarse de las formas más extravagantes y audaces, y a la hora de la cena, cuando los licores y los vinos de marca habían puesto su fuego en el alma de los tres amigos, brotaban de la oscuridad, como regalo inesperado, y aparecían a la luz de las velas, máscaras bellísimas que realzaban espléndidos desnudos.

*

Cierto día comprobaron que no salía agua de los grifos; comprendieron que las máquinas se acercaban y que un día o dos más tarde los guardas de las obras se presentarían allí y ellos no podrían seguir entregados a la libertad.

Salieron a la calle y escucharon muy cerca el estruendo de los derribos en chalets próximos y las voces de los trabajadores que cargaban los pesados camiones con los materiales inútiles que antes fueron viviendas.

El final había llegado y así, serenamente, lo reconocieron y convinieron en que no podían demorar más la decisión tomada. Estuvieron unos minutos vagando por el jardín y luego entraron en la habitación que era el dormitorio común y donde estaba acumulado lo que ellos habían juzgado más bello y más digno de acompañarles. Sacaron de un armario las dosis que habían guardado celosamente y las disolvieron por igual en tres copas de vino que bebieron a la vez, sin decirse nada. Sabían que el efecto no tardaría en presentarse y se tendieron en el lecho; allí, como una despedida, se abrazaron y besaron estremecidos por la emoción del adiós y así llegaron los primeros síntomas; contracciones y calor asfixiante, y luego perdieron la conciencia y los cuerpos quedaron inmóviles, entremezclados y rígidos sobre las sábanas que habían sido sus compañeras.

*

Ellos nunca supieron que no habían sido los únicos habitantes del barrio abandonado y que sus fiestas, sus banquetes, sus mascaradas, su embriaguez de deliciosos vinos y de amor, habían sido presenciados por tres muchachos que día tras día, les espiaron a través del seto de la verja y admirados y atónitos contemplaron cómo se divertían, cómo leían en voz alta, cómo jugaban al croquet y a la pelota y cómo sus voces entonaban risas y canciones.

Dos muchachos y una chica, amigos aburridos en aquel verano, habían deambulado por el barrio vacío y descubrieron un chalet donde unas personas hacían algo que ellos envidiaron, y al escucharles y verles, se sintieron atraídos por ellas y todo momento lo aprovechaban en correr hasta la verja y allí, escondidos, seguir cuanto de admirable les revelaba la imaginación y la espontaneidad.

Pero aquel día les extrañó su ausencia y por la tarde se atrevieron a entrar en el jardín y pisar la escalinata y el umbral de la casa. No se oía ningún ruido, ni música, ni una voz. De puntillas avanzaron por las habitaciones y llegaron a una en cuya puerta se detuvieron: los vieron allí, tendidos en un gran lecho, yertos y lívidos, sobrevolados por una nube de moscas. En todo el espacio de la habitación se amontonaban muebles y cuadros, libros y botellas, lámparas y figuras de bronce y en el reflejo de un gran espejo se vieron los tres chicos como aterrados visitantes. Su inteligencia joven comprendió la verdad de lo que descubrían y sin hablar una palabra se dispusieron a huir, pero un pensamiento común les detuvo: un tesoro estaba al alcance de sus manos.

Dieron unos pasos cautelosos en el dormitorio y empezaron a apoderarse de lo que más les gustaba. Un sombrero, la túnica de Salomé, una botella de licor dorado, collares, libros de estampas, una enorme caja de bombones, una cimera de plumas... y cuando tuvieron los brazos llenos, los tres salieron corriendo, atravesaron el jardín y en la verja miraron si en la calle alguien les sorprendería, pero todo el barrio estaba totalmente desierto y el postrer resto de vida, la asombrosa existencia se había extinguido a sus espaldas.

Los muchachos huyeron hacia otro barrio; acaso éste, pasados muchos años, sería amenazado de iguales destrucciones y ellos también preservarían así, en soledad, una brizna de belleza, de amor, de dicha, mientras esperasen que llegara el último día del mundo.

Colección Letras Hispánicas

ÚLTIMOS TÍTULOS PUBLICADOS

421 *El Periquillo Sarniento*, JOSÉ JOAQUÍN FERNÁNDEZ DE LIZARDI.
Edición de Carmen Ruiz Barrionuevo
422 *Diario de "Metropolitano"*, CARLOS BARRAL.
Edición de Luis García Montero.
423 *El Señor Presidente*, MIGUEL ÁNGEL ASTURIAS.
Edición de Alejandro Lanoël-d'Aussenac.
424 *Barranca abajo*, FLORENCIO SÁNCHEZ.
Edición de Rita Gnutzmann.
425 *Los pazos de Ulloa*, EMILIA PARDO BAZÁN.
Edición de Mª de los Ángeles Ayala.
426 *Doña Bárbara*, RÓMULO GALLEGOS.
Edición de Domingo Miliani.
427 *Los trabajos de Persiles y Sigismunda*, MIGUEL DE CERVANTES.
Edición de Carlos Romero.
428 *¡Esta noche, gran velada! Castillos en el aire*, FERMÍN CABAL.
Edición de Antonio José Domínguez.
429 *El labrador de más aire*, MIGUEL HERNÁNDEZ.
Edición de Mariano de Paco y Francisco Javier Díez de Revenga.
430 *Cuentos*, RUBÉN DARÍO.
Edición de José María Martínez.
431 *Fábulas*, FÉLIX M. SAMANIEGO.
Edición de Alfonso Sotelo.
432 *Gramática parda*, JUAN GARCÍA HORTELANO.
Edición de Milagros Sánchez Arnosi.
433 *El mercurio*, JOSÉ MARÍA GUELBENZU.
Edición de Ana Rodríguez Fischer.

DE PRÓXIMA APARICIÓN

Tragicomedia de don Cristóbal y la señá Rosita, FEDERICO GARCÍA LORCA.
Edición de Christian De Paepe.

